Dark Fire

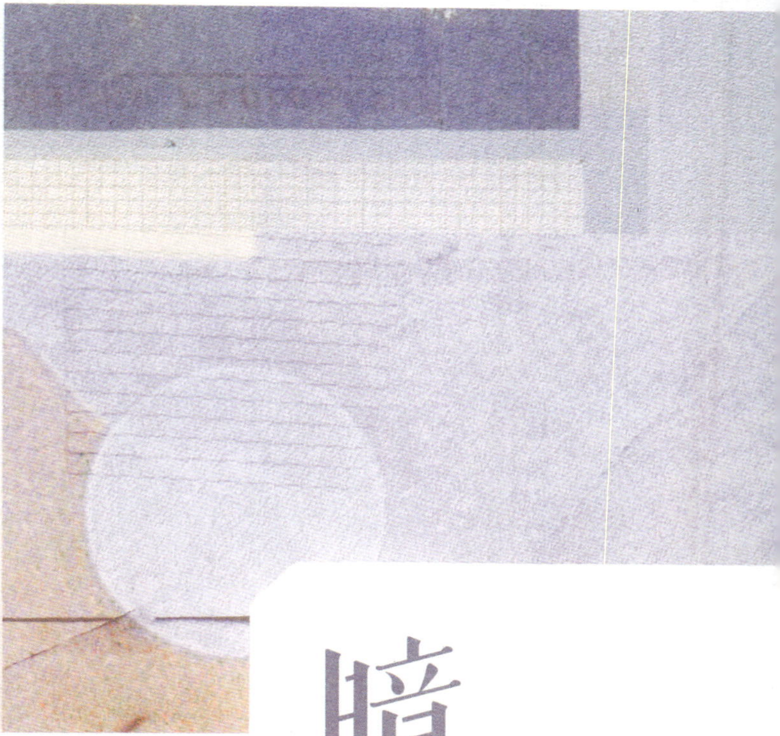

暗火

白芥子 —— 著

廣東旅游出版社
GUANGDONG TRAVEL & TOURISM PRESS
中国·广州

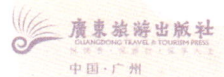

目录
Contents

Part 1 进组 001

Part 2 开机 017

Part 3 傻瓜 037

Part 4 敏感 052

Part 5 暗涌 066

Part 6 疯子 075

Part 7 醒酒 107

Part 8 生日 129

Part 9 谢谢 152

Part 10　纷争 161

Part 11　杀青 184

Part 12　挑拨 207

Part 13　模特 224

Part 14　威胁 251

Part 15　教堂 257

Extra chapter

番外一　初见 266

番外二　解约 271

番外三　演唱会 ... 276

番外四　梦想 281

嘉宾席上，陆迟歌和周围无数人一起安静聆听，无声弯起唇角。
他其实早有预感，这是凌灼精心为他准备的、只送给他的独一无二的生日礼物。
凌灼用这样的方式，给了他这一场最盛大的生日会。

大片的向日葵花田一望无际，正值花期，开得绚烂……
两人走出花田往山上去，山顶有一座教堂，规模很小，看着也有些年头了……
从教堂后门出去，是一片宽阔的草坪，这里人却不少，有牧师在主持一场婚礼。
新娘新郎正宣誓并交换戒指，凌灼盯着看了片刻，转头和陆迟敬说："我们运气挺好的，赶上这种喜事。"

[Part 1]

进 组

早上九点，保姆车开往郊区片场。

凌灼觉睡到一半，被一个急刹车惊醒，前座的司机回头道歉，他摘下眼罩，揉了一下眼睛，助理杨明倒了杯温开水递过来："灼哥醒了，要喝水吗？"

凌灼接过水抿了一口，他的嗓子难受得厉害，早起就不舒服，这会儿更变本加厉了。

也没了睡意，他干脆拿出手机来玩。

杨明提醒他静姐已经先到了片场，凌灼随意点了一下头，看到微信里仲一然发来的消息："止咳糖浆我帮你塞随身包里了，你记得喝，平时多喝点热水，嗓子会舒服一些。"

凌灼眼里有了一点笑意，回复过去："好。"

等了半分钟，那边没再回，略一犹豫，他又发去一条："你去公司了吗？"

快到片场时，有新的消息进来："刚跟刘哥他们开会，说下一阶段的工作安排，之后可能会给我们接个综艺。"

凌灼回："什么时候？"

仲一然："月底吧。"

凌灼："有我的份吗？"

仲一然："你不是进组了？专心拍戏吧。"

凌灼皱了一下眉，问杨明："静姐有没有说过，我进剧组之后团里活动还参不参加?"

杨明一愣,说:"我不知道,静姐只提过一句,让我这几个月盯着灼哥专心拍戏。"

凌灼低眸沉思了两秒,没再问。

九点四十分,保姆车停在片场门口,张静已经等在那里,下车前杨明提醒凌灼:"灼哥,刚车进影城时我好像看到你的粉丝扛着'大炮'①跟过来了。"

凌灼戴上了墨镜,再扣上鸭舌帽,这才让杨明开了车门。

张静大步过来,看一眼手表,问凌灼:"你怎么来得这么晚?"

杨明帮忙解释:"路上堵车了,耽误了点时间。"

"算了算了,赶紧跟我进去,先去跟何导他们打个招呼。"张静提醒道。

凌灼听话跟着进门,之后张静领着他去见了一圈人:导演、制片人、编剧……凌灼有些脸盲,人没记住几个,不停地跟人问好,嗓子疼得更厉害了。

他是第一次拍电视剧,全赖张静本事,把他塞进这部大制作古装偶像剧组,还混了个男二号的角色。

今天是首次剧本研读会,所有主创人员都会过来,凌灼初来乍到,十分不适。

这部剧的总导演叫何靖平,是个笑眯眯的矮胖中年男人,像看出了凌灼的不自在,何靖平笑着安慰他:"不要紧张,第一次拍戏不适应是正常的,上次试镜的时候我看你表现很好嘛。"

凌灼只能干笑,他到底有几斤几两自己还是知道的,对别人的客套话不会傻到当真。

说了几句,张静问何靖平:"喻老师和陆老师来了吗?我带凌灼去跟他们也打个招呼。"

何靖平:"阿菲还有点事,晚点过来,迟歇倒是已经到了,我叫他

---

① 大炮:此处指带长焦镜头的相机。

- 002 -

过来。"

张静正要说他们自己过去,何靖平已快速朝四处看了眼,但没看到陆迟歇:"嘿这小子,又不知道跑哪儿去了,算了先别管他了,小凌刚来就先歇会儿吧,十点整来会议室。"

于是凌灼又跟着张静去了他的休息室。

他虽还是个影视圈新人,却是整个剧组人气最高的明星,是除男女主角外唯一有自己单独休息室的,待遇确实不错。

进门后凌灼终于能坐下喘口气,从随身的包里翻出伸一然放的止咳糖浆,倒出一盖子一口喝了,再灌了两口热水冲淡嘴里的味道,嗓子总算舒服了些。

张静看着他的动作,皱眉问:"你感冒了?"

凌灼:"没有,嗓子疼,有些咳嗽而已,明天应该就没事了。"

"你自己注意点,别刚进组就病倒了。"

张静让杨明先把凌灼的行李送去酒店,关上门叮嘱起他:"我一会儿还有事要先走,以后一般没事就不过来了,你好好拍戏,嘴甜一点,跟其他人关系处好点总没有坏处。"

凌灼问她:"团里的活动我不能参加了吗?"

张静略不高兴:"有什么好参加的,你的个人发展才是最重要的。"

凌灼听着也不高兴,但没有反驳。

他十五岁就进了公司做练习生,和其他四个人一起训练,前年公司送他去参加一个歌唱选秀,他拿了第一,一夜爆红,之后公司顺势推出他们的五人团,靠他一个人带红整团。外头人都说他亏了,被队友们占了便宜,凌灼不这么认为,他能有今天离不开队友们的支持,他乐意带着大家共同富裕,也从没有过脱团单干的想法。

但张静是他的个人经纪人,一直就觉得团里其他人拖了他后腿,几次说没早点让他出来拍戏,耽误了他时间。凌灼不赞同,不过他不是会跟人急眼的个性,所以不会在面上表现出不满。

张静当然知道他在想什么,只是恨铁不成钢,又不好多说,接着提点他:"我已经跟何导打过招呼了,在剧组期间他会关照你,你听他的话好好拍戏就行。这部剧的女主角是喻菲,她是收视率的保障,这剧又是她擅长的'大女主'类型,你这个角色设定挺好的,跟她对手戏很多,你要是能演好,就是走影视路的一个不错的开端,喻菲这人听说挺好相处的,又是前辈,你对她尊重客气点就行,至于那个陆迟歇……"

陆迟歇,这部剧的男一号。

听出张静语气里的犹豫,凌灼难得好奇地问:"陆迟歇他怎么了?"

张静:"陆迟歇吧,你应该也听说过他的那些传言,基本都是真的,他之前在一个剧组拍戏时,有个小演员想讨好他,下戏后三番五次去找他拍马屁,结果他因为忍受不了,举着手机假装打电话其实在微博开了直播,小演员因此'社死',后来听说好像退圈了,他自己也被网友骂得体无完肤,可人家压根儿不在意。"

"这种人你得罪不起的,所以尽量离他远点,除了拍戏别去招惹他。"

关于陆迟歇这个人,凌灼对他的事迹确实有所耳闻。这人是个富家子,手上资源很多,脾气极其不好,不管对方是谁、多大的腕儿,只要让他不高兴了,他就能给人甩脸色,而且撑记者、撑八卦路人,甚至撑自己的粉丝,得罪的人无数。

可偏偏他有个有钱到无人不晓的爹,他那张脸又比他那位早年就以美艳闻名的影星妈更青出于蓝,科班出身的演技在同辈里也算得上翘楚,所以喜欢他的人和不喜欢他的人一样多,风评两极化,爱他的人爱得要死,恨他的人恨得牙痒。

张静说的这事,凌灼之前就在微博热搜上看到过,当时还跟仲一然他们一起八卦了几句,他微笑着说:"静姐,我又不打他主意,我能怎么得罪他?"

张静:"反正,你自己注意点就行,你的粉丝比别人都多,但在这里别太把自己当回事了。"

凌灼点头,又顺嘴多问了一句:"陆迟歇既然这么厉害,为什么要来拍'大女主'戏给别人抬轿啊?"

收视率保障喻菲挑大梁、言情大IP改编、视频网站S+级重点投资项目，听起来确实很诱人，不过这年头但凡有些背景的男女演员搭戏，都想要自己的位置更重要些，而这部剧是板上钉钉的"大女主"，陆迟歇这样的，会甘心给人做绿叶陪衬？

"不清楚，"张静说，"不过我听说他演的戏，剧本都是他自己挑的，没人能强迫他。"

凌灼想了一下说："那可能，他就是看上了这个角色吧。"

张静："看上了角色？"

凌灼从包里取出之前拿到手的剧本，随手点了点："剧本我已经看完了，其实静姐你说错了，我那个角色的人设只能说中规中矩，就是最常见的痴情男二号，男主角反而更有意思一些，偏执反派的男主角，要是真能拍出来，热度绝对不会低吧，所以我想，陆迟歇或许也觉得这个角色有挑战性呢？"

张静挑眉："你还懂这些？"

凌灼谦虚说："你让我拍戏，那我总得先做一些功课。"

外边露台上，陆迟歇倚着墙正在抽烟。

几间休息室外的露台是连通的，很显然，里头正说话的两人刚来没注意到，所以也不知道他们嘴上议论的人就在外边，且一不小心听了墙脚。

听到凌灼那句"陆迟歇或许也觉得这个角色有挑战性"，陆迟歇漫不经心地滑开手机，在浏览器搜索框里输入"凌灼"这两个字。

先跳出来的是凌灼面带微笑、眼波灵动的硬照，旁边是他的资料。

凌灼，二十二岁，偶像歌手，Sparkle Bomb 男团主唱、门面。

陆迟歇微眯起眼，盯着凌灼的照片看了片刻，捻灭烟头，转身回了休息室。

坐了十几分钟，张静提醒凌灼电视剧官方微博刚发了他的定妆照，让他自己转发一下。他工作室的宣传人员已经把文案发过来，凌灼顺手复制，点开微博，粘贴之后点击转发，再将这条"官宣"微博转发进他们团的五人微信群里。

群里一阵起哄，排队将他夸了一遍。

仲一然最后一个回复："很好看。"

凌灼轻弯起唇角。

十点差五分，凌灼起身去大会议室，张静离开前提醒他，见到其他演员，无论见到的是谁，都要打招呼，凌灼点头表示知道。

才走到会议室门口，就看到陆迟歇，那人倚墙站着，正和导演何靖平说话。

脸盲如凌灼也一眼就认出了陆迟歇，陆迟歇和他妈妈著名影星安昕长得有七分像，凌灼从小就是安昕的影迷。

调整了一下情绪，凌灼走上前，何靖平给他和陆迟歇做介绍，再顺嘴打趣："你们在剧中虽然是不死不休的情敌，剧外还是要相亲相爱啊。"

凌灼主动伸出手："陆老师你好，我是凌灼，剧中饰演林岚玉。"

说话时他目视着陆迟歇的眼睛，态度温和。

陆迟歇嘴角似噙着笑，一双黑眸盯着他不动。

面前人杏眼、高鼻、红唇，唇珠圆润、光泽饱满。

凌灼被他盯得有些莫名其妙，何靖平无奈提醒陆迟歇："迟歇你给个面子嘛，人家小凌主动跟你问好，你别逗他了。"

陆迟歇这才慢条斯理地伸出手，修长指节握住凌灼的手。

"凌老师，幸会。"

收回手时凌灼下意识握了一下手心，刚陆迟歇好似故意的，贴着他的手心用力捏了一下他的手掌，面上却还是这副似笑非笑的模样。

这人……果然不好相处啊。

会议室里已经坐满了人，凌灼进去又打了一圈招呼，坐到自己位子上。

陆迟歇晚一步进门，大长腿自凌灼身边迈过，拉开椅子，大咧咧地挨着他坐下。

对面有工作人员笑着提醒:"陆老师,你那个位子是菲姐的,你往旁边挪一个,你跟菲姐的对手戏多,一会儿好交流。"

陆迟歇不以为然:"有什么关系,我和凌老师的对手戏也挺多的,我就坐这儿。"

陆迟歇打定主意的事情,没人说得动,他倚着座椅,侧身向凌灼:"凌老师,加个微信吧。"

凌灼正在看剧本,偏头对上陆迟歇散漫的笑眼,犹豫了一下,拿出手机。

半分钟后,陆迟歇看着屏幕上放大的凌灼微信头像——五个男孩勾着肩面向朝阳的背影——嘴角微撇。

他问凌灼:"凌老师,你朋友圈里是什么都没有,还是屏蔽我了?"

凌灼略微尴尬,解释:"没有,我不喜欢发朋友圈。"

陆迟歇意味不明地笑了一声:"哦,我也不发朋友圈。"

凌灼没再说话,继续专注看剧本。

二十分钟后,女一号喻菲姗姗来迟,进门先主动就迟到的事情道了歉,还让助理将带来的点心分给大家。这位当红小花看起来确实是个好相处的人,也没什么架子。

又一轮互相介绍后,喻菲走到陆迟歇另一边、原本该是陆迟歇的位子上坐下,剧本研读会正式开始。

凌灼是被张静强塞进剧组的,他对拍戏的兴趣不大,但性格使然,在定下这个角色后他也还是认真做了功课,不但把剧本完整看了一遍,还上网看完了原著,认认真真写了他要饰演的角色的人物小传分析,算是有备而来。

研读会一开始,先由编剧介绍这部剧的核心梗概。

《焚情》是部古装玄幻剧,女主角诸葛悠是天下第一派归墟山的大小姐,明艳绝色且灵根出众,又有无上运气,误打误撞得到好几样绝世法器,引来觊觎追求者无数,她与师兄林岚玉是青梅竹马,感情甚笃,原已订下婚约。

一次出门游历，诸葛悠顺手救回灵力全无、奄奄一息甚至失忆了的男主角玄绛，不但将人救活，还设法补全了他被斩断的灵根，沉默寡言的玄绛从此留在诸葛悠身边，成为她最忠心不贰的侍卫仆从，两人之间逐渐暗生了情愫，因此玄绛与林岚玉屡起摩擦。

一夕生变，归墟山遭逢强敌突袭，遍布的结界尽数被破，归墟山被屠满门，诸葛悠与林岚玉得人所救、侥幸逃出，后知道真相，这一切的策划者其实就是玄绛，他从一开始接近诸葛悠就是一场阴谋——为了她手中的法器，为了归墟山的绝学秘术。

诸葛悠对玄绛绝望心死，决定和林岚玉完婚，共同修术以图报仇雪恨。拜堂之时，玄绛以本来面目出现，强行掳走诸葛悠，林岚玉追至他的老巢，和玄绛大打出手，被玄绛亲手毁了元丹。为救林岚玉性命，诸葛悠不得不嫁给玄绛，图谋反杀。

后面就是诸葛悠忍辱负重，和玄绛相爱相杀，又与林岚玉里应外合，最后大败玄绛，再揭秘当年玄绛堕魔的真相，实为受归墟山道貌岸然的长老们所迫，玄绛父母皆死在诸葛悠父亲手下，他夺回的秘术和法器本来也是他的家传之宝。

男女主角互相虐来虐去，原著最后给了一个开放式结局，剧本改编时却写成了偏向圆满结局。

编剧和几个导演轮流分析剧本，让其他人从旁提意见，大家热火朝天地讨论，凌灼握着笔，不时在自己的剧本上记下笔记。

女主角喻菲第一个就结局提出疑问："诸葛悠和玄绛之间你杀我、我杀你还可以说有因有果，都放下了勉强在一起倒也说得通，但问题是林岚玉的元丹被玄绛毁了，因此变成了一个灵力全无、寿命短暂的凡人，最后还为了诸葛悠送了命，诸葛悠就算不爱林岚玉，林岚玉也是她生命中最重要的人之一，而且是有恩于她的人，她如果不顾及林岚玉，强行和玄绛在一起，我觉得她的人设就崩了，整个角色的魅力也会大大削减。"

何靖平："话是这么说，但这也是迎合现在的市场和观众口味嘛，悲剧结局大家都不喜欢看了。"

喻菲："那就改一改林岚玉那条线的结局，留住他的命让他有灵力恢复的可能，这个点才不会成为诸葛悠和玄绛之间的死结，这样可行吗？"

凌灼听着暗自拧眉，林岚玉这个角色最吸引人的点就是他的深情和"美强惨"，尤其是这个"惨"字，越到后面越惨，为了女主角几乎搭上一切还丢了性命，在原著里赚足了看客的眼泪。真要像喻菲说的那样改了结局，他就彻底变成了和男主角抢人的"工具人"，魅力才是真的大打折扣。

但意见是喻菲提的，凌灼就算不赞同也不能当众反驳。

"没什么好改的，"陆迟歇懒洋洋地开口，"改来改去麻不麻烦，原著的结局不挺好的？就按那个走就是了，没必要强行大团圆，最后拍出来说不定还要被人吐槽庸俗、没新意。"

凌灼下意识地看向身边人，陆迟歇一抬眼，和他目光撞上，再眨了一下眼睛。

凌灼默然，收回了视线。

编剧神色尴尬，转头看向总制片人高承，高承咳了一声，说："我们也有我们的顾虑，这个也不是光我们说了就算的，还要考虑多方面的意见……"

他说的不算隐晦，在座的都是这个圈子里混的，没谁会听不懂。这部剧是由尚讯视频和高承所在的颢然影业联合出品，颢然影业是制作方，出钱投资的是三大视频网站之一的尚讯，最大的话语权在尚讯手里，高承这话就是告诉大家，改结局是尚讯那边的意思。

陆迟歇给自己助理发了条微信："去问问是谁品位这么低，非要把《焚情》结局改了。"

话说到这个份儿上，关于结局的讨论只能暂时搁置，继续聊剧本其他部分。

二十分钟后，高承出去接了个电话，回来说："结局的问题，我想了一下，要不还是按原著走吧，何导你觉得呢？"

何靖平："……"

何靖平其实没什么意见，但谁都知道尚讯视频的背后是尚昕科技，而陆迟歇，是尚昕的老总的儿子。

　　之前陆迟歇并没有对剧本的结局表示过不满，就算按喻菲说的，改掉林岚玉那条线，也不会影响玄绛这个角色，怎么今天他突然就有了意见，还兴师动众特地绕一大圈施压，让高承把结局改回去？

　　想不明白的不止何靖平一个，陆迟歇这边说用原著结局，高承那边接了个电话就答应了，谁都猜得到是陆迟歇的意思。

　　凌灼也想不明白，干脆算了，高承亲口说了用原著结局，反而让他松了口气，至少他的角色高光点是保住了。

　　十二点，早上的任务结束，大家就留在片场这里吃盒饭，下午剧本研读会还要继续。

　　凌灼回到自己的休息室，杨明已经帮他把行李送去酒店收拾妥当了，刚返回片场，去给他领了盒饭来。

　　凌灼坐在沙发上，一边吃盒饭一边和仲一然发消息。

　　仲一然："今天顺利吗？"

　　凌灼："还算顺利吧。"

　　仲一然："还算？"

　　凌灼把早上研读会上的事情说了一遍，仲一然笑他："那你是走运了，多亏了那位尚昕老总的儿子。"

　　凌灼："是啊，托了他的福。"

　　将这句话发出去时，凌灼想起陆迟歇对自己略微奇怪的态度，心里无端冒出一丝别扭来。

　　正想着这些，那个人突然就出现了，从半开的通往露台的门外晃进来，自来熟地往沙发上一坐，目光落到凌灼的盒饭上："凌老师就吃这些？"

　　凌灼下意识朝露台外看了眼，陆迟歇笑笑说："外头是连通的，凌老师不知道？"

　　陆迟歇再跟他提议："我带了厨子来单独做吃的，你要一起吗？"

凌灼："谢谢陆老师，还是不用了吧，我觉得这里的盒饭也挺好吃的。"

陆迟歇："所以嗓子不舒服还吃辣的？"

凌灼惊讶地看着他。

陆迟歇又笑了一下，忽然弯腰凑近，低下声音："凌老师，在片场议论别人的时候，小心隔墙有耳啊。"

凌灼瞬间尴尬得脸都红了："我，抱歉……"

陆迟歇被他的表情戳到，再告诉他："但是你猜错了，我会接这个角色，不是你以为的什么有挑战性。"

"那是为什么？"凌灼下意识地问。

陆迟歇神色一顿，目光落在凌灼脸上，慢慢说："无聊而已，扔飞镖选出来的剧本。"

凌灼："……"

他有种自己被这人耍了的感觉。

陆迟歇："不过现在我觉得，这个选择果然不错。"

凌灼皱眉。

陆迟歇退回身去，扔了一盒润喉糖给他："吃这个吧，吃了嗓子会舒服些，效果不一定比止咳糖浆差。"

凌灼有点儿不想要，又觉得拒绝一盒润喉糖有些小题大做，犹豫之后还是收了。

他和陆迟歇说："多谢。"

陆迟歇神情愉悦："不客气。"

下午便开始枯燥地从头读剧本，大家坐在一起一边读一边集思广益提意见，对剧本做细节和逻辑上的修改。

何靖平要求所有人读的时候带上情绪和情感，凌灼从未参加过这样的围读剧本，很不适应，读得磕磕巴巴。

到和女主角谈情说爱的部分，台词写得有些肉麻，凌灼又一次卡壳停下，尴尬得额头都冒出了汗。

身边人轻笑了一声:"凌老师是觉得念这个台词不好意思啊?"

其他人也在笑,喻菲跟着打趣:"第一次拍戏是这样的,当初我出演第一部剧,拍到亲热戏部分,重来了十几遍,差点儿被剧组退货。"

凌灼红着脸道歉:"抱歉,我继续读吧。"

陆迟歇顺嘴和编剧说:"这里的台词要不改改吧,林岚玉和诸葛悠这个时候是青梅竹马的暧昧,也没有挑破关系,说这些话是太肉麻了点。"

喻菲:"我赞同,这几句台词确实有点儿过了。"

男女主角都说要改,那就改吧,编剧当场在剧本上改写了几句话,原本露骨的台词改得隐晦含蓄,凌灼松了口气,总算顺利念了下去。

一个小时后,暂停休息十分钟。

凌灼喝了口水,抬眼时和陆迟歇盯着自己的眼神撞上,陆迟歇一只手转着笔,慢条斯理地问他:"凌老师,你谈过恋爱吗?"

凌灼一愣。

陆迟歇的声音不大,他们身边的人又都离开了,所以没有其他人听到。

凌灼轻拧起眉,陆迟歇仍盯着他,笑容玩味地等着他回答。

凌灼有点儿不想理这人。

他和陆迟歇不过是刚认识的同事,陆迟歇张嘴就问他的私事,他不想回答。

陆迟歇挑眉,凌灼移开了眼。

五点,今天的研读会结束,凌灼直接回了酒店。

剧组所住的酒店就在影视城附近,保姆车停在酒店大堂门口,凌灼刚一下车,就被等在这儿的粉丝围住。

粉丝递过来的礼物他没接,只拿了信捏在手里,由保镖和杨明护着开路,进去酒店里。

在电梯间,碰到同样在这里等电梯上楼的陆迟歇,凌灼跟他打了个招呼,就站定不动了。

陆迟歇戴着墨镜，看到电梯门映出的他身后凌灼疲惫的身影，目光落到凌灼手中那一沓信封上："这么多信，凌老师真打算拆开一封一封看？"

凌灼："嗯。"

陆迟歇"啧"了声："做凌老师的粉丝真不错。"

凌灼："做陆老师的粉丝也不错。"

他说的是真心话，做陆迟歇的粉丝虽然得忍耐他时不时的疯脾气，但单纯做个"颜值粉""事业粉"应该是挺幸福的。

陆迟歇低笑出声，电梯门已经在他们面前打开。

进门时陆迟歇顺嘴又问："凌老师住几楼？"

凌灼："十五楼。"

陆迟歇："好巧，我也是。"

他按下十五层的按键。

凌灼的房间是1508，陆迟歇的是1511，就在斜对面。

进门之前，陆迟歇又喊了凌灼一声："凌老师，楼下有酒吧，晚上去喝酒吗？"

凌灼："不去了，我有点儿累，早点睡了。"

话说完凌灼点点头，先进去了房间，杨明跟上，带上房门。陆迟歇看着在自己面前合上的门，扯了一下嘴角。

进门后凌灼先四处看了看，他的房间是个大套间，外头是客厅、餐厅，里面才是卧室，早上杨明已经来帮他收拾行李，换了床上用品。

凌灼自觉满意，举着手机拍了几张照片，发进群里。

团里老幺齐良栎第一个回复他："哇，剧组对灼哥你很大方嘛，竟然给你住这么大的套间。"

凌灼："还可以吧，马马虎虎。"

齐良栎："就这还马马虎虎？"

邓岚洛："喊，好'凡尔赛'[①]。"

---

① 网络用语，指一种"以低调的方式进行炫耀"的话语模式，也称"凡学"。

张寻："你们剧组伙食怎么样？"

凌灼把中午拍的盒饭照片也发进去："一般般。"

张寻："看着也还可以啊。"

这几个人都是凌灼的队友，邓岚洛和凌灼一样是主唱，张寻是说唱担当，齐良栎是舞蹈担当，仲一然也是舞蹈担当兼队长，仲一然和邓岚洛比凌灼大一岁，张寻稍小点，齐良栎年纪最小，刚二十岁。

闲扯了几句有的没的，邓岚洛问凌灼："第一天进剧组有什么感想？其他人好相处吗？"

齐良栎："对对，跟大魔王一个剧组是什么感觉？"

凌灼："大魔王？"

邓岚洛："他说的是那位尚昕老总的儿子。"

张寻也问："大魔王有没有找你麻烦？"

凌灼有些好笑："他口碑这么差的啊？"

齐良栎："大魔王名号又不是我们封的，大家都这么叫他。"

凌灼想了想，回复："还好吧，就是有点儿自来熟。"

至于陆迟歇对他略古怪的态度，凌灼不打算跟人说，反正这部剧最多四个月就拍完了，他也没打算跟陆迟歇深交。

在群里聊了一会儿，注意到仲一然一直没出现，凌灼点开他的对话框："你不在吗？"

五分钟后那边回复过来："刚洗澡去了，你吃晚饭了没？"

凌灼："小杨叫了客房服务，在等送过来。"

那边打来语音电话，凌灼点下接听，仲一然的声音响起："嗓子好了吗？"

"好多了。"凌灼听着对方关切的问候，心神逐渐放松下来。

其实他的嗓子还是疼，一个下午都在读剧本，他的戏份又是除男女主角外最多的，台词也多，要不是有陆迟歇给的那盒润喉糖，他这会儿只怕连口都开不了了。

那边仲一然问："真好了？怎么声音还是这么哑？"

凌灼轻声笑，果然什么都瞒不过仲一然。

仲一然："笑什么？"

凌灼："没什么。"

闲聊了十几分钟，听到门铃响，凌灼以为是晚餐送过来了，和仲一然那边说了声，挂断电话。

杨明去开门，门外的人却是陆迟歇的助理。

"陆哥问凌老师要不要去他房间吃晚饭，他特地叫人多做了几个菜。"

杨明回头看凌灼，凌灼说："不用了，谢谢陆老师，我们已经叫客房服务了，一会儿就送过来。"

打发了陆迟歇的助理，凌灼让杨明关上门，杨明走回来顺嘴和他揶揄："我怎么觉得这位陆老师好像对灼哥你特别热情？"

凌灼摇了摇头，继续坐在沙发上一边等饭，一边玩手机。

齐良栎再次在群里喊他："天哪，大魔王关注了灼哥你的微博，还点赞了你今天的'官宣'定妆照啊！"

凌灼略感意外，顺手点开微博，想了一下，在搜索框里输入"陆迟歇"三个字。

陆迟歇的微博头像和他的微信头像一样，相机拍的黑夜路灯下的影子，微博里的内容很少，大多都是转发，而且连表情都没有，要么是系统自动生成的"转发微博"，要么就是简单的一两个字。今早《焚情》官方微博发的他的定妆照，他也就顺手转发了一下，什么多余的话都没有，更没有点赞。

他的最新点赞还是凌灼的那条"官宣"微博。

凌灼有一点儿无言，犹豫着要不要"回关"陆迟歇，正常来说一个剧组的同事，微博互相关注是再平常不过的事情，陆迟歇关注了他还给他点赞，他不"回关"更会惹出许多没必要的猜测，但他还是觉得有些别扭。

门铃再次响起，杨明去开门，这次来的是陆迟歇本人。

凌灼只能起身迎出去。

"宁愿饿着坐在这里等，也不肯去我那儿先吃？"陆迟歇直言问他。

凌灼尴尬解释："我们已经点餐了，不想浪费……"

陆迟歇："一会儿送过来了一起吃就是了，怕什么浪费。"

见凌灼还犹豫，陆迟歇忽然倾身往前，贴近他问："凌老师，你到底在别扭什么？这么不给面子啊？"

陌生气息趋近，凌灼下意识地后退一步。

对上陆迟歇紧盯着自己的目光，他改了口："好吧，谢谢陆老师了。"

陆迟歇眼里浮起点笑意："走吧。"

陆迟歇的房间就在斜对面，是和凌灼那间一样的套间布局，桌上摆着陆迟歇叫人做的四菜一汤，凌灼他们还点了三个菜，刚坐下没几分钟就送了过来。

凌灼吃东西速度不快，细嚼慢咽吃得很认真。陆迟歇漫不经心地夹菜，注意着对面人每道菜下筷子的频率，嘴角噙上笑。

吃完陆迟歇的助理收拾了一下，先回了楼下自己房间，杨明去外头超市帮凌灼买缺的生活用品，房间里只剩下凌灼和陆迟歇。

凌灼干坐了片刻，也起身告辞，陆迟歇送他到房门口。

凌灼拉开门，转头向陆迟歇道谢："今晚谢谢陆老师招待，那我先回去了。"

陆迟歇看着他，低下声音："凌老师，你给我的不是私人微信号吧？"

凌灼："那就是……"

陆迟歇："我看到了，下午读剧本的时候，你切换了另一个账号跟人发消息。"

凌灼不答，僵持了几秒，随后转身，拉开门快步而去。

[Part 2]

开机

翌日，剧本研读会继续，陆迟歇只早上过来了一趟，下午就请假离开了剧组，据说是去了外地拍一个广告。

凌灼暂时松了口气。

昨晚回去后他把制片人、导演和剧组一众演员的微博挨个加了一遍，也"回关"了陆迟歇，虽然和陆迟歇闹得有些尴尬，他也还是希望之后能顺利把这部戏拍完。

研读会一共进行了三天半，开机仪式定在演员们进组的第四天下午。

中午之后一众主演就开始做妆发，下午的开机仪式，他们要全套戏服妆发上阵让记者拍照。

凌灼快化完妆时，杨明手里拎着几杯饮料进门来，各递了一杯给凌灼和他身后的化妆师："陆老师刚回组，买了喝的分给大家。"

凌灼顺手拿了，是影视城外咖啡店卖的雪顶冰咖啡，他不太想喝，搁到了一边。

杨明提醒他："灼哥你要不喝两口吧，今天太阳大天热，一会儿穿着戏服出去怕晒得难受，喝点咖啡还能提提神。"

凌灼昨晚没睡好，早起就没什么精神，而且天气一热，他整个人就蔫了。

于是他勉强喝了两口。

杨明坐到一边，随口说了句："陆老师的脾气也没有传说中那么不好嘛，还买饮料请大家喝。"

凌灼身后的化妆师笑道："陆老师其实还好，没有外头传得那么夸张，我跟过陆老师好几个组，他不是那种故意耍大牌的人，一般别人不得罪他，他也不会给谁难堪。"

凌灼没吭声。

他摸不准陆迟歇的脾气，不知道自己那晚算不算得罪了陆迟歇，他还想在这行继续混下去，只希望那位老总的儿子当真是个体面人，别因为这个就给他穿小鞋。

三点十八分，开机仪式正式开始。

露天片场罩着红绒布的案桌上供奉着关二爷塑像，两旁摆着香炉和上供的烤乳猪、水果，主创人员挨个举三炷香上前祭拜。

四周围满了媒体记者和各家来捧场的粉丝，尤其以凌灼的粉丝居多。

天气炎热，凌灼穿着厚重的戏服又粘着头套，十分不适。

轮到他上香，被呛人的烟味一熏，他连着咳嗽了好几声，额头上都是热汗，还有些头晕，退到一边后杨明赶紧给他递水过去，举着小电风扇对着他吹。

"不舒服？"

听到声音，凌灼下意识地回头，陆迟歇不知什么时候出现在他身边，正笑着看他。

凌灼又侧头咳了一声，点了一下头，不怎么想跟他说话。

"你再这样要中暑了。"陆迟歇"啧"了声。

他从自己助理那儿拿过清凉油，退开一步，将清凉油递过去，带笑的黑眸仍盯着凌灼。

凌灼伸手去接，没再看他，把自己两边太阳穴都搽了，又将清凉油还了回去。

"送你吧。"陆迟歇说。

一小罐清凉油而已，凌灼没有推辞，又说了声"谢谢"，把东西递给杨明收着，移开目光。

陆迟歇被何靖平他们叫走，凌灼紧绷的神经这才骤然松下。

杨明小声提醒他："灼哥，刚很多粉丝拍你和陆老师的互动。"

凌灼皱了一下眉，没说什么。

之后是拍照，一众主创人员接受媒体群访。

或许确实是清凉油起了作用，凌灼感觉人稍微精神了些，被问到第一次拍戏的感受，他公式化地说了几句早已打好的腹稿，回答得中规中矩。

总算没出什么岔子。

开机仪式最后一项，导演和男女主角一起揭开摄影机上的红布，接着开拍第一场戏，也是男女主角的对手戏。

凌灼的戏份要等到明天才有，他本可以卸妆离开，犹豫之后还是决定留下来，观摩完这场戏再走。

第一场戏，拍的是真相揭露后，玄绛将欲和林岚玉拜堂的诸葛悠掳回，诸葛悠在他的床上醒来后两人对峙的对手戏。

道具师还在做准备，何靖平跟喻菲、陆迟歇讲戏，期望他们尽快进入角色。凌灼坐在场边喝水，低头看手机，仲一然这个时候多半在练舞，他没有打扰，退出微信又顺手点开微博。

"《焚情》开机"的关键词已经上了热搜，点进去一看却是记者发的陆迟歇给他搽清凉油的抓拍，点开评论一看，除了他和陆迟歇各自粉丝的评论，也有路人的胡言乱语："这两人是怎么回事？"

这条评论的点赞不少，还有很多人附和。

"凌灼和陆迟歇？两个人站在一起好养眼哦。"

"大魔王第一次这么主动吧？他之前是不是还点赞了凌灼的定妆照？"

"哇，大魔王这次真是本色出演。"

"凌灼不错啊，虽然是偶像，古装扮相居然不输正经演员，有看过原著的说一下这剧男一号和男二号的关系咋样？"

"不死不休的情敌！"

"所以谁还记得这是'大女主'剧？"

凌灼有些无语，什么乱七八糟的。

他摁黑手机屏幕，没了再看的兴趣，抬眼时却与前边陆迟歇的目光撞上。

何靖平讲戏讲得口沫横飞，喻菲听得认真，只有陆迟歇心不在焉，目光掠过坐在场边的凌灼，在对方看向他时轻勾了一下唇角。

凌灼移开眼。

等何靖平讲完，陆迟歇随口提意见："何导，这场戏和之后林岚玉闯进来，打断玄绛强吻诸葛悠是连着的，情绪也是连贯的，分开拍只怕效果不太好，反正凌老师也在这儿，不如一起拍了算了。"

喻菲："我也觉得可以。"

明天才是正式的开拍日，今天开机仪式只有这一场戏，但既然两位主演都不介意多拍一场，何靖平自然更不会介意。

只有临时被叫过来的凌灼有些蒙，不过这场戏本来这两天就会拍，他台词已经背好了，也不是全无准备。

既然何靖平说要拍，那就拍吧。

先拍男女主角那场，凌灼在场边化特效妆，目光跟着摄影机转。

一身黑衣的玄绛坐在床榻边，漆黑深邃的眼瞳里翻涌着浓烈的占有欲，手指慢慢撩摸着还在昏睡中的诸葛悠的面颊。

诸葛悠缓缓睁开眼，对上玄绛的双眼，先是一愣，随即抬手就欲出招，玄绛轻轻一拂，她的四肢被玄绛的灵力锁在榻上不能动弹，她愤怒喝道："你究竟要做什么？"

陆迟歇和喻菲飙戏，这两人都是年轻演员里演技不错的，导演一喊"开始"就进入了状态。场边凌灼看得认真，注意的焦点一开始在喻菲身上，后头不自觉就转向了陆迟歇，相较之下喻菲还有些端着，陆迟歇的情绪更饱满，收放也更自如。

凌灼轻抿唇角，他不是表演科班生，半年前张静才开始给他安排表演课，老师说他天赋不错，但在正经演员面前，大抵还有些自惭形秽。

这场戏的最后，玄绛试图强吻诸葛悠，诸葛悠拼尽全力挣开了玄绛的灵力束缚，给了他心口一掌，两人同时吐出一口血来，玄绛用指腹拭去自己嘴角的鲜血，猛抬起眼，饱含杀意的冰冷目光落向殿门的方向。

之后就是下一场戏，林岚玉浴血杀进来。

陆迟歇和喻菲的这场戏只重来了一次，因为喻菲有一句台词卡了壳，第二遍很顺利就过了，轮到凌灼上场。

他已经化好满身满面血和伤痕的特效妆，第一幕镜头就是他举着剑冲进魔殿中的画面。

刚拍摄了半分钟就被何靖平打断，何靖平皱眉提醒凌灼："不行，林岚玉进来之前已经和反派四大首领血战过，身负重伤走路都不稳，喘气喘得厉害，你刚担忧焦急的情绪是可以的，但狼狈之态没表现出来，重新来一遍。"

凌灼点点头，说了声"抱歉"。

第二遍，何靖平还是说不行。

第三遍依旧。

何靖平："还是不行，要喘气，喘气。"

其实电视剧拍摄不需要这样精益求精，但今天刚开机，所有人都想讨个好彩头。

凌灼再次道歉，何靖平有些无奈，安慰他："算了，不用这么紧张，都先歇几分钟吧，你喝口水酝酿一下感觉。"

凌灼退回场边去喝水，才第一场戏就被连着打断三次，多少让他有些挫败。

"凌老师。"

身后响起陆迟歇的声音。

凌灼回头，陆迟歇靠着墙也在喝水，沉眸盯着他似笑非笑，缓缓开口："凌老师，要不要我教教你，怎么喘气喘得好？"

凌灼一愣，转回头，没有理他。

休息了几分钟，拍摄继续，这次何靖平没再喊停。

林岚玉执剑跌跌撞撞地闯进魔殿，诸葛悠见到他挣扎着要下榻，再次被玄绛用灵力锁住。

玄绛靠坐在榻边,兴致盎然地看着愤怒的林岚玉一步步走近。林岚玉的剑尖缠着他仅剩的灵力刺向玄绛,玄绛慢条斯理地抬手,两指夹住剑刃,邪肆恣睢的灵力汹涌泄出,在诸葛悠带着哭腔的惊呼声中向林岚玉狠冲而去。

林岚玉本就不是玄绛的对手,又身负重伤,一下就被击得朝后摔去,吐出一大口血来。

凌灼身上吊了威亚,往后摔这段由威亚扯着他向后,他还要同时咬破嘴里的血袋。

第一遍的时候凌灼没有控制住力道,摔的角度不对,慌乱之中一口咬破血袋,里头的糖浆还不小心被他咽下去了一大半,甜腻得发苦的味道差点儿没让他当场吐出来。

何靖平一喊停,杨明立刻冲上来给他送水。

灌了半瓶矿泉水,总算把那股子恶心味道冲淡了些,武术指导过来教他怎么摔,凌灼强迫自己认真听,脑子里不时闪过刚拍摄时陆迟歇盯上他的那个眼神。

陆迟歇演技确实好,玄绛那个好似玩味、鄙夷、不屑一顾的眼神,他诠释得入木三分,被盯上时凌灼甚至有种头皮发麻的不适感,才会在最后那一瞬间走神。

还靠坐在道具床边的陆迟歇忽然喊了他一声:"凌老师。"

凌灼转头。

陆迟歇唇角轻启:"你刚在想什么?"

凌灼目光飘忽了一下,没有回答他,冲何靖平点了点头:"何导,可以了,继续吧。"

这次前面那一段没再出错,凌灼按武术指导的要求,摔在了指定位置,咬破血袋吐出一大口血。

林岚玉挣扎着还想起来,几次以剑撑地却是徒劳。玄绛起身,缓缓走到他身边,居高临下地看着他,神情始终是兴味盎然的。

林岚玉低垂头撑着剑半跪在地上，玄绛忽然弯下腰来，手指贴上了他满是血和伤的俊脸。

　　凌灼诧异抬头，这个动作不是剧本里的，但何靖平没有打断他们，面前人用手指轻撩着他脸上的伤口，目光也饶有兴趣地落在他脸上，继续说出剧里的台词："你要来跟我抢人？"

　　凌灼浑身不适，偏偏何靖平没有半点儿叫停的意思，他只能硬着头皮演下去。

　　之后一段文戏是玄绛在情敌面前得意扬扬地回忆从前屈辱，炫耀如今大仇得报、美人在怀，再嗤笑林岚玉的不自量力、以卵击石。林岚玉要表现出仇恨、愤怒、不甘、厌恶，同时默默积蓄力量，他在来之前已经吃了快速恢复灵力的丹药，只等灵力回来，在对方最得意时给对方致命一击。

　　何靖平终于喊了停，提醒凌灼："你没有入戏，先补一下妆，这段重来。"

　　化妆师过来就地给他补妆，陆迟歇也没走，就在一旁等着。

　　再次开拍前，陆迟歇忽然伸手拉过凌灼的胳膊，不等凌灼挣扎，和他说："拍戏的时候别想有的没的，你把自己当成林岚玉，把我当成玄绛就行，我还能吃了你不成？"

　　凌灼皱眉，一下倒忘了挣开他："陆老师刚才为什么要加那个动作？"

　　陆迟歇淡定地收回手："对玄绛来说，林岚玉身上的伤口也是他的战利品，他摸一下自己的战利品，有什么问题？凌老师觉得呢？"

　　凌灼觉得自己跟他无话可说。

　　拍摄继续，凌灼压下那些杂乱心绪，将自己代入角色中，渐渐找到了些感觉，情绪也被和他演对手戏的陆迟歇调动起来。

　　林岚玉的灵力恢复了三成，终于等到玄绛得意过头将命脉暴露在他眼前的机会，持剑一跃而起。

　　这场戏到这里结束，后面的武戏需要换场景，以后再拍。

　　傍晚剧组聚餐，地点定在酒店附近的一个烧菜馆，制片人高承亲自掏腰包，请剧组上下所有演职人员一起。

凌灼身上的特效妆卸起来麻烦，还回酒店洗了个澡，去得稍晚，只剩陆迟歇身边的位子是空着的，他只能坐过去。

何靖平情绪高涨，挨个给人倒酒，轮到凌灼时问他要白的还是啤的，凌灼赶紧起身："谢谢何导，我自己来吧。"

"不用不用，你坐着就是了，客气什么，我都给你们倒。"

何靖平笑眯眯地招呼他坐下，凌灼还在犹豫，被身边陆迟歇一把拽着坐下去："坐着吧，何导就喜欢给人倒酒，这么拘谨做什么。"

何靖平给凌灼倒了杯啤酒，凌灼再次道谢，对方不在意地一摆手，又去跟别人说话了。

一桌子的人都在谈笑风生，凌灼基本插不上话，干脆低头吃东西。

身边人问他："凌老师，你好歹也是当红小生，整个剧组里没人比你更红了，就算是第一次拍戏，也不用这样小心翼翼吧？"

陆迟歇说话时语气不怎么正经，凌灼忍耐着搁下筷子，侧头对上他："陆老师，你也说了我是第一次拍戏，谨慎一些不应该吗？"

陆迟歇笑了笑："不好意思得罪喻菲，因为她是一线女主角；也不好意思得罪何靖平，因为他是导演，但你很好意思得罪我啊？"

他的声音压得低，别的人又都在说话，所以没有第三人听到。

凌灼平静地问他："我得罪陆老师了吗？"

陆迟歇："没有吗？"

凌灼转回头继续吃东西，彻底不想搭理这个人。

其他人聊着天，话题不期然地转到了凌灼身上，何靖平笑呵呵地说起下午开机仪式时，凌灼那些粉丝实在热情得很，还给剧组所有主创人员都送了礼物："有小凌在，估摸着这剧从开拍到播出，热度都不会缺咯。"

喻菲也顺嘴打趣："下午我过来时，几个小姑娘特热情地跟我打招呼，我还以为是我的粉丝，结果她们开口就说，感谢我对小凌的照顾，我还莫名其妙，后面才听说原来是昨天小凌直播，跟他粉丝说了我进组那天给大家带点心的事情，弄得我都不好意思了。何导说得对，有这么多人关注着，我们这剧以后热度确实低不了。"

"何导、菲姐说笑了，她们没给剧组添麻烦就好。"凌灼赔笑。

他昨天确实有个代言活动的线上直播，顺嘴提了下拍戏的事情，主持人问起他进组后的感受，他就很客气地说了几句大家都很好相处的场面话，还把喻菲给大家带点心这事说了。

陆迟歇："是吗？那下次凌老师再直播，是不是要跟你粉丝说一下，我也给你们带了饮料啊？"

满桌的人都笑了，凌灼实在尴尬，只能跟着笑，好在话题很快又从他这儿转开了。

他借口去洗手间，起身走出包间门略松了口气，暂时不想回去了，干脆就在外头走廊上站着，反正这里也没人。

齐良栎下午就把微博热搜上的照片发进了群里，还提醒了他，群里几人你一句我一句地起哄，问他是不是真跟陆迟歇关系好，陆迟歇竟然对他这么热情主动。

凌灼无奈回复："你们为什么对大魔王这么感兴趣？"

齐良栎："灼哥你终于出现了，不是我们感兴趣啊，你看就今天下午这一出。"

半分钟后，下午唯一没发言的仲一然回了一条："别胡说八道。"

凌灼看着那几个字，慢慢删掉了原本想说的话。

仲一然这句，是指齐良栎起哄他和陆迟歇？

齐良栎："我又没说错，灼哥和然哥才是我们火炸男孩的官方拍档，肥水怎么能流了外人田。"

张寻："说了别叫火炸男孩，土不土？"

齐良栎："本来就是火炸男孩，为什么要自欺欺人？"

之后群里沉默了好几分钟，凌灼犹豫再三，盯着仲一然的微信头像，仲一然不出声，他也不想再说什么了。

齐良栎大概察觉到群里气氛不对劲，又发来一条："怎么都不说话了？我又说错话了？"

邓岚洛："知道自己不会说话就少说点。"

齐良栎："什么啊？"

"凌老师不是说去上洗手间，原来是躲外头来玩手机了啊？"

陆迟歇的声音出现在身后，凌灼回头，眼前人点了根烟，靠墙一边抽烟，一边眯着眼睛看向他。

凌灼恼火道："你到底要做什么？"

陆迟歇："不做什么，凌老师，做人真诚一点吧，我给你的是我的微信私号，你拿工作号来糊弄我，是不是不太地道？"

凌灼冷了脸，陆迟歇一抬下巴："生气了？你怎么这么不经逗？"

他得罪不起这位老总的儿子。

凌灼忍了又忍，忍住了跟他翻脸的冲动，干脆把话说清楚："陆老师，你是不是不明白？我知道这个圈子里有很多人想要巴结你，想从你那里拿好处，可我不是那样的人。"

陆迟歇还是那句："加微信。"

凌灼："……"

他实在不想跟这人纠缠，拿出了手机。

陆迟歇盯着他的动作，笑笑说："你这个头像挺好看的。"

他这个号的头像是他的一张自拍照，凌灼微微侧头，避开了身边人的二手烟，陆迟歇："不喜欢烟味？"

凌灼："不太习惯。"

陆迟歇笑了声，在旁边烟灰桶上捻灭烟头。

凌灼摆弄着手机，慢吞吞地将陆迟歇加上了，看着还是有些不情不愿。

仲一然正巧发来新消息，他滑过屏幕一不小心给直接点开了。

仲一然："你和那位尚昕老总的儿子，相处得好吗？"

凌灼赶紧点击退出，但已经被身边人瞥见了。

"尚昕老总的儿子？"陆迟歇念出这几个字，又笑了一声，"说我啊？"

凌灼懊恼不已:"抱歉。"

陆迟歇看着他表情的变化,实在觉得有趣得很:"凌老师,你朋友问题很多啊,我们相处得好不好跟他有什么关系?"
凌灼摁黑了手机屏幕。
陆迟歇低下声音:"其实凌老师误会我了。"
凌灼一下没听明白,看着他:"什么?"
陆迟歇稍顿:"我也不是你想的那种人。"

回到酒店,凌灼拿到明天拍戏的通告单。
他戏份不少,一整天都排满了,剧组拍摄时分了A、B组,他早上的戏份都在B组,和其他配角一起,下午才要去A组,拍和男女主角的对手戏。
其实主要是和喻菲,他拍的对手戏大部分都是和喻菲的。
把明天要拍的内容的剧本过了一遍,重新洗了个澡,坐上床凌灼看一眼时间,已经晚上九点多了。
仲一然发来消息问他睡了没有,凌灼回复过去:"还没,刚洗完澡,一会儿睡。"
先前仲一然问他和陆迟歇关系怎么样,凌灼回了句"一般,和剧组其他人差不多",那边就没再多问。
他进公司第一天就认识了仲一然,仲一然稳重、可靠,一直是他们五个人的队长和主心骨。仲一然对他很好,对其他人也一样好,凌灼有时候觉得自己在仲一然心里也是特殊的,有时候又觉得其实是他想多了,自己究竟是不是这个队里仲一然最重要的朋友?
仲一然又发来一条:"拍戏累吗?"
凌灼:"累啊,一段戏不停重拍,好丢人。"
仲一然:"这没什么丢人的,你是新人,总要有个过程,别给自己太大压力。"

有了仲一然的安慰，凌灼心里舒坦了不少："队长，你有空能来探我的班吗？叫上他们一起也可以啊。"

仲一然："有空会去的，你专心拍戏，别操心其他事情。"

凌灼："那好吧。"

虽然仲一然没说什么时候来，他就当对方是答应了。

又说了几句话，仲一然提醒凌灼别再玩手机早点睡，和他说了晚安。

凌灼还睡不着，看朋友圈里一下多出来十几条新消息提醒，顺手点进去。全是最新点赞，陆迟歇把他的朋友圈动态挨条点赞了一遍。

凌灼："……"

他这个私人号没出道时就一直在用，加的都是家人、朋友和关系好的同学，凌灼其实很喜欢发朋友圈，看到什么好玩有趣的东西就会随手拍了分享到朋友圈，当然，都是跟工作无关的。

有时也会发自拍，又或是跟其他人一起的合照，大部分是跟队友。

见陆迟歇还有继续往后翻他朋友圈的架势，凌灼皱了一下眉，在设置里改成了"最近三天可见"。

两分钟后，陆迟歇发来消息："为什么改设置？"

凌灼："不乱翻别人以前的朋友圈是基本社交礼仪，陆老师不懂吗？"

陆迟歇："是吗？"

凌灼不想再回了。

那边又发来一条："凌老师，来吃消夜。"

凌灼："不用了，谢谢。"

外头响起门铃声。

凌灼想装作没听到，敲门的人不肯走，门铃响个不停，他只能起身去开门。

陆迟歇手里拎着一袋子外卖："麻辣小龙虾，吃吗？"

不等凌灼拒绝，陆迟歇弯了一下唇角。"我看你朋友圈经常晒这个，喜欢吃？晚上聚餐你就没吃几口东西，饿吗？"他又笑着说，"凌老师，一起吃个消夜而已。"

被陆迟歇这么一揶揄，凌灼脸上有些挂不住，犹豫之后放了陆迟歇进门。

他晚上确实没吃饱，很大一部分原因是身边一直盯着他的陆迟歇。

而且，这麻辣小龙虾闻着也确实挺香的。

坐下时凌灼随口说："陆老师就不怕我举个手机开直播吗？"

陆迟歇发出一声笑，抬起眼："凌老师，我发现你对我真是一点不客气啊。"

凌灼看着他，陆迟歇不在意道："随你。"

凌灼闭了嘴，默默低下头吃东西。

吃完消夜，陆迟歇没有要走的意思，转眼瞧见凌灼搁在客厅茶几上的剧本，走过去捡起看了眼，问他："你明天拍几场戏？"

凌灼："早上B组有两场，下午是和你还有菲姐一起的戏。"

陆迟歇仔细翻了翻他的剧本，笑着说："你连用什么方式展现情绪也要特地在剧本旁边标注出来？"

凌灼不好意思地解释："我不是专业演员，只能用这种笨方法，不像陆老师演技那么好。"

陆迟歇看他一眼："你觉得我演技好？"

"是挺好的，"凌灼诚实点头，"你是从小就有学表演吗？"

陆迟歇随口说："小时候经常跟着我妈在片场看她拍戏，看多了就自己模仿，进大学以前没系统学过。"

凌灼了然，陆迟歇妈妈的电影他每一部都看过，小时候家里还贴满了陆迟歇妈妈的海报。那个时候他最羡慕甚至忌妒的人，可能就是经常出现在报道里的，那个跟在安昕身边比他大不了两岁的陆迟歇吧。

陆迟歇："你写这些东西有什么用，还不如我陪你先试演一遍。"

凌灼："那不是很麻烦……"

陆迟歇打断他："不麻烦，开始吧。"

凌灼拒绝的话到嘴边，改了口："那谢谢啊。"

早上的两场戏，一场是林岚玉和门派长老关于门派事务的对话，另一场是他花心思为诸葛悠准备生辰礼物。陆迟歇充当和凌灼演对手戏的角色,不时提醒他对情绪收放、肢体语言的把握。

"凌老师,你真没谈过恋爱啊?给心爱的人准备生日礼物,怎么眼里一点儿期待和喜悦的感觉都没有?"陆迟歇靠坐在沙发里,手指点了点,打断他。

凌灼抿了一下唇:"我再来一次吧。"

如果把诸葛悠想象成喜欢的人,他好像确实知道该怎么演了。

陆迟歇看着他仿佛忽然间活过来的眼神,嘴角笑意逐渐淡去,微眯起眼。

凌灼演完没听到陆迟歇的声音,回头看他:"陆老师,我刚这样演可以吗?"

陆迟歇:"你想着谁在演?"

凌灼:"没有。"

陆迟歇哂道:"凌老师又不诚实了。"

被陆迟歇盯着,凌灼不自在地转开眼,干巴巴道:"我没谈过恋爱。"

僵持片刻,陆迟歇重新拿起他的剧本:"下一场吧。"

下午凌灼也是两场戏:一场是诸葛悠来找林岚玉讨要救命的灵药,林岚玉得知她捡了个人回来;另一场是林岚玉跟着诸葛悠去看她捡回来的人,恰巧玄绛醒了,林岚玉不动声色地观察着玄绛,两人之间隐约暗潮涌动。

林岚玉对诸葛悠的感情,概括起来应该是情不自禁地喜爱、纵容,且珍惜,之前凌灼一直苦恼要怎么把感情戏演好,今晚被陆迟歇一句话点醒。

代入另一个人也许不是好的表演方式,但对他来说,却是眼下最好用的法子。

陆迟歇神色渐沉,凌灼没有察觉。

他们开始试最后一场戏。

"你是谁?"林岚玉警惕中含着一丝本能的排斥,看着面前在诸葛悠房中醒来的陌生男子。

玄绛抬眼，黑沉双眼里一丝情绪都无，甚至没有任何波动，目光平静地掠过林岚玉，落到诸葛悠身上。

剧本里是这样的，但陆迟歇盯着凌灼，神情莫名，始终没有移开眼。

凌灼："陆老师？"

陆迟歇沉声问："你刚才，到底在想着谁？"

凌灼又气又恼："关你什么事？"

陆迟歇："所以你真的想着某个人在演，你有喜欢的人？"

凌灼："你是不是有病？！"

他修养再好、再能忍，到这会儿也终于破了功。

陆迟歇神情更晦暗。

"你到底要做什么？"凌灼被他盯得头皮发麻，心情更加烦躁，"我是得罪不起你，你究竟怎样才能放过我？"

陆迟歇轻吐出两个字："不放。"

凌灼："我没有想着谁，你是不是听不懂人话？"

陆迟歇："你对谁有兴趣？"

凌灼："我说了，不关你的事！"

被凌灼气愤地瞪着，陆迟歇"啧"了声："逗你玩的，别一副要气哭了的模样，今天就到这儿吧，以后我每晚来给你顺第二天的戏份，这是何导布置的任务，你只能接受。"

次日早上，凌灼一直在B组拍戏，由一个副导演负责，下午才转回何靖平负责的A组，拍和男女主角的对手戏。

有昨晚陆迟歇帮忙走戏，今天的拍摄确实顺畅了很多，何靖平对他也很满意。

拍完跟喻菲单独的那场对手戏，何靖平笑问他："不错啊小凌，今天找到感觉了，昨晚迟歇真去给你上课了？"

凌灼稍微尴尬，解释："陆老师有帮我过一遍。"

一旁的喻菲听了颇为意外，也笑了："那你俩相处得不错啊，他那个脾气竟然愿意帮你提前走戏？"

凌灼："他说是何导布置的任务。"

何靖平："嘿，那小子主动来跟我说的，不过他既然乐意教，你就跟他多学学吧，你们多交流交流，也没坏处，我看这样也挺好的嘛。"

凌灼只能答应。

陆迟歇下午两点多才过来。

下车时看到片场外头挤了一堆小姑娘，还有人爬到对面建筑物高处，举着照相机对着片场的方向拍个不停，助理顺嘴告诉他："这些人大部分都是凌老师的粉丝，也有来拍陆哥你和菲姐的。"

陆迟歇："他真这么红？"

陆迟歇眯起眼看了那些人两秒，吩咐助理："你去深入凌老师的粉丝团试试。"

助理："啊？"

陆迟歇："听说做这个还挺赚钱的，做凌老师这种有人气的应该更赚钱吧。"

助理："……"

凌灼远远地看到陆迟歇过来，低了头继续看剧本。

他刻意避着陆迟歇，让杨明寸步不离地跟着。

陆迟歇和喻菲还有两场单独的戏要拍，凌灼在一旁等，从导演的监视器屏幕里看拍摄效果，平心而论，不论是陆迟歇还是喻菲，演技都是好的，看他们拍戏凌灼自己也收获良多。

见凌灼看得认真，何靖平笑眯眯地提醒他："阿菲和迟歇都有很浓重的他们自己的表演风格，你看看就好，学习可以，不用一味模仿，你得找对适合你自己的方式。"

凌灼点点头："我知道，两位老师演得都很好。"

何靖平："昨天迟歇说你演戏是有天赋的，就是没系统学过，说你看着挺认真，他才愿意教你，他可是有不少从他母亲那里学来的真材实料,你跟着他好好学,吃不了亏。"

凌灼心思微动,安昕年轻时就有"天才女演员"之称,她戏拍得不多,但每一部都是经典,唯一的关门弟子只有她的亲生儿子陆迟歇,陆迟歇肯教他确实是他走运……

何靖平拍了拍他的肩膀:"别想太多。"

之后要拍他们三个人的对手戏,正式开拍前,何靖平又跟他们讲了一遍戏。

凌灼听得认真,陆迟歇靠坐在一边椅子里歇息,慢悠悠地喝水。

这场戏拍得很顺利,两次就过了,拍完已经六点多,喻菲还有夜戏,凌灼和陆迟歇可以下班了。

凌灼换掉戏服卸完妆,走出片场上保姆车时,又碰到了陆迟歇。

陆迟歇像特地在等他,靠在车门边抽烟,看到凌灼出来才捻灭烟头。

凌灼不好装没看到,硬着头皮跟他打了个招呼。

"去吃晚饭。"陆迟歇说。

凌灼:"我回酒店吃……"

陆迟歇打断他,嘴角上扬:"凌老师,我以后每天提前帮你试戏,也不要你回报什么,请我吃顿饭不过分吧?"

凌灼没吭声。

陆迟歇就这么笑看着他,等了两秒,凌灼点了一下头。

上保姆车前,看到不远处还有没走的粉丝,凌灼顺嘴多问了一句:"陆老师在这里抽烟,不怕被人拍吗?那边也有你的粉丝吧?"

陆迟歇无所谓:"随便她们。"

凌灼摇摇头,先上了自己的车。

他们去了附近的一家私房菜馆,加上两个人的助理、司机、保镖,一共八个人,只要不用和陆迟歇单独相处,凌灼就觉得还好,他也不想把和陆迟歇的关系彻底闹僵。

饭桌上全靠杨明和陆迟歇的助理小钱活跃气氛,凌灼全程低头吃东西,忽略对面的陆迟歇。

"凌老师。"陆迟歇忽然喊了他一句。

凌灼抬眼。

陆迟歇看着他问:"Sparkle Bomb,是你那个团?"

凌灼不知道他突然提这个做什么:"嗯。"

陆迟歇:"歌还不错。"

凌灼:"谢谢。"

陆迟歇:"不过你们那公司看着不怎么样,搞你这种唱跳团也没什么大前途,凌老师考虑过跳槽吗?"

凌灼:"不用了,暂时没这个打算。"

陆迟歇意味不明地笑了声,没再说话。

凌灼心里略不舒服,但没表现出来。

吃完晚饭出来,餐馆外头仍有蹲点的粉丝,凌灼赶紧上车。

回到酒店已经八点半,明天的通告单已经出了,他依旧是四场戏。

陆迟歇来敲门,进门见凌灼的助理也在,扬了扬眉。凌灼镇定地说:"麻烦陆老师了,我让小杨帮我做记录,把不足的地方都先记下来。"

杨明抱着笔记本电脑乖乖坐在一旁,在陆迟歇视线扫过来时绷紧身体,莫名有种如芒在背之感,好在陆迟歇很快就不把注意力放他身上了。

陆迟歇拿起剧本:"开始吧。"

一个小时后,四场戏顺利走完,陆迟歇坐在沙发扶手上,斜一眼蹲在茶几前的杨明,这小子记了快两页纸,几乎把他的每句话都记了下来,凌灼凑过去看,似乎还挺满意。

陆迟歇喊他:"凌老师。"

凌灼转头。

陆迟歇:"真不考虑换家公司?你演戏确实挺有天赋的,别在小公司里埋没了吧。"

凌灼:"静姐,我说我的经纪人,她挺有本事的,要不我也进不了这个剧组。"

陆迟歇嗤笑了声:"那是因为你现在有人气,能换资源,但它更新换代速度快,三年已经是极限了,等你人气开始走下坡路,再找其他出路就晚了。"

凌灼没再接话。

他说:"今晚谢谢陆老师了,就到这里吧。"

陆迟歇笑道:"正事干完就打算赶我走,凌老师可真不客气啊。"

凌灼:"我要洗澡睡觉了。"

陆迟歇没再逗他:"行,我走。"

凌灼送他到房门口,陆迟歇走出去,关门之前他伸手撑住房门,在凌灼又开始皱眉时和他说了句:"晚安,凌老师,明天见。"

不再是那种像欺负人的不正经语气。

凌灼一愣,然后也说:"晚安。"

陆迟歇眼中笑意加深,看着房门在他面前合上。

凌灼回到客厅,杨明已经把他刚记下的东西整理好,顺嘴感叹:"陆老师还确实是有点儿东西的。"

凌灼:"他妈妈是安昕。"

杨明向来知道凌灼的偶像是安昕,提醒他:"灼哥你不如请陆老师帮你向他妈妈要张签名照啊?"

凌灼听着有些心动,想想又算了,他还是不要再多招惹陆迟歇了。

说了几句话杨明也回房去了,凌灼进浴室洗澡,再拿着手机坐上床。

群里今晚很安静,他给仲一然发了条消息,那边也没回,才想起今天他们应该在录制团体综艺,不由得撇嘴。

他们团的团体综艺是一直都有的,每半个月录一期,凌灼这是第一次缺席,之后还可能要一直缺席到他这部戏拍完。

打开微博,一刷新就看到陆迟歇几分钟前刚发的一条。

有记者发了今晚他俩同进同出一起吃饭的照片,阴阳怪气地说他抱上了陆迟歇的大腿,陆迟歇直接转发:"不要造谣,是我抱凌老师的大腿。"

凌灼十分无语。

他点开陆迟歇的微博评论，大家都对他们的关系亲近没有恶意。

有人已经给他和陆迟歇建了双人超话，凌灼看到链接，随手点进去，里面还挺热闹，也有快一千人，发图发段子。

超话名却很奇怪，"凌迟"……为什么这么不吉利？而且这些人竟然自称"小畜生"？

凌灼看了半天才搞明白，一开始这个超话名叫"凌迟处死"，但后两个字不好听所以只保留了前面两个字，粉丝名则取自后面两个字的谐音。

"我们今天聚在这里，都是想看两人互动罢了。"

满屏胡言乱语，凌灼看着实在别扭，又退了出去。

陆迟歇在微信上给他发来消息："凌老师，你也觉得我说得对吗？"

凌灼："什么？"

陆迟歇："你刚给我的微博点赞了。"

凌灼一惊，点回微博去，这才看到刚他确实手滑点赞了陆迟歇那条，赶紧取消。

陆迟歇："没用的，截图已经满天飞了。"

凌灼懊恼不已，回复陆迟歇："你为什么要转发这种微博？"

陆迟歇："为什么不能转？"

凌灼彻底不想再理他。

半分钟后，陆迟歇又发来一条："生气了？"

陆迟歇："凌老师脾气还不小啊。"

凌灼直接退出微博并关机。

有病。

[Part 3]

傻 瓜

　　十点半，凌灼迷迷糊糊快睡着时，杨明又上来敲他的门，说张静找他，让他开机。

　　张静特地打电话来，也是问他和陆迟歇的事。

　　凌灼："我们能有什么事，普通同事一起吃个饭而已，静姐你想到哪里去了？点赞那个是手滑，我不是故意的。"

　　张静："我听小杨说他对你挺热情的，还主动提出每晚帮你走戏？"

　　凌灼："嗯，他说是何导的意思。"

　　电话那头安静了两秒，张静说："你自己注意点吧，陆迟歇那个人你自己拿捏住分寸，也尽量别得罪他。"

　　凌灼没跟她说更多，说了也没用："我知道了。"

　　之后几天，A组连着出外景，每天早出晚归，凌灼一直在B组拍戏，白天没再跟陆迟歇碰过面。

　　陆迟歇每晚八点以后会过来他房间，帮他试第二天的戏。一直这么麻烦人凌灼其实很不好意思，但陆迟歇一副理所当然、乐在其中的态度，凌灼自己也有一点儿私心，每晚的单独试戏就这么持续了下来。

　　进组第二周，凌灼已经慢慢适应了这样每天早起拍戏的节奏，除了天热难忍，其他都在逐渐习惯中。

　　拍完一场戏，他扯松身上裹了两层的戏服，走进太阳伞下靠着躺椅坐下，手里拿着小电风扇对脸吹了一会儿，感觉身上舒服了不少。

　　冰凉的矿泉水瓶子自后贴上脸颊，凌灼回头，对上陆迟歇一双笑眼。

"凌老师，喝口冰水吧。"陆迟歇散漫地笑道。

凌灼接过说了声"谢谢"，拧开瓶盖喝了一小半。

凌灼随后问他："你要喝饮料吗？"

陆迟歇："你请啊？"

凌灼点头："嗯，我让我助理去买。"

怕陆迟歇误会，他再添上一句："感谢陆老师帮忙试戏。"

不管陆迟歇是抱着什么心思，确实帮了他大忙，一顿饭其实远不够还人情，凌灼也做不了别的，想来想去只能平常多请几次客，虽然陆迟歇不一定看得上。

陆迟歇笑笑："凌老师客气。"

于是凌灼打发了杨明去外头咖啡店买水，陆迟歇也不走了，就在他身边坐下。

双手往后撑在躺椅上，陆迟歇侧身懒散地看向凌灼："凌老师，电风扇也借我吹吹吧。"

又是那种不正经的说话调调，凌灼不想理，往旁边挪开了一点。但躺椅就这么大点位置，外头太阳毒辣，他也实在不想把位置让了，所以仍和陆迟歇一起坐着，低了头翻剧本。

陆迟歇凑过去跟他一起看："昨晚已经走过戏了，我看你台词背得滚瓜烂熟，还要看？"

凌灼更觉得热，干脆把电风扇转向他那边，挡在他俩之间隔开距离，继续看剧本。

陆迟歇看着他露在古装戏服外一截细白手腕。

凌灼收回手，拧眉。

陆迟歇："凌老师应该多锻炼，手太细了，你是不是特别瘦？"

凌灼还是不想搭理他。

陆迟歇继续没话找话："你太紧张了，台词背下来就行，不用一遍一遍地看，我看你在台上唱歌跳舞时不是挺自信的，怎么拍戏的时候这么放不开？"

凌灼终于转眼看向他，陆迟歇："真紧张？"

凌灼："没有。"

"有就有，有什么不好承认的，"陆迟歇的目光在他脸上慢慢游移，"凌老师在台上唱歌跳舞时确实挺有魅力的，化舞台妆也好看，难怪这么红。"

凌灼被他盯得不自在，再次转开眼，视线重新落回剧本上。

陆迟歇笑笑，也低了头玩手机。

十几分钟后，杨明买了饮料回来，是上次陆迟歇买过的雪顶咖啡，凌灼从袋子里拿出一杯，先递给陆迟歇。

陆迟歇伸手接了，弯起唇角："多谢。"

之后凌灼一直拍戏到晚上六点多，晚饭也是在片场吃完，再回去酒店的。

陆迟歇下班比他晚，今天估计也要到八点半以后才会过来。凌灼把明天要拍的剧本先看了一遍，盘腿坐在沙发上玩手机游戏，杨明在一边刷微博。

"灼哥，你和陆老师的粉丝拍照博主出现了？"杨明举起自己的手机给凌灼看。

凌灼："什么？"

杨明："一个新出现的博主，专门拍你和陆老师的。"

凌灼接过他的手机。

确实是他们两个人的粉丝，微博名"DarkFire"，半小时前发了第一条微博。

"夏热。"

附带六张配图，全是下午他和陆迟歇在太阳伞下的互动。

凌灼："……"

短短半个小时，这一条微博转发量竟然过了两千，而且都是真正的粉丝，满屏胡言乱语。

凌灼努力将那种别扭不适感压下，问杨明："为什么会有人同时喜欢我和他啊？"

他以为超话里闹着玩就算了，也没几个人，他和陆迟歇在戏里的互动不多，肉眼可见地不熟，他们这是"大女主"言情剧，还不如去拍陆迟歇和喻菲，押他俩双人话题大爆靠谱呢。

杨明："不知道，总有人想着另辟蹊径吧，灼哥你是热度大，陆老师虽然没你红，但话题度比你还高一些，有人把你俩放一起也不奇怪。"

凌灼皱了皱眉，这几张照片，是不是拍得太清晰了些？当时他们附近有粉丝在吗？

他又想起另一件事，随口又问了句："陆老师生日是元旦？"

杨明："我看网上写的是。"

凌灼"哦"了声。

八点四十分，陆迟歇过来。

凌灼明天有六场戏要拍，全天都得待在片场。当然，陆迟歇这个男主角的戏份比他只多不少。

看到陆迟歇进门，凌灼立马坐直，陆迟歇瞥他一眼，倚着茶几拿起他的剧本，直接进入主题。

二十分钟后，杨明接了个电话，他家里有点儿事，于是跟凌灼请了个假，先回房去了。

试完一段戏，陆迟歇倚着沙发，随手将剧本翻到下一场的地方，凌灼看着他的动作，陆迟歇笑了声："这场是林岚玉察觉到诸葛悠喜欢上了别人，跟她告白，但没得到回应。"

他抬眼看向凌灼："凌老师，跟人告白过吗？"

凌灼平静地说："没有。"

陆迟歇："玩暗恋啊？"

凌灼不想回答，所以没再吭声。

陆迟歇啧了啧："开始吧。"

这一场戏林岚玉在后山拦住去给玄绛取灵水的诸葛悠，诸葛悠手受了伤,林岚玉温柔地帮她包扎,拉着她的手慢慢回忆起他们小时候的事情,将藏了许久的爱慕之情说出口,但诸葛悠用沉默回答了他。

刚一开始就被陆迟歇打断:"林岚玉不但是诸葛悠的爱慕者,还是她温柔包容的师兄,他表白时其实已经猜到诸葛悠不会答应他,比起期待更多的是让自己死心,你的情绪不到位,稍微收一点。"

凌灼想了一下,点头。

陆迟歇这人虽然经常没个正形,但该认真的时候也很认真,遇到凌灼卡壳的地方,便会用自己的情绪带着他入戏,而且耐性十足,就某种程度而言,陆迟歇确实是个不错的好老师。

凌灼稍稍平复心绪,将面前的陆迟歇当成戏中的诸葛悠,屏除了杂念,认真投入表演中。

林岚玉拉着诸葛悠的手,像他们小时候时常玩的游戏那样,在她手心用灵力一字一字写下"我心悦你"这几个字。最后一笔落下,他垂着眼安静等待,沉默一阵,诸葛悠缩回手,林岚玉眼睫轻颤了一下,主动替她解围,收了灵力拂去那几个字的痕迹,笑了一下说:"师娘刚到处找你。"

他们无声对视几秒,诸葛悠眼里藏着愧疚,林岚玉始终温和地笑着,最后诸葛悠说了声"抱歉",转身先走。

原本到这里就结束了,陆迟歇却盯着凌灼不动,仿佛还没从角色中抽离,凌灼愣了一下,随后站起身,动作太快差点儿摔下去,被陆迟歇伸手拉了一下才站稳。

凌灼立刻尴尬抽回手。

陆迟歇似笑非笑地瞅着他:"凌老师,你真这么怕我啊?"

凌灼不想承认:"没有。"

陆迟歇:"你用的什么牌子的沐浴露?"

凌灼跟不上他跳跃的思维:"什么?"

伸手指了指他脖子处,陆迟歇说:"挺好闻的。"

凌灼:"明天的几场戏都试完了,今晚也谢谢陆老师了。"

这是下逐客令了。

陆迟歇没再逗他,又说了几句有的没的,回去了。

关上房门,凌灼松了口气,看一眼手机,已经快十点了。

仲一然半个小时前给他发了条消息,问他明天方不方便,想来剧组看他。

凌灼心跳陡然加快,回复:"好,你什么时候来?"

翌日早上,凌灼五点起床上工。

做完妆发先去A组拍了两场和喻菲的对手戏,然后转去B组拍和其他配角的戏份,傍晚之前又回到A组,还有最后一场和男女主角一起的戏。

陆迟歇和喻菲前面那场戏还没拍完,他还得等。

仲一然发来消息,说还有二十分钟到片场,晚上一起吃饭,凌灼回复了一个"好",叮嘱了杨明去片场门口接人。

他其实更想自己去,但下场戏马上就开拍了。

仲一然进来时,凌灼正在场边补妆。远远看到仲一然过来,他立刻高兴地举手挥了挥,笑容满面。

陆迟歇刚拍完一场,还在何靖平的监视器前看回放,手里拿着水一边喝,目光一边漫不经心地掠过凌灼,落向棚外和凌灼的助理一起走进来的那个男人身上,一顿。

仲一然走到凌灼身边,凌灼还没补完妆,乖乖地坐着没动,笑着和他打招呼:"队长,你来了。"

仲一然点了点头,盯着他的脸打量了一下,说:"瘦了点。"

凌灼:"拍戏很累啊。"

仲一然笑了,将带来的一大包零食递给杨明帮拿着:"给你带的,既然瘦了吃点零食你经纪人应该不会说什么。"

凌灼弯起唇角:"谢谢队长。"

两人谈笑风生,没有注意到旁边陆迟歇一直盯着他们。

- 042 -

休息了片刻，何靖平提示几位主演准备，开拍今天的最后一场戏。

先是林岚玉和玄绛单独的对手戏，玄绛养伤一段时间后终于能下床，林岚玉对他的来路始终怀疑，找了个机会趁诸葛悠不在来试探他。面对林岚玉的质问，玄绛始终以沉默相对，之后林岚玉逼着玄绛出招，想试探他的灵力，玄绛虚接了两招，吐血倒地，诸葛悠恰在这时出现，冲上来扶住玄绛，第一次和林岚玉起了嫌隙。

昨晚这段走戏时很顺利就过了，当时陆迟歇提点了凌灼两句台词顿挫的把控，没多说别的。凌灼原以为正式拍摄时一样能很顺畅，陆迟歇却不按常理出牌，在凌灼出招时，按武术指导教的，他本该以肩膀接下这一掌，他也确实接了，但是没有按照剧本走。

凌灼一愣，陆迟歇看着他说：“凌老师，你今天这么高兴啊？怎么打人都软绵绵的，跟猫爪子挠人一样。”

场边何靖平也举着喇叭大声提醒：“小凌，你刚说话和出招时气势都不够，玄绛这个时候隐藏身份，跟你对峙的时候是完全处于下风的，你要压制住他。”

凌灼收敛心绪，点点头表示知道。

对上陆迟歇的目光，这人虽然在笑，眼里情绪却是冷的，身边工作人员都退开后，陆迟歇沉下声音说了句：“我有教你拍戏的时候想别的事情？”

他的语气略严厉，凌灼嘴唇动了动，完全接不上话。

陆迟歇一哂，冲何靖平示意再来一次。

凌灼吸了口气，将那些乱七八糟的心思压下，全神投入到拍摄中。

但还是不顺利，陆迟歇仿佛故意找碴儿，不停地挑他的刺，到后面连何靖平都觉察出不对，打圆场说差不多可以了，一段戏已经重拍了六七遍。

仲一然一直在场边看，在凌灼一遍一遍重拍时皱眉问了杨明一句："他们每天都是这么拍戏的？"

杨明尴尬解释："那也没有，顺利的时候一两遍就过了，今天可能灼哥有些不在状态。"

仲一然看着，没再说什么。

这场戏终于拍完，凌灼松了口气，已经八点多了。他在片场快速卸了妆，换上自己的衣服，和仲一然一起离开，出门碰到陆迟歇。

陆迟歇在和人说话，在凌灼走出来时目光挪向他，凌灼点了一下头就算跟他打过招呼，陆迟歇却出声将凌灼喊住："凌老师，不介绍一下你的朋友吗？"

凌灼不太情愿，仲一然平静目视陆迟歇，主动自我介绍："仲一然，凌灼的队友。"

陆迟歇却没理他，问凌灼："你明天几场戏？"

凌灼："我和朋友去外面吃饭，估计回来得比较晚，今晚就不麻烦陆老师了。"

凌灼略不自在："那我们就先走了。"

出门坐上保姆车，身边人问："刚才那位，拍戏的时候一直这样找你麻烦？"

凌灼："也没有，今天确实是我不在状态，他其实每晚都会帮我提前走戏，教了我不少。"

仲一然："你们很熟吗？"

凌灼尴尬道："就还行吧。"

仲一然点点头，没再追问："我已经跟齐良栎他们说了，让他们以后少在群里开你玩笑，那小子也是无聊，拿着小号刷微博，看到什么都喜欢在群里说，你别放在心上。"

凌灼："嗯，我知道。"

不过仲一然突然说来探班，凌灼想着，他就是专门来安慰我的吗？

在火锅店里坐下，吃东西时凌灼想起之前仲一然说的接了个综艺的事，问他："刘哥给接了个什么综艺，定了吗？具体什么时候？"

仲一然给他烫菜："这个月底那几天，《天南地北》，一期的飞行嘉宾。"

凌灼："上星综艺啊？"

仲一然："你要去吗？刘哥说节目组想要你也去，上星综艺的话静姐会答应让你去的吧？剧组能请到假？"

凌灼犹豫道："我试试吧。"

他转而说起高兴的事情："静姐说之前一直在给我谈的那个 LP 香水的代言差不多定了，之后可能还要请假出来拍广告。"

仲一然恭喜他："那很好啊，是大牌子。"

陆迟歇快九点才离开片场，助理小钱告诉他凌灼跟人去吃火锅了，陆迟歇靠着保姆车的座椅，漫不经心滑拨手机，点开了那个名为"灼然此双"的双人超话。

超话排名第三，大几十万人关注，几乎每一秒钟都有新的帖子刷出。片场凌灼的粉丝众多，仲一然来探班又和他一起去吃火锅，第一时间就有人拍下照片，超话里尖叫一片。

陆迟歇冷眼看了一阵儿，关掉界面："他那个团和公司，到底怎么个情况，说说吧。"

小钱："海天娱乐算是家中等规模的业内公司，背后没有其他资本，是独立公司，不过成立的久，实力还是有一些的，前些年他们学日韩造星模式，培养练习生想自己打造人气偶像，凌老师和他那几个队友就是在那个时候被挖过去的。

"但因为他们大老板怕赔钱，不肯在那些练习生身上多投钱，浪费了好几年时间，人也陆续退了一批，最后就剩下现在这几个人。前年海天高层换血，进了个以前在大公司待过的挺厉害的新艺人总监，挑了凌老师去参加选秀，让自己的亲信——那个叫张静的女经纪人带凌老师，还帮他创建了工作室，凌老师红了以后他们公司旧派势力也想分红利，顺势推出了凌老师那个五人团，有另外的经纪人专门带团。

"这两年他们公司的派系斗争就一直挺厉害的，凌老师夹在中间估计也挺难做，他的经纪人一直怂恿他单飞，但凌老师好像不是很乐意，个人活动、团队活动两边都顾着，而且凌老师虽然是团里最红的，但因为他那个团和他个人的工作室分属公司两派，他在团里其实不怎么被看重,就是个血包①,连中心位都是别人的。"

"他是个傻瓜吗?"陆迟歇皱眉,"他团里其他人呢?就没点什么想法?他们团内部关系怎么样?"

小钱:"听说凌老师跟他队友关系都挺好的,当然了,是个人都会有自己的想法,他那几个队友现在也陆续有个人活动了,今天来看凌老师的那个仲一然是他们团的队长,中心位是另一个跟凌老师一样是主唱的邓岚洛,这两人现在应该是他们团的主捧,人气也是除凌老师外最高的,仲一然的人气其实还要归功于和凌老师的组合,还是那句话,凌老师就是他们团的公用大血包。"

陆迟歇哂笑:"凌老师这是还没见识过人心险恶。"

一个团的,就算关系再好,真正面对资源利益之争时,还有几个人能顾及着所谓队友兄弟情?

小钱:"也可能是因为他们团里现在还没有什么大的资源冲突吧,无非是歌词多几句少几句、镜头多些少些的问题,这个凌老师应该不在乎的,他反正有自己的个人资源。"

陆迟歇随手拨动了几下打火机,盯着那不断蹿起又熄灭的火苗。

火光映在他眼底,沉默一阵儿,他说:"那就给凌老师好好上一课吧。"

仲一然第二天还有工作,来陪凌灼吃了顿火锅又离开了。凌灼回到酒店已经是晚上十点多,洗了个澡就直接睡了,次日又是一整天的戏,早上五点不到就得起来上妆。

好在通告单上今天拍的大多是群戏,他戏份不多,每场台词都只有两三句,做背景板就行。

下午三点,从 B 组辗转至 A 组出外景,还要拍一场和陆迟歇单独的对手戏。

外景地有些远,开车过去要四十几分钟,凌灼抓紧时间在车上补

---

① 血包,游戏用语,指的是战斗游戏中能给玩家治疗或恢复体力的道具。

觉,直到被杨明叫醒:"灼哥,到了。"

凌灼喝了口水,下车时一眼看到陆迟歇,这人比他先过来,正在前边太阳伞下跟何靖平说话。

凌灼走过去跟何靖平打招呼,陆迟歇回头看他一眼,没理他。

等了几分钟,武术指导过来。

这场戏是林岚玉再次试探玄绛,在后山无人的山林里跟他交手,玄绛虽灵力全无,仅凭空手竟挡了林岚玉十几招。

台词只有几句,大段大段的都是打戏,何靖平的意思是尽量少用武替,让他们自己上。

凌灼跟着武术指导认真学,和陆迟歇试招,这人却态度散漫,漫不经心地,一下一下仿佛逗着他玩儿,偏偏动作间又挑不出什么错。

"陆老师为什么不认真?"凌灼停下,没忍住开口问。

陆迟歇抬眼,不以为意道:"还没正式开拍,你急什么。"

凌灼想起昨天被他不停挑刺的经历,闭了嘴,只希望这人今天正常点吧,他不想又拍到天黑都不能回去。

但天公不作美,还没正式开拍,忽然闷雷声阵阵,眼看着快要下雨了,出于安全考虑,剧组暂时退出了山林,等这阵雷雨过去。

凌灼坐回保姆车上,也没了睡意,拿出剧本来翻,手里还捏着一袋布丁慢慢吸,这是昨天仲一然给他买来的零食。

杨明上车来提醒他:"灼哥,陆老师说让你去他车上,先跟你对一遍戏,一会儿拍的时候好节省点时间。"

凌灼看向车外,陆迟歇的保姆车就在对面,那人靠在车门边,嘴里叼了根烟,也似抬眼朝他这边望过来。

目光撞上,凌灼下意识地避开,然后又想起保姆车外的人根本看不清里面的他,不由得皱眉。

杨明:"灼哥?"

凌灼吸了口气,下车去。

陆迟歇目视着凌灼走近,烟雾背后那双黑眼里的情绪莫名。

凌灼走上前，一只手里还捏着那吃了一半的袋装布丁，另一只手握着剧本，镇定地问："要先走戏吗？"

陆迟歇扔了烟头，用脚尖蹂灭，示意他："上车。"

凌灼稍有迟疑，陆迟歇看着他，又一次说："上车。"

凌灼上了他的车，陆迟歇一步跨上去，"砰"的一声拉上车门，将后面想跟上来的杨明挡在了车外。

雷声乍响，暴雨如期而至。

凌灼神色警惕："你做什么？"

陆迟歇的目光落到他手中的布丁上："喜欢吃这个？"

凌灼皱了一下眉，不想回答他。

车里只有他们两个人，陆迟歇的司机、助理、保镖都不在，凌灼有些后悔，面前人忽然欺近，他本能地后退，背抵上了另一边车门。陆迟歇手伸过去，在他鬓发边轻轻一碰，再撤开。

手里多了片枯树叶子，陆迟歇用手指腹搓了一下，树叶在他手中被碾碎。他轻声笑，凌灼尴尬道："你能不能后退一些？"

车外暴雨倾盆、天光昏暗，车内他们靠得很近，这样的氛围让凌灼分外不适，再一次说："陆老师你正经一点儿吧。"

陆迟歇又笑了声，退开了些距离，开了车内灯。

凌灼坐直一些，眼里仍有戒备，陆迟歇低了头翻剧本："放松点吧，我没打算欺负你。"

凌灼将要冲口而出的话又咽回去，跟这人对峙没有任何意义，算了。

之后两人开始对戏，陆迟歇总算收敛了那些玩世不恭，认真起来。凌灼稍松了口气，压下心神，也把注意力落回剧本上。

一会儿要拍的戏，台词部分其实只有几句话，很快就走完。

外头大雨仍没有停的迹象，他们又接着过明后天要拍的部分，虽然具体通告单还没出，但大致是哪几场戏还是知道的。

"从这周开始，每天拍戏的时间拉长，要开始上夜戏了，晚上可能没太多时间帮你走戏。"陆迟歇道。

凌灼赶紧说:"那就算了吧,太麻烦陆老师了……"

陆迟歇:"以后只挑重头戏帮你提前过一下,每晚抽二十分钟就够了,凌老师不必觉得不好意思。"

凌灼一时间不知道说什么好,半天才干巴巴地挤出一句:"谢谢。"

陆迟歇抬眼看他:"真不好意思?还是不想再私下跟我打交道?"

不等凌灼回答,他沉下声音:"凌老师,你不退团主要是为了昨天那位?"

凌灼陡然变了脸色。

陆迟歇盯着他,凌灼慌乱道:"你别胡说八道了。"

陆迟歇轻笑:"是吗?"

凌灼:"跟你没关系。"

陆迟歇:"你为什么要帮他?长得倒是还行,就是性格看着像个闷葫芦。"

凌灼听着心里不舒服,仲一然怎么样,不需要面前人来点评。

于是凌灼声音也冷了:"我说了,跟你无关。"

陆迟歇:"你这么帮他,他知道吗?"

凌灼的神色更加难看,陆迟歇从他表情里得到了答案。

"不知道?"陆迟歇啧了啧,"你怎么这么可怜啊?"

凌灼没兴趣再跟他说,伸手去推门,又被陆迟歇扯住胳膊拽回来:"外头下雨呢,跑什么。"

凌灼挣不开,拧紧了眉:"你到底要怎么样?"

陆迟歇:"为什么不告诉他?"

凌灼避而不答。

"你跟他认识有七八年了吧?即使不说他难道自己没意识到吗?"

陆迟歇:"凌老师要不要考虑退团?"

凌灼冷笑道:"为什么我得听你的?不过是我不肯听从你,你才不愿善罢甘休而已,我要是跟其他人一样任你摆布,你只怕现在已经不理我了吧?"

陆迟歇:"凌老师又忘了我说过的话了,我说了不随便交朋友的。"

凌灼别开脸。

陆迟歇:"不信?"

凌灼:"跟我又有什么关系?"

陆迟歇:"真不信啊?"

僵持片刻,他放开了凌灼,退开时仿佛叹息了一声:"你怎么就是不信呢。"

凌灼一愣。

车窗外已是雨后天霁,雷阵雨来得快去得也快。

陆迟歇推开车门,凌灼回神下了车。

前方天际一轮长虹跨越晚霞,于沉沉暮霭间若隐若现,凌灼站在车门边,抬眸凝神看了片刻,陆迟歇也下车来,和他一起看,他俩各自举起手机,拍下照片。

难得气氛平和的时刻,直到导演叫人来催他们过去继续拍摄。

拍摄结束已是天黑,回程路上凌灼将之前拍的彩虹照顺手发了朋友圈,想了想又发上了微博,配了一个彩虹表情包。

五分钟后再一刷新,陆迟歇也发了微博,和他一样的照片、一样的表情包。

凌灼:"……"

身边杨明忽然叫了一声:"天哪,这个粉丝到底从哪里冒出来的,这也能拍到?"

凌灼看一眼他的手机,是前天才开的他和陆迟歇的双人超话,那粉丝刚刚也发了一条新微博。

配图只有一张照片,从侧面拍的,暮色下他和陆迟歇一起倚在车门边看晚景的侧影。不得不说,照片意境确实不错,滤镜也没选特别夸张的那种,拍得很自然。

杨明:"这人还挺会拍,其实灼哥你和陆老师的双人粉丝本没几个,大多是起哄看热闹的路人,但这个微博转发量增长的速度好快啊。"

凌灼看着糟心，转开眼。

他问："今天出外景也有粉丝跟着？"

杨明："我没怎么注意，就算有应该也不在附近吧，但这图拍得这么清楚，难道是现场哪个工作人员拍的？"

这种猜测倒也不奇怪，拍摄现场还有不少打零工的剧务、场务。

凌灼隐约还是觉得不对劲，陆迟歇发来微信，将那个粉丝的微博转发给他看："拍得不错。"

凌灼："陆老师知道是谁拍的？"

陆迟歇："何必在意这个。"

凌灼："你为什么要学我发微博？"

陆迟歇："凌老师，你讲讲道理，我那条和你是同时发的，前后就差了不到十秒，而且是我先发。"

凌灼再次点开微博，仔细看了眼两人发微博的时间，确实是陆迟歇先发。

凌灼："我先发进朋友圈的，你看了我朋友圈才发的吧，你以前的微博从来不用表情包。"

陆迟歇："原来凌老师翻过我以前的微博啊？"

凌灼不想再理他。

陆迟歇又发来一条："凌老师考虑考虑，跟我做朋友吧。"

[Part 4]

敏 感

之后一周,凌灼戏份都集中在 B 组,每天从早到晚。

虽然确实很累,但适应剧组节奏后,一切都变得顺畅起来。

傍晚,陆迟歇过来 B 组时他正准备上威亚。

陆迟歇走近,目光在他身上转了一圈,凌灼今天换了套新戏服,白色很衬他。

看到陆迟歇,凌灼略微意外:"陆老师怎么来这儿了?"

陆迟歇:"这场戏有我,你没看通告单?"

凌灼"哦"了声,他确实没注意。

陆迟歇和喻菲百分之九十的戏份都在 A 组拍摄,偶尔才会过来这边,这周因为他都在 B 组这里,在片场才难得碰上陆迟歇。

凌灼先开始拍,他要在高空吊威亚,自树林上空飞过,陆迟歇目视了一下离地高度,皱眉问负责这组拍摄的导演:"这么高的地方为什么不上绿幕?"

导演:"绿幕哪有实景拍摄来得真实,小凌自己说没问题,拍几个镜头就行了。"

凌灼其实有些紧张,十几米高空吊威亚,他是第一次,说一点儿不忐忑是假的。

深吸一口气,威亚扯着他的身体缓缓上升。

到合适的高度,凌灼调整了一下姿势,下面导演举着喇叭说开始,他便往前飞行。身体不能僵硬,要表现出飘然轻灵的仙人之态,好在凌灼有舞蹈功底,身板笔直,体态在任何时候都挑不出错。

陆迟歇紧盯着他。

剧本中林岚玉飞跃树林,在尽头一招灵力释出,分开地上激战的人群,再潇洒落地。前面一段凌灼演得很到位,导演也一直没喊停,落下时却出了问题。

左侧肩膀上的威亚松了一下,凌灼瞬间控制不住身体朝一侧歪了过去,左腿在下落过程中刮过大片树枝。

陆迟歇比任何人反应更快地冲了过去。

好在凌灼虽然狼狈但总算平安落了地,就是左腿火辣辣地疼,戏服也被刮花了,还有血渍。

立刻有工作人员过来帮他卸威亚、处理伤口,幸好只是皮外伤,但刮伤的面积大,几乎整条腿上都是血痕。

凌灼忍痛吸了两口气,抬眼撞上陆迟歇的目光,这人站在工作人员身后,脸色很不好看。

导演过来问还能不能继续拍,不等凌灼开口,陆迟歇先说:"不拍了,我送他回去。"

凌灼:"不用……"

陆迟歇:"就这么办。"

导演表情尴尬,最后顺着陆迟歇说:"那今天先这样吧,小凌你先回去休息吧。"

陆迟歇强硬地将凌灼带上自己的保姆车。

凌灼:"我也有车……"

陆迟歇:"你老实待着。"

杨明又一次被挡在车外,连带着小钱也被陆迟歇扔去后面坐凌灼的车。凌灼实在没力气跟他计较,干脆算了,疲惫地靠进了座椅里。

车开出去,陆迟歇语气不善地提醒他:"下次少逞能。"

凌灼:"这是意外。"

陆迟歇回头看他,凌灼无奈道:"陆老师,你自己是专业演员吧,换了你会说不拍吗？"

静了两秒，陆迟歇抬手，用力掐了他一下。

凌灼愣了下。

陆迟歇收回手，慢条斯理地靠回座椅："下不为例。"

凌灼懒得理他。

二十分钟后，车停在酒店大堂门口，陆迟歇先下车，凌灼跟下来。

酒店外大多是凌灼的粉丝，看到他从陆迟歇车上下来，慢了两秒才一起围上来。有粉丝挤上来想给凌灼送礼物，还是位男性粉丝，大声喊着凌灼的名字并伸手去拉他，刚碰到凌灼的袖子就被陆迟歇用力挥开，陆迟歇的保镖跟着上前强硬地将人隔开。

对方疯了一般推挤着保镖还要往前冲，凌灼皱了一下眉，往一边避开，受了伤的腿有些站不稳，陆迟歇伸手扶住他，指着冲撞他的人厉声警告："滚远点。"

现场一片哗然。

凌灼也没想到陆迟歇会直接开口骂人，赶紧小声说："陆老师算了，我们进去吧。"

陆迟歇幽幽地看他一眼，没再说什么，护着他进门。

上楼后陆迟歇直接将人拽进自己的房间："吃饭。"

凌灼觉得这人今天脾气挺大的，有点儿不敢惹他，吃就吃吧。

他俩加上后一步回来的杨明和小钱，饭桌上四个人谁都没说话，凌灼是不想说，那两人是感受到陆迟歇身上的低气压不敢说，陆迟歇则吃着东西始终盯着凌灼，神情晦暗不明。

饭吃完凌灼跟陆迟歇道谢，然后说要回去。

陆迟歇看着他不动，既没说好，也没说不好，凌灼点点头，带着杨明离开。

回房后凌灼先去洗了澡，刚洗完就听到有人敲门，他以为是出去帮他买东西的杨明忘了带房卡，却看到站在门外的人是陆迟歇。

凌灼略微尴尬："陆老师这么快就过来了啊。"

陆迟歇皱眉问他："受了伤为什么还洗澡？"

凌灼："一身的汗，不洗不舒服，我避开伤口处了。"

凌灼说了句"我去换件衣服"，转身要走，又被陆迟歇拽着胳膊扯回来。

陆迟歇低声问："凌老师上次没回答我，用的是什么牌子的沐浴露？"

凌灼："你烦不烦啊？"

陆迟歇："烦？"

凌灼别开脸："你自己知道就好。"

陆迟歇笑了声，放过了他。

凌灼还想回卧室去换衣服，被陆迟歇拉住："别忙活了，我帮你擦药。"

凌灼被他推进客厅，按坐在沙发上，受伤的左腿被他捉住时，不敢再动了。

从小腿到大腿，到处是刮痕，手臂上也有，这会儿在灯下看得更清楚，陆迟歇紧拧起眉。凌灼赶紧说："我还是自己来吧，我自己能行。"

陆迟歇："不许动。"

凌灼很无奈："陆老师，我自己真的可以，不用麻烦你了。"

陆迟歇抬眼："你可以什么？刚在酒店门口还被人撞得差点儿摔跤，你也就只敢对我不客气。"

凌灼："你这么生气做什么，那是我的粉丝，你张嘴就叫人滚远点，给你自己惹麻烦也给我惹麻烦。"

陆迟歇沉了脸。

凌灼心下一跳，赶紧改口："不过今天还是谢谢陆老师帮我解围了。"

陆迟歇冷眼看着他，凌灼干笑，陆迟歇没再说，捏着棉签给他伤口处涂碘伏。

凌灼浑身不自在，张静适时打来的电话救了他，他赶紧接通。

张静打电话来问他受伤的事情，凌灼解释了一遍没什么问题，那边叮嘱了他几句，话锋一转又问："陆迟歇在酒店门口跟你的粉丝起了冲突？我看到视频了。"

凌灼下意识地看面前人一眼，他含糊"嗯"了声，那边张静又问："到底怎么回事？"

凌灼随口说了两句："陆老师他也是帮我，当时那个人差点儿撞我身上了。"

张静："网上已经闹起来了，你跟那个陆迟歇还是保持点距离，他就算是帮你也够口无遮拦的，他自己无所谓、不在乎形象，你能像他那样吗？"

凌灼愈加尴尬："我知道了。"

张静又唠叨了几句，最后说："我跟公司那边联系，下周《天南地北》录制你也去，人家节目组本来就是看上你的受欢迎度才发出邀请的，没道理节目接了把你一脚踢开让他们几个去的。"

凌灼无奈地说："刘哥没这个意思，他还特地让队长来问我去不去。"

张静哼了一声，提醒他记得跟剧组请假，便挂断了电话。

凌灼松了口气，陆迟歇问他："你要去参加《天南地北》录制？"

凌灼："你听到了？"

陆迟歇："你经纪人嗓门那么大，没法不听到。"

凌灼顺嘴抱怨了一句："这是上星综艺的节目，她才觉得我不去亏了，公司安排的团体综艺她就不让我去，说浪费时间。"

说完他又闭了嘴……他跟陆迟歇说这个干吗。

陆迟歇扬眉："她说得不挺有道理？"

凌灼更不想跟他说了。

陆迟歇："明知道自己在团里吃了亏，也不肯出来？"

听出他语气里的嘲弄，凌灼不悦道："你别自以为是了，你根本什么都不懂。"

陆迟歇嗤笑了声。

凌灼心里不舒服，陆迟歇接着说："不过你那经纪人的话你也别全听，跟我保持距离这句，不行。"

凌灼把他刚才说的话扔回去："她说得不挺有道理的？"

不等陆迟歇再说，凌灼的电话铃再次响了，这回是仲一然打来的。

凌灼犹豫了一下，当着陆迟歇的面按下了接听键。

仲一然同样打电话来关心他受伤的事情，凌灼："没事了，刮到了树枝而已，没什么问题。"

他跟仲一然说了几句有的没的，先挂断了电话。

终于买完东西回来的杨明刷卡进门，陆迟歇拿起茶几上的剧本："办正事吧。"

一周后，凌灼跟剧组请了两天半的假，飞往外地参加综艺节目录制。

中午拍完当天最后一场戏才匆匆赶去机场，仲一然他们早上就先飞了，凌灼在去往机场路上收到仲一然发来的微信，说在酒店等他，一起吃晚饭。

凌灼心情很好地回复："好。"

航班起飞时间是一点四十分，凌灼登机刚坐下不到五分钟，就看到眼熟的大高个出现，对方戴着鸭舌帽和墨镜走近，凌灼下意识多看了一眼，面前人摘下墨镜，笑着跟他打招呼："凌老师，好巧。"

凌灼："陆老师怎么在这里？"

陆迟歇："凌老师去做什么，我也去做什么。"

陆迟歇在他身边位子坐下，凌灼这才反应过来："你也去录《天南地北》？"

陆迟歇："嗯。"

凌灼无言以对，行吧。

凌灼没打算跟他说话，起飞后戴上眼罩和耳塞直接睡觉，直到两个半小时后飞机准备降落，被空姐叫醒。

"凌老师，你有这么困吗？昨晚没睡好？"身边人凑过来问。

凌灼摘下眼罩，坐直起来，动了动酸痛的脖子。

接机的粉丝很多，这些人早上接到凌灼的队友后，大多还没走，一直滞留在机场等凌灼，也有下午才赶过来的。陆迟歇的粉丝也不少，所有人挤在一起，乌泱泱地站满了这座小城市的机场接机大厅，好在秩序维持得还不错，人挤人的也自觉跟他们保持了距离。

上回的事情后张静私下表达了对粉丝之前行为的不满，加上凌灼那次本来就受了伤，惹得粉丝们一片心疼，这次再见到他，就先有人组织起了人墙，免得再有人往凌灼面前冲。

　　更别提凌灼身后还有个虎视眈眈的陆迟歇，陆迟歇的粉丝压根儿不敢往他身边挤，谁都知道惹了这位大魔王不高兴，就算是他的粉丝，他也不会留情面。

　　不过难得的是，陆迟歇今天心情不错，还很配合地看了粉丝的镜头，让人拍照。

　　熟知陆迟歇的人免不得在心里嘀咕，大魔王这是真的转性了？不但破天荒地参加真人秀节目，竟还肯主动给粉丝镜头了？

　　节目组派来接机的车子就停在机场外，五点半到达安排的酒店，凌灼刚进房间放了行李，仲一然他们就过来了。

　　凌灼进剧组后就没再见过除仲一然外的队友，几个人围着他聊天，关心他之前受伤的腿，等着凌灼收拾完东西就出门去吃饭。

　　他们进来后凌灼房间的门一直没关，听到敲门声几人同时转头，陆迟歇站在门边，没理其他人，看着坐在沙发上的凌灼问："凌老师，去吃晚饭吗？"

　　凌灼尴尬地说："不了，陆老师你自己去吧。"

　　陆迟歇："不吃还是跟别人吃？"

　　凌灼指了一下其他人："我跟队友一起吃，还有工作上的事情要商量。"

　　陆迟歇仿佛这才看到房间里其他人，环视了一下，嘴角动了动，没再说什么，转身离开。

　　邓岚洛去关了门，齐良栎立刻嚷嚷开："什么人啊，把我们当空气吗？跩什么跩？灼哥你跟我们吃饭天经地义，关他什么事！"

　　张寻也问："这位怎么这种态度，他一直就这样啊？"

　　凌灼无奈说："他就那样的，没人敢得罪他，你们别理他了。"

　　邓岚洛看了一眼仲一然，仲一然打断他们："走吧，去吃饭了。"

　　晚上一起吃饭的还有他们的经纪人刘涛，这几天他们录综艺，刘涛

- 058 -

会全程跟着。

和队友们一起活动，凌灼自在了很多，说话间也没那么多顾忌。

饭桌上齐良栎又吐槽起陆迟歇，顺嘴问刘涛："刘哥，一开始不是说这期飞行嘉宾只有我们吗？怎么突然多了个大魔王？"

刘涛："不清楚，临时加的吧。"

齐良栎嗤笑了声。

晚上八点，节目组召集众嘉宾在酒店会议室碰面，确定明、后两天录制的大致流程。

《天南地北》是一档户外真人秀节目，每一期在国内不同城市录制，依据当地民俗文化特色确定一个主题，整期节目都围绕这个主题展开，常驻嘉宾一共六个人，每期会另请数量不等的飞行嘉宾。

六位常驻嘉宾都是圈内颇有名气地位的前辈，凌灼他们是第一次上这个节目，哪怕他们团现在正大红大紫，也把后辈新人姿态摆得十足，提早二十分钟就过来等。

八点差五分，陆迟歇跟着其他常驻嘉宾一起进来。

常驻嘉宾坐一边，飞行嘉宾坐另一边，凌灼原本坐在最左侧的位子，陆迟歇直接走到他身边坐下。凌灼右边的仲一然回头，和陆迟歇目光撞上，陆迟歇神情冷淡，连余光都懒得给他。

相互给两边嘉宾做了介绍后，节目编导开始说明、后天节目录制的安排，凌灼听得认真，捏在手里的手机屏幕亮了一瞬，是陆迟歇发来的微信消息："晚上吃的什么？"

凌灼："……"

他不想理这人，把手机塞裤兜里去。

一个小时后，编导笑着提醒大家今晚早点睡，养精蓄锐为明天做准备，短会结束。

凌灼和其他队友一起去仲一然房间打游戏，几分钟前陆迟歇又发来消息："什么时候回来？"

凌灼皱了下眉，直接摁灭了屏幕。

身旁仲一然瞥见他的动作，问了句："怎么了？"

"没怎么。"凌灼眉头舒展开，笑了笑，"打游戏吧。"

十点，众人各自回房。凌灼因为来得晚，房间跟他们不在同一层，他独自一人坐电梯上楼，往房间走时低头看手机，没多注意四周。

骤然被人拽住手臂，凌灼猝不及防，惊愕抬眼，陆迟歇已动作极快地将他拉进门，用力摔上房门。

"你做什……"

凌灼话才出口，陆迟歇沉声问："凌老师为什么不回我微信？"

凌灼压着烦躁冷声说："你放开我。"

陆迟歇又一次问："为什么不回我微信？"

见凌灼别着脸不肯理自己，陆迟歇继续："说话。"

凌灼："我跟你没话可说。"

陆迟歇："跟你的队友玩就这么高兴？连理我一下都不肯？"

明明没有逻辑的话，这人说起来却理所当然。凌灼深刻觉得自己确实跟他无话可说，便不再开口，干脆闭了眼。

"真这么讨厌我？"陆迟歇低下声音。

沉默一阵儿，凌灼仿佛泄气一般松下紧绷的身体，反问他："陆老师又到底为什么要这样？你有钱有势，多的是人追着你、捧着你，你想要和谁做朋友不行？我没什么特别的，你又为什么非要为难我？"

陆迟歇："凌老师这么看低自己啊？你觉得你不特别？你不特别会有那么多狂热粉丝喜欢你？"

凌灼自嘲："今天说喜欢我的明天一样能喜欢别人，特别在哪里？"

陆迟歇目光落在凌灼脸上，他其实早几年就见过凌灼，凌灼那时应该是音乐学院的学生，还没出道，在他们学校附近的酒吧里唱歌。当时陆迟歇跟几个一起玩的朋友在那儿喝酒，陆迟歇记得那个男生，长相出众、气质干净，唱的歌与酒吧里喧嚣的气氛格格不入，但就是让所有人都安静了下来听他唱。

在乌烟瘴气的糟乱中，陆迟歇原本烦闷的心绪逐渐放松，他在当时就想认识这个歌手，但男生唱完那首歌就走了，之后他又去过那家酒吧几次，但都没再碰到那人。

这几年陆迟歇偶尔会想起当时那一瞬间，其实他真要想找人有一百种法子，但又觉得没必要。

"凌灼"这个名字这两年他也听过数次，但不是一个圈子的，听过也就是听过了，直到那天在片场休息室外的露台上，他打开手机输入凌灼的名字，看到跳出屏幕的照片里的男生和记忆中的人逐渐重合。

陆迟歇伸手摁亮灯。

突如其来的光亮让凌灼不适，闭眼又睁开，看清楚了面前的陆迟歇。

"凌老师，我那天让你考虑的，你考虑好了吗？"陆迟歇已退回安全距离，问话的语气却莫测。

凌灼皱眉，他根本没考虑过。

陆迟歇打断他："别急着说不，你再考虑考虑吧，我耐心有限，等不了太久。"

凌灼："你什么意思？"

陆迟歇扯起嘴角："凌老师自己想吧。"

第二天的录制从早上九点开始。

节目组所在的地方是南方的一座水乡小城，城中水多桥多，还有一片很大的明清古宅民居，据说明代曾有藩王住在此，王宅旧址还有残迹，近年旅游开发在原址上做了重建，古韵特色很浓厚。

当地流传着一个王爷的女儿和穷书生荡气回肠的爱情故事，这期《天南地北》的主题就围绕着这个传说展开。每位节目嘉宾扮演故事中的一个角色，再根据各自的角色来推动整个故事发展，正面角色要努力让这个故事走向大团圆结局，而反派则要用尽办法棒打鸳鸯，只要成功了就算赢得任务。

录制时间一共两天，头天众嘉宾分成四队，进行"剧情金手指"的搜找和抢夺，地点就在整片古宅民居内。

每三个人一队，分队以抽签方式随机组合。

轮到凌灼,他想着只要不跟陆迟歇一队就好,便抽出来一支红签,在他前面抽的陆迟歇手里也捏着支红签,正跟人说话。

凌灼:"……"

身边仲一然小声问他:"要不我跟你换一支吧。"

凌灼尚未开口,陆迟歇侧头看他们一眼,盯着凌灼似笑非笑:"凌老师,不要作弊啊,有镜头在拍。"

凌灼刚伸出去的手又缩了回来,仲一然皱了一下眉,没再说话。

凌灼和陆迟歇一队,还有一个常驻男嘉宾,他们换上了同样的红色队服,在古宅中心的王府大门口和其他三支队伍分开,往西边走。

陆迟歇慢悠悠地跟在凌灼身后晃,顺嘴问他:"凌老师是不想跟我一队,还是不想跟成哥一队,怎么刚还打算跟人换签呢?"

叫成亚风的中年男嘉宾笑着提醒:"我是在小凌后面抽的,跟我无关。"

陆迟歇:"我忘了,那就是凌老师不想跟我一队?"

凌灼看一眼正在跟拍的摄像头,说:"没有,陆老师想多了。"

昨天陆迟歇说的那些话,越发让凌灼觉得这人真是有病,甚至后悔之前在剧组每天和陆迟歇单独试戏,世上哪有免费的午餐,他从一开始就该离这人越远越好。

可惜他运气实在不好,今天录节目又和陆迟歇抽到了一队。

他不想多说话,低头看手中的线索提示卡。

他们这队的线索提示卡上写着"越热闹的地方才有更多的故事",凌灼问成亚风:"这是提示我们去最热闹的地方找'剧情金手指'吗?"

成亚风:"是吧,前面听说好像是这片古宅区的集市,我们过去看看。"

集市上果然人很多,还有各种卖小商品和小吃的店铺和摊子,他们三人在其中穿梭,完全没有头绪。

四处走走看看,二十分钟后,陆迟歇停步在一个卖水果布丁的摊子前,喊另外两个人:"成哥、凌老师,吃东西吗?"

成亚风对这种小孩子的零食不感兴趣,被摊子后面一个卖脸谱的店吸引目光,说进去看看,便走了过去。

凌灼想跟上，被陆迟歇伸手拉了回来："走了这么久不累吗？先吃东西吧。"

凌灼皱眉，陆迟歇举起用竹签穿的布丁，送到他面前："请你吃的。"

这人倚着小吃摊，一双懒散笑眼看着自己，手里还举着吃食，凌灼不知道该说什么，避开他的目光，看向他手中的布丁。

陆迟歇："试试吧，不比那种袋装加了防腐剂的味道差。"

凌灼伸手过去接，说了声"谢谢"。

味道确实还不错，考虑到是在镜头前，只好提醒他："陆老师你自己也吃吧。"

陆迟歇这才笑吟吟地又拿了一串，送到嘴边咬了一口。

五分钟后成亚风出来，已经拿到了一个"金手指"。

"我刚跟那店老板随便聊了几句，他就把金手指给我了。"成亚风晃着手里密封的竹筒，得意地说。

凌灼问："成哥你跟人聊了什么？"

成亚风："聊了聊剧情。"

可刚刚他们一路过来，也随机抓了几个人聊剧情，被问到的人俱是一头雾水，一问三不知。

凌灼："这里的店老板有什么特别吗？还是这家店铺有什么特别？"

陆迟歇抬眼看向店内老板，笑了下说："他这身打扮挺眼熟的。"

店老板穿着古装，但整条街上到处是古装装扮的人，凌灼定睛看了一阵儿也想起来："我们刚在王府门口，进出王府的人中就有穿这身衣服的，我记得那些人衣服上好像都绣了一只喜鹊，他衣服上也有。"

这么一说成亚风也有了印象："嘿，那就对了，应该是找到跟王府相关的人，跟他们套话才能拿到金手指，可以啊，你俩观察力都不错。"

凌灼谦虚道："多亏陆老师提醒。"

陆迟歇看他一眼，笑笑没接话。

之后两小时，他们就在这两条街的集市上一遍一遍来回逛，线索是有了，但要找人实在不容易，毕竟"金手指"只有那么两三个，不过后

- 063 -

头他们也不急了,成亚风带着他俩到处玩耍、吃东西,看到路边有卖艺的,也怂恿他俩去试试。

凌灼还在犹豫,陆迟歇已先一步走过去,那里搁着一把古琴,原本坐在琴前的人将位子让给他,他伸手拨了一下。

成亚风吹了声口哨:"不错啊,你还会这个?"

陆迟歇弯起唇角,示意凌灼:"凌老师来唱歌吧。"

凌灼走到他身边话筒前,侧头问了他一句:"你真会?"

陆迟歇笑看着他说:"会,我妈年轻时拍了部古装电影,里头要弹这个,她因此对这个感兴趣,专门去学了,我跟着她学的。"

凌灼知道他说的是哪部电影,安昕以前的采访里确实提过这个,他不再怀疑,又问:"你会弹什么?"

陆迟歇:"都可以。"

凌灼调整了一下话筒,唱起当时安昕在电影里弹唱的那首惊艳众人的曲子,陆迟歇似乎没想到他会选这首,一扬眉,配合起他。

凌灼唱歌,陆迟歇抚琴,周围很快围满了人,凌灼的嗓子确实很好,唱这种古风曲也洋洋盈耳格外抓人,但他有些走神,几次回头看陆迟歇。

习惯了这人不正经的调调,看他现在这样像模像样地抚琴,而且是这样的古琴,凌灼莫名生出一种难以形容的荒诞感。

一曲弹唱完,周围掌声一片。

人群中齐良栎一声喊:"灼哥!"

凌灼转头,这才注意到齐良栎和仲一然不知什么时候也过来了,不由得有些尴尬。他们走上前,仲一然瞥了陆迟歇一眼,陆迟歇始终当他不存在,并不搭理他。

"你唱得好棒啊。"齐良栎兴奋地和凌灼说。

凌灼:"随便唱的……"

仲一然也说:"是唱得挺好的。"

"是吗?"凌灼这才笑了。

边上陆迟歇叫他:"凌老师,你唱得好是不是也有我伴奏的功劳?"

凌灼赶紧说："谢谢陆老师。"

陆迟歇轻嗤，似乎不太满意凌灼这语气。

凌灼没再理他。

仲一然他们这队还有一个常驻女嘉宾，两队人交换了一下信息，仲一然他们也拿到了两个"金手指"，但线索和凌灼他们这边的并不一样。

齐良栎问凌灼："前面河边有船，灼哥你要不要跟我们一起去划船？"

凌灼有一点心动，成亚风说："走吧，一起去看看，反正在这里应该也不会再有什么收获了。"

凌灼当即点头："好。"

至于陆迟歇，少数服从多数，他的意见不重要。

河道就在集市前边一点，停着一艘艘的乌篷船，船很小，除了船工，每艘船最多只能坐两个人。

齐良栎先跳上船，十分绅士地朝着和他一队的女嘉宾伸手："玲姐，你跟我一起呗？"

女嘉宾笑道："那一然怎么办？"

齐良栎："不用管他啦，他跟灼哥一起坐好了。"

仲一然上了后面那艘船，再伸手去扶凌灼。

陆迟歇："凌老师，你跟我一艘。"

凌灼看他一眼，搭着仲一然的胳膊走上同一艘船。

陆迟歇沉了脸，成亚风好笑地拍拍他的肩膀："走吧走吧，我们也上船了。"

船沿着九曲十八弯的河道往前划，凌灼一路举着手机拍照，不时转头和身边的仲一然说笑。

说着话仲一然还从他手里接过手机，侧身帮他拍了张照，拍完凌灼拿回去看了看，似乎很满意，又举起手机，也帮仲一然拍了一张，之后两人还凑在一起拍了自拍的合照。

出河道后是一片宽阔的湖面，有成片成片碧绿的荷叶和盛开的荷花，乌篷船行驶其中，刻意放慢了速度。

[Part 5]

暗涌

二十分钟后，船停靠在湖边码头。

上岸时凌灼发现他们这艘船的船工衣服上也绣了只喜鹊，于是又拿到了一个"金手指"，算是个意外惊喜。

凌灼高兴地和身边人分享，后一步上来的成亚风讪笑着提醒他："小凌，你似乎是我们队的吧？"

凌灼想起这个，尴尬地笑了笑。

陆迟歇最后一个上岸，看向凌灼的目光里带上点嘲弄，提步先走了。

凌灼移开眼，只当没看到。

临近中午，录制暂停，和另外两队嘉宾会合后，节目组安排他们在附近酒楼吃饭。

席上一众常驻嘉宾和节目编导谈笑风生，陆迟歇似乎跟每个人都认识，和谁都能说上几句，但这位老总的儿子看着心情不大好，并不怎么开口。

凌灼他们几个初来乍到，不敢放肆，其他人说说笑笑他们插不上话，只有在别人问到时才会说几句。

早上和仲一然、齐良栎一队的女嘉宾笑着提起他们的团，仲一然这个队长简单介绍了几句他们团的情况，最后微笑说："年底我们会发第二张专辑，明年年初还要开全国巡回演唱会，几位前辈老师到时要是有时间，能给面子去捧个场就好了。"

其他人也都笑了，纷纷说好，还让仲一然到时候记得给他们送票。

一直没说话的陆迟歇看向桌对面的凌灼，在一片笑声中喊了他一句:"凌老师。"

凌灼抬头。

陆迟歇:"你也给我送张票吧。"

众目睽睽下被陆迟歇盯上,凌灼实在尴尬,面上只能说:"好。"

仲一然主动和其他嘉宾搭话,将桌上话题岔开。

快吃完时,凌灼起身去了趟洗手间。

站在洗手池前对着镜子整理了一下头发,刚准备走,陆迟歇从门外进来。

陆迟歇走近,凌灼猛抬起眼:"你做什么?!"

陆迟歇:"凌老师,你今天惹到我了。"

陆迟歇的声音就在他耳边,叫他汗毛直立、分外不适。

凌灼无声冷笑。

陆迟歇慢慢说:"我不喜欢你用自己的人气'奶'队友,尤其是你那个队长。"

凌灼闭起眼,面前这人就是个彻头彻尾的疯子,他根本不想再跟这人浪费口舌。

陆迟歇声音更低:"不想理我?"

凌灼:"这是我自己的事。"

外头响起仲一然的声音:"凌灼,你在吗?"

凌灼双目更红,瞪着他勉强镇定开口:"在。"

门外仲一然担忧地问:"你拉肚子吗?怎么这么久还没出来?"

凌灼:"没事,一会儿就好了,你们在外面等我一下吧。"

仲一然:"真的没事?"

凌灼:"没事。"

仲一然:"好,那你动作快点,导演在催了。"

凌灼:"嗯。"

脚步声又渐渐走远,凌灼心神一松,额头上的汗都冒了出来,陆迟歇"啧"了声:"你这么怕被他看到你跟我在这里?"

凌灼咬牙不答。

陆迟歇："凌老师，你心虚了啊？"

凌灼恼火不已："你够了吧，我可以出去了吗？"

陆迟歇后退一步，凌灼立刻转身拉开门，大步离开。

仲一然还在门口等他，见到凌灼出来问他："你脸色怎么这么难看？"

凌灼："没什么，刚肚子有些不舒服，走吧。"

仲一然看一眼卫生间的方向，没再多说，和他一起离开。

下午录制的是"剧情金手指"的游戏抢夺环节，通过游戏比拼，可以抢夺别队找到的"金手指"，"金手指"越多，明天的角色扮演环节完成任务的概率就越大。

第一个游戏，两两对抗，游戏双方背后各粘着一个气球，先抓破对方背后气球者为胜。

凌灼坐在场边，没有抢着上去，先看别人玩。这种游戏其实没什么技术含量，为了达到综艺效果众嘉宾纷纷使出浑身解数耍宝，有一个追着另一个绕着满场跑的，有抱着一起满地打滚的，甚至有为了躲避攻击跳水塘里去的，笑料百出。

齐良栎就是那个情急之下直接跳进水塘的傻瓜，引得所有人放声大笑，无论怎样综艺效果算是"拉满"了，这一部分他镜头不会少。

凌灼也在笑，一抬眼对上坐在斜对面的陆迟歇，这人根本没在看场上人做什么，从头到尾心不在焉，在自己看向他时也漫不经心地移过目光来。

凌灼嘴角笑容一滞，身体悄无声息地往旁边挪了挪。

第二轮成亚风问他俩谁想上去，对手恰好是仲一然那队，看到仲一然已走上场，陆迟歇站起来："我去吧。"

陆迟歇走进场中，仲一然平静目视他，眼里也有胜负欲。

裁判一说开始，两人同时弯腰半蹲下身，警惕地看向对方，谁都没先动。

陆迟歇沉眼盯着面前人，脸上没什么表情，直到在场观众已经等得不耐烦时才突然动了，陆迟歇猛扑上前，一只手扣住仲一然的肩膀，另一只手伸向了他背上的气球。

仲一然的反应也很快,立刻旋身避开,一只手挡开陆迟歇伸过来的手臂,另一只手趁势伸向他身后。

陆迟歇瞬间就躲开了,第一次试探进攻,谁都没讨到好,两人很快分开,继续等待第二次机会。

这一下试探动作两个人都干净利落,很有看点,两人之间火药味浓重,场边其他嘉宾已经开始起哄。

接着第二次、第三次,轮流发起进攻,但都被对方避开了。他俩身高体形差不多,在体力方面谁都没能占到便宜,胜负还未可知。

齐良栎几个人跳起来,毫不掩饰地大声为自己的队长加油叫好,凌灼虽依旧坐在地上,也暗暗捏了把汗,他希望仲一然能赢,灭一灭陆迟歇的威风最好。

又一次停下,对峙时陆迟歇忽然开口,意味不明地叫了面前人一声:"仲一然。"

他的语气叫人十分不舒服,仲一然没出声,保持着最戒备的姿势,警惕着他的突然袭击。

陆迟歇却也没了下句,就这么冷冷地看着他,再如猛虎向前骤扑上去。右手抓向仲一然身后,仲一然像前几次那样闪身避开,这次陆迟歇却只是虚晃了一下,左手紧接着跟上,伸向仲一然腰后,自下而上,抓住了气球,没有任何犹豫地一捏即爆。一连串的动作就发生在短短数秒之内,场边观众大多没回过神,只听到"啪"的一声响,陆迟歇已松手退开。

仲一然喘了口气,略显狼狈,但没说什么,和陆迟歇点了下头,走回场下去。

陆迟歇回到队伍,坐下喝水,见凌灼面无喜色,问他:"我赢了他,你这么不高兴?"

凌灼憋着一口气说:"没有。"

陆迟歇动了动嘴角,没有揭穿他,继续喝水。

到傍晚全部游戏录制结束,凌灼和陆迟歇这队通过搜找和抢夺拿到的"金手指"是最多的,一共五个,至于其中内容,要等到明天角色分配后才能展开看。

编导一声收工,今天的节目录制到此结束。

凌灼跟其他嘉宾和编导打完招呼,再跟仲一然他们勾肩搭背离开,一起去外头吃晚饭。

吃完晚饭已经晚上八点多,一伙人又约了去仲一然房间打游戏,回到酒店却碰到个意料之外的人在这里等凌灼,是他的经纪人张静。

张静面色阴沉,凌灼惊讶地问她:"静姐你怎么在这儿?"

张静目光落到他身后其他几人身上,再看向他们团的经纪人刘涛,哂笑道:"有的人当然不希望我来,怕是心虚不敢见我吧?"

刘涛皱了一下眉,没说什么,张静转身先往电梯间走,高跟鞋踩在大理石地板上嗒嗒响。

凌灼略显尴尬,下意识回头看刘涛,刘涛只说了句:"先上去吧。"

上楼后,几人都去了凌灼房间,张静明显是特地来找碴儿的,进房间摔上门直接冲刘涛开火:"LP香水的代言,我本已经帮凌灼快谈好签合同了,它是怎么从凌灼的个人代言突然变成团体代言的,刘大经纪人需要解释一下吗?"

凌灼一愣,其余四人也面露惊讶,刘涛皱眉问:"你也跟他们谈过?"

张静:"不然呢?!"

刘涛:"是品牌商主动联系我这边,问凌灼代言的事情,我不知道你之前已经跟他们谈好了,我是他们整个团的经纪人,当然得为团考虑,就跟品牌商那边谈了能不能整团代言,后面看他们给的价钱还算合理,才差不多定下来。"

张静"啪啪"拍手,气得够呛:"刘大经纪人睁眼说瞎话的本事真叫人佩服,明明是你知道了我在给凌灼谈这个代言,也打着凌灼经纪人的幌子去联系他们,低价把凌灼的个人代言截和成整个团的代言,现在搁这里骗谁呢?!"

被张静这么不留情面地当众质问,刘涛也沉了脸:"我没必要骗你,确实是他们主动联系的我，信不信随你。"

张静拔高声音："你没骗我，你是说品牌商那边的骗我？人家有必要骗我这个？到手的资源被别人截和的事情我经历多了，没见过像你脸皮这么厚的，要是品牌商主动联系你，那只可能是他们反悔了，想压价用凌灼才去找的你，那他们干吗不早去找你？事实是人压根儿搞不清楚凌灼有几个经纪人，要不是今天他们打电话给我约签约时间，还跟我谈到这几个人的档期要安排广告拍摄，我也不会知道好好的个人代言竟然变成了整个团的！你当人家品牌商给我演戏呢？！"

张静已经快气疯了，她今天带手下另一个女艺人在这旁边的大城市参加一个活动，突然知道这件事，直接就开车冲了过来当面跟刘涛对质，但没想到这位刘大经纪人还死皮赖脸，不敢承认。

凌灼犹豫开口："刘哥、静姐，这事是不是有什么误会……"

张静："能有什么误会？！我问你，LP香水代言的事情，你之前有没有跟这些人说过？！"

凌灼用力握了一下拳头。一旁的仲一然主动替他回答："他跟我提过一次，但我没跟任何人说过。"

张静冷笑："你说没有就没有？你没提过怎么这么巧，凌灼跟你说过之后这个代言就落到了你们身上？"

仲一然神色难堪，仍坚持说："我没跟人说过。"

凌灼："静姐，我相信队长，这里头肯定有什么误会。"

"能有什么误会？"张静又掉转矛头向刘涛："行啊，既然你们都坚持是我误会冤枉了你们，那刘大经纪人不如跟那边打个电话当面对质，到底是你找他们，还是他们找你，你敢吗？"

所有人都看向了刘涛，刘涛面色铁青。

其实谁都知道这事他很为难，无论他说的是真是假，打电话过去跟品牌商对质，都是件很得罪人的事情，毕竟他们之后还要合作。

如果真是品牌商临阵反悔有意压价，故意搞这种小动作，人家也不可能会认。

刘涛："随便你怎么想吧，这种事情本来就是各凭本事，你这样怒气冲冲跑来骂我一顿有什么意思？总归也还是团体代言，凌灼也有份的。"

张静："那不好意思了，我来就是提醒你一句，凌灼的商务约在我这里，你拿团的名义签的代言，我这儿不认，我不会让他去的。"

凌灼赶紧打圆场："以前团体代言我也有……"

张静厉声打断他："以前是以前，以后还是按规矩办事的好！"

这是要彻底撕破脸皮了。

凌灼张了张嘴，看看张静，再看看刘涛，想说的话到嘴边，最终又咽回了肚子里。

十分钟后，房中只剩下凌灼和张静，凌灼低着脑袋沉默一阵儿，说："静姐，我相信队长。"

张静吊起眉梢："那你是不信我了？"

凌灼："不是，刘哥的话我不知道真假，我不评论，但我相信队长。"

张静没好气道："你相信他有什么用？就算这事跟他无关，以后同样的事情你以为会少？我早跟你说了这团你待着没意义，你粉丝也千呼万唤想要你出来，我不知道你在执着什么，你喜欢唱歌跳舞，一样可以发个人专辑，为什么非要吊死在团里？你对别人掏心掏肺，有没有想过人心隔肚皮，他们是不是真的愿意看着你一个人一直走在最前面？他们几个现在谁没个人资源？可他们会跟你一样傻到还没完全敲定就拿出来说吗？我知道你想说你跟仲一然关系好，他不会做这种卑鄙事情，可也许他无心，别人有心，他一个不慎说漏嘴被别人听去了呢？"

凌灼想反驳，但是头一次，他发现他找不到可反驳的话。

半晌，他艰声道："我跟团的合约还有一年，至少、至少等到明年的巡回演唱会以后，我们说好了的。"

这是他和其他人的约定，更是他和仲一然的约定。

最早的时候他也并不执着于干这行，他进公司时年龄还小，一切都只是机缘巧合。

刚开始公司里练习生很多，公司对他们并不重视，大部分人都退了,最难的时候,只有他、仲一然和其他三个人一起咬牙撑了下来。他们在舞蹈室里一遍一遍地重复练习同一个动作,累得趴在地上不能动时,也会畅想将来某一天能大红大紫,开万人巡回演唱会,在最明亮的聚光灯下跳舞,能有无数人为他们欢呼喝彩。那是当年他们看不到希望和未来时,唯一激励他们坚持下来的念想。

但是现在,那些曾经遥不可及的东西就快成为现实,许多事情却已经开始变质,即便凌灼不愿意承认。

张静看他一副难受样,更多的也不想说了,只提醒他:"你自己掂量着想想清楚,我逼不了你,还有这个代言没了就算了,团体代言你也别去,我还在给你谈另外一个竞品牌子,你先别跟别人说了。"

凌灼:"另一个?"

张静:"嗯,T&G。"

张静没细说,刚在来的路上,她恰巧跟 T&G 的营销策划那边联系上,对方也对凌灼感兴趣,已经跟她约了时间坐下来细谈,其实她故意来这里当面兴师问罪,一方面是真咽不下这口气,另一方面也是做给凌灼看,给他醒醒脑子。

原来的代言丢了也不怕,反正还有更好的在后面。

凌灼犹豫地问:"刘哥用团的名义签 LP 香水,如果我不去,品牌商那边会不会不高兴,到时候不好收场……"

张静气道:"你现在还替他考虑?他不是说各凭本事,他本来就没权利帮你签商务,让他自己去善后吧!"

张静离开后,凌灼又独自呆愣了片刻,仲一然发来微信消息:"抱歉,我之前也不在团里,刚问他们才知道刘哥前几天确实跟他们说了签这个香水的事,但他们都不知道你这边先联系过品牌商,刘哥那儿,他还是说确实是品牌商主动联系的他。"

凌灼慢慢回复过去:"算了,这事跟你又没关系,但静姐不让我接这个团体代言,会不会影响你们?"

仲一然："这个你就别担心了，刘哥会解决的。"

仲一然又发来一条："凌灼，你真的信我？"

凌灼："信，我不信谁也不会不信你。"

仲一然："谢谢。"

凌灼轻呼出一口气，心里终于稍微舒服了点。

仲一然搁下手机，和其他三人说："现在刘哥不在这儿，凌灼也不在这儿，我就直说了，既然刘哥那边还没最后签约，这个代言我觉得不如跟刘哥说算了吧。我信刘哥，这事很可能是品牌方临时反悔想压价，又不好跟凌灼经纪人交代，故意弄出来的，大家都是队友，本来凌灼那头已经谈好了，我们这样横插一脚不太好，你们觉得呢？"

面前三人神色各异，齐良栎第一个说："我同意，要不就算了吧，免得灼哥不高兴，大家都尴尬。"

另外两人没出声，等了片刻，仲一然问他们："你们怎么说？"

张寻看向邓岚洛，邓岚洛说："LP是大牌子，给的价格也大方，很难得的机会，我不太想放弃，这事既然不是刘哥有意的，我想凌灼他也能理解。"

张寻迟疑道："我也不太想……"

齐良栎想反驳，张嘴却又不知道能说什么，最终悻悻作罢。

仲一然皱眉说："团体代言没有凌灼，品牌方也不一定还会用我们，或许最后还是会黄了。"

邓岚洛坚持："总得试试。"

仲一然看向他，邓岚洛神情平静，但无退让之意。

凌灼隔壁房间里，陆迟歇靠坐在沙发上漫不经心地滑手机，小钱进门来："刚凌老师那个女经纪人也走了，T&G那边应该已经联系过她了。

"还有就是，海天娱乐最近资金链好像出了点问题，似乎想引进外来新股东。"

"那就让人去接触接触吧。"陆迟歇随口吩咐。

打开微博看到支持凌灼单飞的粉丝言论，他顺手点了个赞。

[Part 6]

疯子

次日的录制时间更早，凌灼七点起床，出门准备去楼下餐厅吃早餐时，在门口走廊上碰到陆迟歇。

陆迟歇像特地在等他，倚在门边正抽烟，看到凌灼出来，将手中烟头在身旁烟灰桶上捻灭。

"凌老师昨晚没睡好吗？怎么黑眼圈都出来了？"陆迟歇一抬下巴。

凌灼摇了摇头，不太想跟他说话。

陆迟歇："去吃早餐？一起吧。"

凌灼也不能说不，餐厅在酒店二楼，他们来得早，其他嘉宾还没下来。

仲一然发来消息说刚起，等其他几人一起，马上就下去。

凌灼收了手机，先去拿吃的。

早餐是自助式的，他随便拿了几样东西就去坐下了，半分钟后陆迟歇过来，往他对面一坐，问他："你早上就吃这么点？今天一整天都要录制，不怕一会儿饿？"

凌灼："早上没什么胃口。"

陆迟歇看着他："凌老师心情不太好啊？"

凌灼："没有。"

陆迟歇笑笑："有就有，有什么不好承认的，你经纪人昨天是不是来了？我好像看到了。"

凌灼含糊地"嗯"了声，喝了口橙汁。

"跟经纪人吵架了？还是跟队友吵架了？"陆迟歇继续笑问。

凌灼不耐烦地皱眉："你烦不烦啊？"

陆迟歇："凌老师对我是越来越不客气了啊。"

凌灼闭了嘴，不想再理他，低头吃东西。

陆迟歇也慢条斯理地拿起刀叉："你经纪人跟你说了T&G的人跟她联系过的事吧？"

凌灼一愣："你怎么知道？"

陆迟歇淡定地说："T&G的营销总监和我妈是闺密，他们想找新的香氛代言人，我让我妈跟他们推荐了你。"

凌灼愕然。

他的神情莫名取悦了陆迟歇，陆迟歇又笑了声："这么惊讶？"

凌灼回过神："陆老师为什么要做这些……"

"你说为什么呢？"陆迟歇打断他，"你放心，我妈也只是顺嘴提了一句，品牌商那边能看上你是你形象符合他们的定位，你不用想太多。"

凌灼不知道该说什么，他不想欠陆迟歇人情，但去和张静说不接这个代言吗？那不可能，张静肯定不会答应，所以他只能欠下这个人情。

半晌，凌灼嘴唇动了动，说："谢谢。"

"不客气。"陆迟歇提醒他，"你们要是合作愉快，后续说不定还能升品牌代言人，对你商业价值的提高有很大好处，凌老师好好把握吧。"

凌灼犹豫地问他："你自己为什么不接？"

陆迟歇好笑道："我差这一个代言吗？"

凌灼彻底无话可说。

片刻后他又想起另一个问题："你说……你妈妈？你妈妈知道我？"

陆迟歇扬眉："好奇？"

凌灼看着他。

陆迟歇点头："跟她说了下。"

"说什么？"

陆迟歇："说我在和你拍戏。"

凌灼默然。

齐良栎的大嗓门在背后响起："灼哥！"

凌灼回头，仲一然他们几个都过来了，齐良栎瞅了陆迟歇一眼，问凌灼："你怎么这么早就下来了？"

凌灼："不早了，马上要开始录制了，你们也赶紧吃吧。"

几个人拿了吃的纷纷过来坐下，有陆迟歇在，他们没再说昨天的事，这事说起来本也尴尬。

看凌灼快吃完了，陆迟歇又起身去拿了杯牛奶过来，搁他面前："喝杯牛奶。"

凌灼皱眉："谢了，我不喝这个。"

陆迟歇："过敏？"

凌灼："不过敏。"

陆迟歇："那就喝了吧。"

一旁的仲一然出声："凌灼不喜欢喝牛奶，从来不喝。"

陆迟歇没理他，只看着凌灼，凌灼无奈道："陆老师，你是不是管得太宽了？"

陆迟歇："不喝这个那就再吃点别的，你早上吃太少了，一会儿肯定会饿。"

凌灼还要拒绝，仲一然也转头问他："你还是吃点吧，想吃什么我去帮你拿。"

凌灼："红豆粥吧。"

陆迟歇冷下脸，站着看他片刻，凌灼不自在地避开目光，那人终于转身先走了，他这才松了口气。

刚一直没说话的几个人七嘴八舌地问起凌灼，就连最大咧咧的齐良栎都看了出来："灼哥，那位老总的儿子感觉对你挺好的。"

凌灼摇了一下头，实在不想说这个。

吃完早餐，几个人一起上楼，最后仲一然拉住凌灼，单独跟他说了几句话，提起昨天的事情，凌灼先打断他："算了队长，都已经这样了，也没什么关系了,你不用解释,我知道跟你无关。"

仲一然无奈说:"他们都有自己的想法,刘哥那边也还是想争取。"

凌灼:"我知道,我理解的,能争取还是争取吧,挺好的机会,别浪费了。"

仲一然看着他:"抱歉。"

凌灼笑了:"真没关系,你别再说这个了。"

早上的录制从八点半开始,先各人抽自己今天将要扮演的角色。

先有常驻嘉宾提出疑问:"我们一共就俩女生,你们有六个女角色,那是不是有人得男扮女装?"

编导笑眯眯地回答:"抽到谁演谁,女扮男装也是有可能的。"

众人无语。

于是又轮流抽签,齐良栎第一个上去,抽到人物卡上写着"郡主丫鬟"几个字,一声哀号。

所有人都笑了,纷纷打趣他,凌灼看着其他人一个接一个上去抽卡,暗暗祈祷自己今天能走运些。

但他们这个团可能今天出门集体没看皇历,除了仲一然是县太爷,其余的人抽到的全是女性角色,邓岚洛是王妃,张寻是媒婆,轮到凌灼,他上去随手捡了一张卡翻开,上头赫然是"郡主"两个大字。

凌灼:"……"

被其他人集体调笑是天生主角命,凌灼无奈拿着自己的人物卡退回队伍里。

轮到陆迟歇抽,有常驻嘉宾随口问他想抽哪个角色,陆迟歇:"穷书生。"

不过陆迟歇也没能如愿,他抽到的是王府侍卫,陆迟歇看着倒也不失望,拿着卡片回到队伍里。

男主角"穷书生"卡倒数第二个才被抽出来,是昨天跟仲一然他们一个队的女嘉宾抽到的,女生还挺高兴:"可以啊。"

之后所有人都去做妆发,综艺节目的古装妆发不需要弄太仔细,半个小时就都搞定了。

凌灼扯了扯身上的红裙，镜子里的他敷粉簪花、黛眉朱唇，额前还贴着粉色桃花钿，他有点儿没眼看。

团里其他几个人也都化好了妆，围着凌灼，一个个跟打量珍稀动物一样，然后是哄堂大笑。

凌灼脸都红了："你们都笑我干吗？你们不也穿女装？"

"不不不，"张寻摆手，"只有你这女装最正经，你看我们这不都穿着跟玩儿一样吗？"

确实，他们几个不论头套还是衣服都不合身，穿在身上一看就是搞笑来的，只有凌灼这个"女"主角精心打扮了。

凌灼笑着给了他一拳，仲一然莞尔："挺好看的，别紧张。"

凌灼脸更红了。

他们走出化妆间，外头其他人也已经换好装，有常驻嘉宾吹了声口哨："小凌这一身真不错。"

角色扮演录制开始，依旧是在昨天那片古宅街上。

人物卡后面还贴着每一个角色的属性，只有本人能看，凌灼这个"女"主角自然是正面角色，其他人是帮他还是来棒打鸳鸯的，他只能之后靠自己去判断。

故事一开始，郡主和穷书生在七夕鹊桥相会，一见钟情互赠信物，同时大官之子也看上了郡主，郡主回去之后害了相思病，媒婆上门帮大官之子提亲求娶，王爷王妃张罗着嫁女儿，郡主托丫鬟传信给穷书生，准备跟穷书生私奔……

但一上来就有人不按剧本走，大官之子看上了郡主，直接带着一帮打手当街强抢。

扮演大官之子的是位常驻男嘉宾，惯会玩这种综艺剧本，一开始就不按常理出牌，凌灼瞬间蒙了，被一帮做打手的群众演员拉住时才想着要跑，陆迟歇这个王府侍卫提着剑上来英雄救美。

陆迟歇气势十足地剑指着对面的登徒子，一只手还拽着凌灼不放。

齐良栎这个郡主丫鬟反应也很快，冲上来张开双手护在了凌灼面前，再你一句我一句地跟对面人对骂起来。

对面的大官之子已经用上了第一个"金手指"，名为"心想事成"，所以陆迟歇这边必须放人。因此，王府侍卫和对方打手交手时输了，眼睁睁地看着郡主被人掳走。

丫鬟一跺脚，转身往县衙里跑，报官说她家小姐被人劫走了，但郡主是私下偷溜出来玩，她没有直接说郡主的身份。

不管合理不合理吧，仲一然这个县太爷亲自带了一群捕快去讨人。

侍卫回府去把事情报给王爷王妃，然后也带了一队人去救郡主。

凌灼在半路上才后知后觉想起来自己也能用"金手指"，他们这队有五个"金手指"，三个人都可以用，但只能用一次，思考之后他选择用了"离我最近的反派现在就倒霉大法"，等了几分钟，前面骑着马耀武扬威的大官之子却毫无反应。

凌灼无语了，这人竟然不是反派？那掳他干吗？把他送去穷书生那里吗？

另一边，穷书生也用了"金手指"查看到和他相会的佳人的真实身份，得知她是王府郡主，半点儿没有自己配不上人的自觉，先一步找到媒婆，去了王府提亲。

王府中鸡飞狗跳，陆迟歇则和仲一然各自带着人在大官府邸前相遇，郡主的丫鬟跟着县太爷一起过来，他们比侍卫来得早一刻，丫鬟还踩着块香蕉皮摔了一跤。

齐良栎嘟嘟哝哝着这种地方怎么会有香蕉皮，陆迟歇瞅他一眼，扯起嘴角。

侍卫亮出王府身份，大官之子只能交出郡主，县太爷要将大官之子带走下狱，郡主却突然开口帮大官之子求情。

凌灼也是无可奈何，既然这位不是反派，那他就得把人保下来。

郡主开了口，县太爷也没有多为难人，这就把人放了。

侍卫带着郡主和丫鬟回府，送两人上马车时看着郡主意味深长地说

- 080 -

了句:"郡主,你家丫鬟刚在门外踩着香蕉皮差点儿摔了一跤。"

齐良栎还在嘟哝自己倒霉,凌灼微微睁大眼睛。

他们各自手里有哪些金手指彼此都是知道的,他帮大官之子说话,所以仲一然和陆迟歇应该都猜到他用"金手指"确定了大官之子是好人。仲一然既然肯放过大官之子,说明他也是好人,陆迟歇的话也证实了这一点。县太爷和丫鬟是同时赶到的,在他用了那个"金手指"后,丫鬟踩到了香蕉皮,那么丫鬟就是离他最近的反派,县太爷无疑是好人了。

但是面前这位呢?陆迟歇这个侍卫是好人吗?

凌灼捉摸不透,侍卫比县太爷和丫鬟晚一步过来,那个最近法则对他不适用,他或许是好人或许是反派,可他既然提醒自己身边丫鬟是反派,那么他应该也是好人?

只有脑子少根筋的齐良栎还浑然不觉自己已经暴露了,仍在抱怨。

凌灼看着陆迟歇,用眼神询问他是不是好人,陆迟歇没理他,带上了马车门。

后面就又回到了原剧情,王爷王妃拒绝了穷书生的求亲,但这两人意见好像不太一致,也没答应大官之子的求娶,其间还有别的人出来捣乱,剧情一次次走偏,又一次次被好人们努力扳回正途,郡主为了跟穷书生私奔,一边哄着丫鬟去传信,一边让信得过的别的好人帮忙联系穷书生。

到后面几乎大部分人的身份属性都已经暴露,好人占了上风,但这会儿也才刚录制到中午,是不可能结束的。郡主和穷书生就快要走到喜剧结局时,有反派跳出来,甩出了一直被人遗忘的那个最大"金手指"——"重生大法",故事回到原点从头开始。

原以为已经稳操胜券的一众好人气了个仰倒,节目暂停录制,午餐休息过后再继续。

凌灼回去化妆间卸妆,他脸上的妆比别人的麻烦些,耽搁的时间最久,其他人都已经弄好去了外头,他还有一半妆容没卸完。

陆迟歇去而复返,凌灼从镜子里看到陆迟歇走进来拿了东西,原以为陆迟歇又会离开，这人却在他身后停住脚步，居高临下看着镜子里的他，说："何必全部卸了，反正下午还要继续录制。"

凌灼没理他，下午的录制三点才开始，他宁愿再化一次妆，也不想顶着这个妆容去外头吃饭。

陆迟歇低下声音："凌老师，你这个打扮还挺好看的。"

凌灼豁然起身，转身要走却被陆迟歇扣住手腕，拉扯进了一旁的更衣室里，摔上门。

"你又发什么疯？！"凌灼忍无可忍，抬手便甩了他一巴掌。

陆迟歇不躲不闪，就这么看着他。

凌灼红着眼睛喘气，转身拉门冲了出去。

陆迟歇出来时，他已经趴到洗手台，满脸溅得都是水，或许还有眼泪。

陆迟歇上前，凌灼猛地站直身，泛红的双眼瞪向他，从牙缝里挤出几个字："离我远点。"

杨明拿了东西回来，进门看到凌灼和陆迟歇僵持着，凌灼还一脸、一身的水，吓了一跳，迟疑喊了他一声："灼哥？"

杨明尴尬道："其他人都在外头等，问你什么时候能好。"

凌灼没再搭理陆迟歇，坐回化妆镜前，示意杨明："化妆师一时半会儿回不来，你来帮我把头套卸了吧。"

杨明赶紧走上前去。

看到镜子里的凌灼，再瞥一眼陆迟歇一边红肿的脸，杨明心惊肉跳，不敢多问，赶紧拿起工具。

十五分钟后，凌灼卸了妆发换回自己的衣服，出门和其他人会合。

中午还是在节目组安排的酒楼吃饭，陆迟歇姗姗来迟，他脸上大概已经处理过，红肿没先前那么明显，但也不是毫无痕迹，坐下时就有常驻嘉宾顺嘴问了一句他脸怎么了，陆迟歇平静地说："出来时不小心撞

- 082 -

到了。"

之后餐桌上凌灼全程低头吃东西,不发一言,陆迟歇也不说话,吃完就先走了。

午餐后回酒店,车上仲一然问起凌灼:"你之前在化妆间是不是和那个陆迟歇起了冲突?"

凌灼眼里有一闪而过的慌乱,说:"没有啊,你怎么会这么说?"

仲一然迟疑道:"没什么,我看他后面进去了一趟,本来想跟过去的,被编导他们叫住了。"

凌灼:"没有。"

仲一然:"你……跟他保持点距离吧,小心一点。"

凌灼心里不是滋味:"我知道。"

仲一然:"要是遇到麻烦了,别一个人憋着,随时跟我说。"

凌灼犹豫了一下,点头:"好。"

他会跟陆迟歇保持距离,但他不想跟仲一然说,不想把仲一然拖进这些糟心事情里来。

在酒店休息了一个小时,下午录制继续。

剧本又一次从头开始走,早上众人的"金手指"已用掉大半,下午游戏玩得更艰难,剧情不断被人带偏,更别提凌灼这个主角因之前的事录制时也一直心不在焉。

好不容易郡主和穷书生排除万难成功私奔了,按照原来的剧本该是穷书生发愤图强考取功名,终于被王府接纳皆大欢喜,结果硬是被他们演成了穷书生被好友出卖,把他俩的行踪报告给王府,侍卫奉命去找回郡主,路上被好人方以各种理由阻拦。

最后关头,侍卫还是找到了郡主,他是场上仅剩的几个没有暴露属性的人之一,且手里还剩一个"金手指"没用过。

凌灼之前猜测他是好人方的,但陆迟歇这个人,谁也说不准。

扮演穷书生的女嘉宾张开手臂挡在凌灼面前,嚷嚷着谁都不能拆散他们,陆迟歇没理她,不动声色地看向她身后的凌灼。

凌灼不想与他对视，转开眼去看摄像头。

场下编导提醒陆迟歇还有一个"金手指"可以用，陆迟歇说："那就用吧。"

他最后这个"金手指"也很"逆天"，名为"随意修改任意一处除结局之外的剧情"，陆迟歇低眸沉思了两秒，说："之前郡主和书生私奔，我决定用'金手指'修改王爷王妃的决定，王府发布告，和郡主断绝关系。"

编导问他："那你现在打算怎么推动剧情？"

陆迟歇收了剑："到此为止了，结束吧。"

所有人都惊讶了，看戏的其他嘉宾问他："侍卫你到底是正方还是反方的？你这是什么意思啊？"

陆迟歇亮出了他的人物属性，他是反派。

其余反派哀号声一片："你是反派你强行把郡主带走，我们不就赢了，你在搞什么啊？"

陆迟歇："按照这个故事的逻辑，侍卫把郡主带走，确实可以算反派赢了，但随便想一下之后的故事，一定是郡主仍不肯放弃，会再次设法逃出来，就算她迫于父母压力死心放弃了，她和书生之间的情缘并未就此斩断，总会有机会再续前缘。"

"所以我现在成全他俩，"陆迟歇似笑非笑道，"郡主已被逐出王府，以后不会再有人给予她种种好处和便利，穷书生家徒四壁，他俩之间的风花雪月很快会变成柴米油盐，就连原本看在郡主分儿上资助书生继续念书考试的人也会消失，书生无法高中，他和郡主之间迟早会走到互相折磨、成为一对怨侣那一步，到那时才是真正的棒打鸳鸯。"

成亚风啪啪鼓掌："精彩，这么说倒是很合情合理，这个应该才是最悲剧的结局，反派真正大获全胜。"

也有人笑陆迟歇："你这拆情侣的点子想得挺溜啊？"

陆迟歇没再多说，凌灼皱了一下眉。

编导们特地讨论了一下这个出乎意料的发展，最后宣布获胜方为反派。

节目录制到此结束。

凌灼只请了两天半的假,明天一早就得继续拍戏,晚饭都来不及吃,卸完妆之后直奔机场。

陆迟歇仍和他搭乘同一班机,去机场的路上凌灼自掏腰包,把杨明原本经济舱的位子升成了和他一样的头等舱。

到了机场,他甚至没去VIP候机室,就待在人最多的地方,周围又是助理又是保镖,还有一群跟机的粉丝,就是为了避开陆迟歇。

上机后他又主动去跟杨明旁边位子的乘客换了座,从头到尾连个余光都没再给过陆迟歇。

回到片场酒店已经是夜里十一点多,冲了个澡凌灼就准备睡了,陆迟歇来按他房间的门铃。

从猫眼里看到外头站的人,凌灼没有出声,回到卧室里带上门。

五分钟后,微信上陆迟歇发来消息:"开门。"

凌灼压根儿不想理他,要不是还要跟这人一起拍几个月的戏,他现在就打算把人拉黑。

陆迟歇:"不想你那位队长倒霉,现在来开门。"

半分钟后,房间门猛地被拉开,露出门后凌灼满是愤怒的脸:"你到底想做什么?!"

陆迟歇进门,用脚将房门关上,倚门看着他:"凌老师每次都是这句。"

凌灼握紧拳头,拼命忍耐着怒气:"你真以为你能只手遮天不成?"

陆迟歇轻眯起眼,目光停在他怒意勃发的脸上,慢悠悠地道:"你想试试?"

凌灼:"你要是敢——"

陆迟歇:"你打算怎么样?跟我鱼死网破?"

他"啧"了声:"凌老师,你那位队长到底有什么魅力,能叫你为他做到这个地步,你越是这样,我越想动他怎么办?"

说罢凌灼血气上涌,忍无可忍,又一巴掌甩上了他的脸。

这一下的力道比中午那次还大些，陆迟歇仍不躲不闪，嘴角甚至流了血。

凌灼红着眼睛瞪他，僵持几秒，面前人忽然笑了一声，手指不在意地拭过唇角："猫爪子挠人。"

不等凌灼再说，他道："怎么办，凌老师，我好像更想拆你们团了，真不考虑退团？"

凌灼分外难堪，死死咬住牙根，他不想示弱，哪怕这个人拿仲一然来威胁他，他也不想示弱。

真要鱼死网破，他大不了就不混这一行了。

陆迟歇退回了安全距离："你打了我两巴掌，今天的事能消气了吗？"

凌灼瞪着他不出声。

陆迟歇："别这副表情了，放心，我不会动你那位队长，跟你开玩笑的。"

凌灼根本不信他这话，眼神里都是戒备。

陆迟歇："真的，你还怕我拿他威胁你，要你退团啊？"

凌灼仍未吭声。

陆迟歇不屑又笑了声："我不搞这些，你不用这么紧张，我等着你心甘情愿退团的那天。"

第二天在片场，凌灼仍全程躲着陆迟歇。

他今天的戏份都在 A 组，大部分是和喻菲的对手戏，也有和陆迟歇的，好在片场人多，陆迟歇也没再找过他麻烦。

之后几天都是如此。

晚上的单独走戏也停了，回到片场第二天晚上是凌灼主动提出结束。当时陆迟歇站在他房门口，看着他神情冷静但坚决说出："谢谢陆老师，以后就不麻烦陆老师了。"

陆迟歇沉眼看了他片刻，一句话没再说，转身离开。

从那天以后陆迟歇似乎变正常了，没再纠缠不休。

凌灼也松了口气，只以为这位老总的儿子终于放弃了。

团的新专辑已经开始进棚录音，凌灼每周会趁着通告单上没戏份时回去半天一天的，两边的工作都没耽误。

他也日益找到了拍戏的乐趣所在，他原本对拍戏不是很感兴趣，但这么一段时间下来还觉得挺好玩的，对张静说的帮他谈新戏也不再那么排斥。

但辛苦也是真辛苦，进入八月后天气越来越热，拍古装戏每一天都是煎熬，不说天天要吊着威亚在天上飞，凌灼还迎来了他的第一场水下戏。

林岚玉身负重伤、灵力全失后掉入河中，修仙之人竟差点儿溺水而亡，这场戏由何靖平亲自执拍，为了追求逼真效果还选择了实拍。

下水之前，凌灼一直在给自己做心理建设。

他其实懂水性，但小时候有一次跟家里亲戚小孩去河边玩，掉河里差点儿淹死，那种被河水淹没窒息的恐惧感到现在他都记得，从那以后就再没下过水，这事他也没跟任何人提过。

河边都是剧组工作人员，在忙着做开拍前的准备，何靖平在给凌灼讲戏，指导他一会儿下了水要怎么展现痛苦挣扎直至力竭这个过程，凌灼听得认真，身后有人喊了他一声。

"凌老师。"

凌灼回头，是陆迟歇，这人坐在太阳伞下等戏拍，问他："你会游泳吗？"

凌灼一愣，点了一下头："会。"

陆迟歇似乎不太信："那你怎么看起来这么紧张，很怕下水？"

凌灼收回视线："没有。"

何靖平讲完戏，最后拍了拍他的肩膀："放松一点，争取一遍过。"

凌灼："好。"

之后便是正式的拍摄。

落水和水下挣扎分了两个镜头拍，第一遍时凌灼确实很紧张，还没沾到水就已不自觉地紧绷起身体，脸上表情也没做出来，没过，还得重来。

第二遍开始前，他深呼吸，强迫自己屏除杂念，威亚吊着身体自上而下坠落，这次没再被导演打断，水花溅起，身体沉入河中。

凌灼下意识地挣扎，很快又被威亚吊起，第一个镜头算过了。

他呛了一口水，一嘴都是泥沙，浑身已经湿透，杨明跑过来给他送矿泉水漱了口，又紧接着要拍水下的画面。

入水之前，何靖平再次提醒他："小凌，注意表情管理。"

凌灼点头。

陆迟歇起身走到河岸边，抱臂盯着凌灼的方向，神情难得严肃。

凌灼仍吊着威亚，深吸一口气，缓缓沉入水中。还是紧张，水没过鼻子时他本能想要起身，被威亚带着往下去。

身体完全没入河水中，四面八方的水瞬间疯狂涌来，摄像机已经开始拍摄，凌灼挣扎着在水中浮沉，竭力压下心中恐惧，表现出灵力尽失、伤重流血的情况下在水中狼狈挣扎之态。

何靖平大概想要多些镜头素材之后好剪辑，一直没喊停，凌灼按照剧本里写的，逐渐停住挣扎，闭起眼，身体由威亚带着往河底沉去。

只觉小腿上突然一紧，左腿像被什么东西缠住了，他试图挣开，但挣不脱，小腿反而被越缠越紧，瞬间慌了神。

河岸边陆迟歇骤然变了脸色，大声喊："快把人吊起来！快！"

威亚扯着凌灼往上，竟也扯不动，人刚拉上来一些又沉下去，这下岸边人都慌了，水下面的摄影师扛着机器帮不上忙，立刻上浮喊人，陆迟歇已直接跳进了河中。

河水不断从口鼻涌入，凌灼又一次尝到被河水吞没的窒息感，直到被人拉住，他不知道是谁，下意识地紧紧抓住对方身体，缠在腿上的水草被人用力扯断。

恍惚中，仿佛看到陆迟歇格外冷肃的一双眼睛，只以为是自己的错觉。

上岸后凌灼狼狈地跌坐在地上，剧烈地咳嗽将呛进肚子里的水呕出大半，半天才缓过劲儿。被一堆工作人员围着问要不要去医院，凌灼摆了摆手，哑声说："没事。"

他灌了一肚子带沙的河水，喉咙现在还火辣辣地疼，鼻血都出来了。

擦掉血又喝了几口温水，凌灼这才感觉稍微舒服了点，看到陆迟歇在河边脱去已经湿透的戏服，心情十分复杂。

对方目光转过来，凌灼嘴唇动了动，说了声："谢谢。"

陆迟歇瞥他一眼，没说什么，坐下让人帮忙卸头套。

何靖平过来跟凌灼道歉，拍摄中途发生这么大的失误，他这个总导演难辞其咎。

凌灼赶紧说："算了何导，反正也没出什么事。"

"差点儿淹死也叫没出什么事？"

陆迟歇冷声开口，毫不客气："非要进了医院抢救才叫大事吗？何导，我们这剧要求不必这么高吧？不上绿幕也可以选个游泳池拍，何必搞实拍这种噱头？"

何靖平非常尴尬，看得出来陆迟歇这是真生气了，所以连他这位总导演也不给面子，偏偏何靖平还说不出反驳的话，只能讪然道："是我疏忽了，今天就这样吧，小凌你回去休息，晚上的戏挪到之后再拍。"

凌灼本还有两场夜戏，因为这个突发事故他确实有点儿累了，既然何靖平让他休息，他便没推辞，上车回酒店去了。

回去就先洗了澡，劫后余生让凌灼心有余悸，晚餐也没什么胃口，随便吃了些早早躺上床。

迷迷糊糊睡了不到两小时，做了噩梦，梦里都是自己溺水不断往下沉的画面，凌灼惊恐得想要尖叫，又像被掐住了喉咙，怎么都叫不出来。

"灼哥？灼哥？"

杨明喊着凌灼的名字，伸手一探他的额头，滚烫得吓人。

刚凌灼关了机，张静电话打到他这里，他上来用凌灼给的房卡刷卡进来，才发现凌灼已经睡着了，但睡得很不安稳，脸色潮红、满头大汗，果然发烧了。

杨明去翻出耳温计，一试，三十八点七摄氏度。

"灼哥，灼哥！你醒醒，你发烧了，我们得去医院。"杨明焦急地喊他。

凌灼浑浑噩噩的，睁不开眼，满头盗汗。

杨明心急如焚，先给司机打了电话让对方去停车场发车，再用力将凌灼从床上背起。

他个头小，只有一米七出头，背身高超过一米八的凌灼十分不容易，勉强才出了房间门，几次差点儿要摔倒。

走廊斜对面那扇门打开，陆迟歇出来，看到无力趴在杨明背上闭着眼的凌灼，紧皱起眉，上来将人扶过去："他怎么了？"

杨明喘着气说："发高烧，三十八摄氏度多，叫不醒，我打算送他去医院。"

陆迟歇看向烧得满脸通红的凌灼，眉头未松，一弯腰将人背起，快步往电梯间去。

杨明赶紧跟上。

凌灼的司机已经发动了保姆车在地下停车场等，他们上车后直奔医院。

陆迟歇抬手试了一下他的额头，确实烫得厉害。

他吩咐杨明："你打电话跟剧组那边说一声凌老师的情况，明天的戏他肯定拍不了了。"

杨明这才冷静下来，赶紧拿手机通知该通知的人。

到医院先进了急诊室，接着送去病房吊水，凌灼在半小时后才终于从昏睡状态中睁开眼，眼前的场景让他心生恍惚。

他在医院病房里，一只手还打着点滴，房中只有陆迟歇一人，正坐在床边低头看手机。

听到声音，陆迟歇抬头，稍稍凑近了他些："你醒了？记得刚发生了什么吗？"

凌灼愣愣地没反应。

陆迟歇："你睡着了发高烧，我跟你助理把你送来了医院，你助理去缴费了。"

凌灼喉咙动了动，嗓子哑得厉害："谢谢。"

陆迟歇倒了杯温水递给他，见凌灼不动，扬眉："不喝？还是要我喂你喝？"

凌灼这才伸手接过去，陆迟歇帮他把病床靠背升起来些，他手上没力气，喝了两口水就放下了杯子。

"今天……谢谢陆老师了。"

虽然脑子依旧昏昏沉沉的，凌灼也知道陆迟歇又帮了自己大忙，这个人情他欠大了。

陆迟歇无所谓地说："你与其谢我，不如下次少逞强，就一部偶像剧而已，不值得你三番两次地拼命，他们给你多少片酬，你划得来吗？"

凌灼心下尴尬，抿了一下唇，没接话。

等凌灼缓过劲儿，彻底清醒了，陆迟歇问他："你刚最高温度烧到三十九摄氏度多你知道吗？"

凌灼不知道该说什么，想摸自己的手机，才发现身上还穿着睡衣，估计手机落酒店里了。

陆迟歇看着他的动作，意味不明地扯了下嘴角："找手机做什么？跟人报平安？"

凌灼："没有。"

他确实下意识想联系仲一然，他一直就很依赖自己的队长仲一然，遇到事情总是第一个想到他。

陆迟歇盯着他略窘迫的神情，凌灼一紧张，想避开，陆迟歇："我有这么可怕吗？"

凌灼实在没力气挣扎，侧过脸，眼睫轻颤："我以为……你已经想通了。"

"想通什么？"陆迟歇问，"你以为我之前说想帮你在演艺圈站稳脚跟是说着玩的？"

凌灼不吭声。

陆迟歇："凌老师，我最近表现还不错吧，今天还救了你，你不该给我加几分？"

凌灼皱眉。

面前人继续说："你不说话，我就当你默认了。"

凌灼神色更窘迫，陆迟歇没再说，拿起他搁下的水杯喂到他嘴边，难得语气温柔："再喝些水吧。"

凌灼还头晕得厉害，高烧未退，喝过水靠在床上闭了眼睛。

陆迟歇没多逗他，又帮他把床放平下去："睡吧，我帮你盯着。"

凌灼哑声道："不用了，今天实在太麻烦陆老师了，让我助理来就行，陆老师明天还要拍戏，先回去吧。"

陆迟歇就站在床边，弯腰摁下床头的电动按钮，又顺手敲了一下他的额头："不用跟我客气。"

凌灼一皱眉，陆迟歇继续道："还有半个小时，你吊完了水我就走。"

凌灼不知道该说什么，他想和陆迟歇保持距离，但这个人今天救了他的命。

"你一直这么看着我做什么？"陆迟歇坐回床边，微笑道，"是不是觉得我舍命相救，你无以为报，觉得欠了我的？"

陆迟歇："那就先欠着吧，等我想好了要你怎么回报再说。"

凌灼不说话了，重新闭了眼。

之后听到声音，大约是缴完费的杨明回来，陆迟歇和杨明说了几句什么，像是叮嘱他事情，凌灼困得睁不开眼，没多久就又迷迷糊糊睡了过去。

再醒来已经是第二天早上，医生来查房，他身上热度退到了三十八摄氏度以下，除了浑身无力，没再有其他什么不良反应，再观察一天就能出院。

杨明回去了一趟，帮他拿了手机和要用的东西来，还拎来一个保温桶，里面是热气腾腾的鸡丝粥和汤。

杨明："陆老师给的，说早上特地让人做的，让灼哥你一定要吃。"

凌灼略无奈："你打开吧。"

吃东西时他看了眼手机，张静和仲一然都给他发了消息，团里其他人也在群里问候他，杨明说已经给张静回了电话，张静晚点会来医院："然哥昨晚也给我打了电话，我说了你发烧进医院的事。"

凌灼点点头，顺嘴问了句："这是哪里？"

杨明："一家私人医院，昨晚陆老师在车上联系人把你送来的。"

凌灼默默咽下嘴里的粥，他真得好好感谢陆迟歇了。

快十点时，仲一然出现在病房门口。

凌灼看到他惊讶万分："队长你怎么来了？你不是在外地有工作，明天才能回来？"

"没什么事就提前回来了，"仲一然打量了片刻他的脸色，关心地问，"你退烧了吗？"

"好很多了。"凌灼知道仲一然应该是坐早上第一班飞机回来，一下飞机就来了医院，他是特地提前回来看自己的。

见到仲一然，凌灼心情好了不少，仲一然在床边坐下跟他说话，提到他昨天在剧组差点儿溺水的事情，问他："怎么这么不小心？"

凌灼讪然道："意外而已，那河水看着还挺清澈的，要不导演也不会选择实拍，哪知道下去之后那么倒霉会被水草缠住，威亚都拉不起来。"

仲一然："是陆迟歇救了你？"

凌灼略显不自在："嗯，是他。"

沉默了一下，仲一然说："幸好他反应快，也是该好好谢谢他。"

凌灼："我知道。"

之后他们岔开话题，没再说这个。

提起明年年初的巡回演唱会，凌灼高兴地问："我听说已经订了几场的时间和场馆了是吗？"

仲一然："嗯，先签了两场，早点订下来准备时间充裕些，刘哥说先把场馆敲定，免得之后手忙脚乱。"

这是难得的好消息了,上次张静和刘涛吵了一架后,刘涛还是帮他们四个人签下了 LP 香水的代言,张静这边也跟 T&G 差不多谈好了,看似大家都获了利,实则闹得很尴尬。这段时间他们一起录制新专辑、为演唱会做准备,凌灼才觉得大家的凝聚力比之前强了一些,无论以后如何,他都希望至少能顺利把这个巡回演唱会办完。

说了一会儿话,护士来帮凌灼打点滴,仲一然去外头接了个电话。

说话声断断续续传进来,像是公司那边打来的,凌灼听不大清楚,但觉得仲一然语气似乎不怎么好,后面像又接了电话,走远了些,一直说了二十几分钟才挂断。

再进来时仲一然的神情也变得凝重了许多,和凌灼说有事要先走,凌灼叫住他:"公司里出什么事了吗?"

见仲一然犹豫不愿说,凌灼又道:"如果是跟我有关的,你直说吧,我迟早也会知道。"

仲一然重新坐下去,无奈道:"跟你无关,是张寻那小子的事。"

凌灼:"他怎么了?"

仲一然:"刚刘哥给我打电话,说张寻今天跟公司提出明年一月合约到期后不续约了。"

凌灼一愣。

"他不续约了?"

仲一然:"嗯,他是我们团里合约最早到期的,之前一直没听他说过有跳槽的想法,刘哥之前问他时他也说肯定继续签,今天突然就提出说不续了,我刚打电话给他,问了半天他才说实话,他被别的公司挖走了,说对方条件给得很优厚,他没法不心动,本来还犹豫要不要这么早说出来,今天听到刘哥说已经开始签演唱会的场馆了,才赶紧跟刘哥说了这件事。"

凌灼:"那我们演唱会怎么办?"

仲一然:"我正准备回去跟刘哥商量这件事,你放心吧,就算没有张寻,演唱会我们几个也能开。"

凌灼无话可说。

仲一然离开后，他拿起手机，几分钟前张寻在他们五人群里发了一条长消息解释这件事情，挖他的是星耀传媒——背靠尚讯视频的大公司，不论是合约分成还是其他条件都是现在的公司没法给他的，人往高处走，他只能这么做，希望大家就算不理解他也不要怪他。

群里只有齐良栎在跟他"对线"，不论仲一然还是邓岚洛都没有回复，凌灼忽然有种索然无味之感，放下手机，也不想回了。

仲一然走后没多久，张静也来了医院。

进门先问起凌灼身体情况，提到就昨天的意外已经跟剧组那边交涉过，他们会公开道歉并给予一定赔偿。凌灼心不在焉地说了几句，张静忽然问他："你跟陆迟歇到底怎么回事？"

凌灼："啊？没怎么回事啊……"

张静不信："没怎么回事那人第一个跳水里救你？"

凌灼尴尬道："也许他人好，喜欢见义勇为吧。"

这话别说张静不信，他自己也不信。

张静："我之前觉得他有什么别的目的，现在看起来他似乎对你挺好的，交个朋友还是可以的，你知道现在你的粉丝对他的好感度特别高吗？"

凌灼："为什么？"

张静："还能为什么？不说他昨天救了你一命是事实，他那种身家背景的，你粉丝觉得你跟他交朋友不吃亏，不但不会被蹭人气还有好处，上次他点赞你的粉丝支持你单飞的言论，被你队友的粉丝骂了，但是你的粉丝特别高兴，觉得没准儿是你的意思。"

凌灼有点儿无言以对，张静点到为止，又说起别的："张寻不续约，打算跳槽了，你知道吗？"

凌灼神色讪讪："刚听说了。"

张静："嗐，他倒是现实，刚红了就把你们团当跳板走人了，不过也没什么说的，现实点总不是错，人至少聪明。"

凌灼沉默，没有接腔。

张静也没在这儿待多久，她还有工作，看凌灼没什么大问题，叮嘱了杨明照顾好他就走了。

凌灼躺在床上继续打点滴，无聊地滑着手机，他昨天拍戏差点儿溺水、陆迟歇舍命相救的事已经上了微博热搜，点进去就看到电视剧官方微博发的道歉声明，下头留言评论的都是憋着气的他的粉丝，他顺手转发，安抚粉丝也给剧组一个台阶下，再感谢了一下陆迟歇。

陆迟歇救他的视频也在热搜里，凌灼点开。

视频开始陆迟歇抱臂站在河边，一直盯着他下水的方向，片刻后陆迟歇一声大喊让人把他拉上来，威亚拉了几下但拉不动，见状陆迟歇连戏服都来不及脱，蹬掉鞋子直接跳下了水。

之后陆续有现场工作人员跟着下去，再两分钟后，陆迟歇把他从水下捞上来，又在其他人帮忙下把他送上岸。

几分钟的视频很快播完，凌灼愣神片刻，心情复杂。

看到他和陆迟歇的双人超话链接，他鬼使神差地差点儿点进去，这个超话之前只有区区两千人关注，现在人数竟然已经逼近十万了，超话排名也进了前二十。

张静没有骗他，他和陆迟歇的双人搭档真的火了。

凌灼感觉略微妙，关掉了微博，陆迟歇发来微信消息："你还特地在微博上感激我？"

凌灼回复："应该的。"

凌灼不愿在医院多待，到晚上时差不多退烧了就打算出院，杨明还在劝他，陆迟歇出现在病房门口。

这人刚下了夜戏，直接从片场过来的。

"你想出院？"陆迟歇进门便问。

凌灼坐在床沿，扯了扯身上的衣服，不自在地说："住在这里不方便，我想回去洗澡。"

"刚退了烧洗什么澡,别明天病情又反复了,我帮你请了两天假,也不急着开工。"陆迟歇说。

凌灼坚持:"我想出院。"

陆迟歇弯下腰,一只手撑着床尾,另一只手搭在了凌灼身侧的床沿,视线与他齐平,就这么看向他。

凌灼不由皱眉:"你做什么?"

陆迟歇:"脸色这么差,现在就想出院?"

凌灼:"烧都退了,何必再占用医院资源。"

陆迟歇笑了声:"行吧,那走吧。"

车上凌灼靠在座椅里昏昏欲睡,身边人小声问他:"凌老师,听说你们团有人要跳槽?那你们怎么办,解散吗?"

凌灼闭着眼不太想提这个:"陆老师是从哪里听说的?"

陆迟歇:"这又不是什么了不得的事情,听说了很稀奇?"

凌灼迷糊间想到星耀传媒是尚讯旗下的公司,陆迟歇会知道也不奇怪,更觉没意思:"嗯,是吧。"

"你们会解散?"陆迟歇继续问。

凌灼:"不知道,再说吧。"

陆迟歇动了下嘴角,没再说。

回到酒店已经快十一点,陆迟歇把凌灼送到房门口,在凌灼进门之前叫住他:"手机给我。"

凌灼:"做什么?"

陆迟歇伸出手:"给我就是了,你人就在我面前,还怕我做什么啊?"

凌灼稍一犹豫,将自己手机递过去。

陆迟歇接过滑拨了一下屏幕,提醒他:"解锁。"

凌灼看着他,陆迟歇扬眉。

被陆迟歇这么盯着,凌灼只得用指纹解了锁,陆迟歇点开拨号键盘,输入一串号码,拨出。

他自己的手机铃声响起,再点击挂断,把手机还给凌灼:"把我的号码存一下,夜里要是又不舒服了,随时打我电话,我不关机。"

凌灼不知道能说什么,点了点头:"谢谢。"

关上门他才松了口气,去冲了个澡躺上床,瞪着眼睛看天花板片刻,想到团里那些糟心事,闭了两下眼睛,强迫自己屏除杂念,翻过身很快睡去。

夜里他睡得很安稳,一觉到天亮。

醒来已经早上九点多,出了一身的汗,身体不再软绵无力,舒服了不少。

又去冲了个澡,凌灼走出卧室,杨明正好进来,还带了早餐来,依旧是陆迟歇让人准备的。

他坐到餐桌前,看着杨明一样一样取出吃食,花样很多、很丰盛。凌灼略微别扭,感觉自己欠陆迟歇的人情越来越多,真的要还不清了。

"灼哥,"杨明看他一眼说,"早上我上来时你还没醒,碰到陆老师,他还特地进来看了你。"

凌灼"哦"了声。

吃完早餐,凌灼无所事事,坐下来静心看剧本。既然剧组给了两天假,他也没急着现在就要复工,能休息就先休息。

中午之前,仲一然打来电话,关心他的身体状况。

凌灼:"好很多了,已经退烧出院了。"

仲一然闻言放下心,跟他说起团里的事情,张寻那边会等到合约到期再走,这次的新专辑,公司还是想让他们以五人团名义发,在宣传期结束之前先不对外公布有人退团的消息。

还有就是,演唱会仍会按计划继续筹备,但张寻不会参加。

凌灼并不意外,演唱会能赚钱,尤其是他们这样正当红的男团,哪怕少了一个人,公司也会坚持要他们开。

他说不上高兴或是不高兴,如果说和队友一起开一场真正属于他们的万人演唱会是曾经的梦想,那么现在这个梦想被人拿到了利益天平上度量计算，他好像也没有那么在意了。

凌灼："也挺好的，前期我们总算没有做无用功。"

和仲一然说了一会儿话，挂断电话，陆迟歇发来微信消息："起床了吗？"

凌灼无语，这都几点了，他又不是猪。

半分钟后那边又发来一条："一会儿会有人送饭过去，我早上跟你助理说了。"

凌灼："谢谢，不过以后还是不麻烦陆老师了吧，我吃酒店的东西就行，陆老师不用特地叫人给我做了。"

那边没有再回。

凌灼想了一下，估计这人又生气了。

他也懒得再说，无聊地玩起手机。

二十分钟后，微博消息里出现一条新提醒，陆迟歇转发了他昨天说感谢的那条："不如考虑一下我的提议。"

凌灼："……"

凌灼深呼吸，告诉自己忍耐，这人在认识他之前就是这种行事作风的，他当没看到好了。

但还是点开了陆迟歇的微博评论，热评里都在问是什么提议，好在陆迟歇没再继续胡言乱语。

他给陆迟歇发了条消息："你为什么要在微博上说这些有的没的？"

陆迟歇："你在担心什么？"

陆迟歇："你放心，不会坏了你的名声。"

凌灼懒得再搭理他。

陆迟歇傍晚过后就回了酒店，来敲凌灼的房门。

"凌老师，吃晚饭了。"

凌灼看到他略显惊讶："你今天这么早就回来了？"

陆迟歇："你没看通告单吧，我今天没夜戏，来吃饭。"

见凌灼有一瞬间的迟疑，他直接改了口："那就在凌老师房间吃吧。"

凌灼发现自己现在连把这人拒之门外的底气都没有，只能让他进来，还好有他们各自的助理在，不至于太尴尬。

餐桌上凌灼说起自己今天想了一整天的事情，问陆迟歇："陆老师你有什么想要的礼物吗？"

陆迟歇挑眉："你送我啊？"

凌灼："嗯，感谢你见义勇为。"

虽然他觉得陆迟歇这人应该什么都不缺，对他挑的东西也很可能看不上，干脆直接问了。

"见义勇为？"陆迟歇嗤笑了声，"你说是就是吧。"

凌灼面不红心不跳："那你有什么想要的吗？"

陆迟歇看着他，但不回答。

凌灼平心静气，等着他说。

杨明和小钱各自低头吃东西，只当自己不存在。

陆迟歇慢条斯理地夹菜，仍是不理他。凌灼有些泄气，这人还真是难伺候。

晚餐快吃完时，小钱提醒他们一起录的那期《天南地北》今晚播出，杨明去客厅开了电视机。

凌灼坐到电视机前，顺手泡茶。

再递了一杯给陆迟歇："陆老师要喝茶吗？"

陆迟歇在他身边坐下，屏幕里的节目已经开始播放，陆迟歇接过茶杯。凌灼端着茶杯慢慢喝茶，目光落在电视机屏幕上。

节目一开始就把陆迟歇说的那句"不要作弊"放了出来，后面陆迟歇和凌灼之间的暗潮涌动、和仲一然的针锋相对也被这个节目放大成了噱头，贯穿整期。

凌灼看得心不在焉，身边人忽然问他："凌老师想好送我什么了吗？"

凌灼转头，陆迟歇仍盯着屏幕，仿佛随口一说："你不是想送礼物？"

凌灼："你想要什么？"

陆迟歇："你自己想，凌老师好歹有点儿诚意吧。"

凌灯讪讪闭嘴，他低头看手机，有些网友说他背后插刀队友。

凌灯关掉界面，紧拧起眉。

陆迟歇侧头看他："这些话让你不舒服了？"

凌灯憋着气不出声。

陆迟歇"啧"了声："你脾气怎么这么好？要是有人敢在网上这么骂我，被我看到了一定直接骂回去。"

凌灯："你无所顾忌，不是人人都能跟你一样。"

从他出名第一天起，这样针对他、针对他身边人的恶言恶语就没断过，刚开始的时候他确实很生气，也想过要澄清，仲一然跟他说没有必要，不要去看，他才慢慢学着去忍耐、去无视，但是这些他不想跟面前这人说。

陆迟歇笑看着他，凌灯移开了视线。

十点，节目播完。

小钱先走了，杨明也有点儿事十分钟前去了楼下，房间里只剩他俩，凌灯下逐客令："不早了，明天还要拍戏，陆老师也回去吧。"

陆迟歇笑笑站起身，凌灯将他送到房门口，关门之前，陆迟歇忽然道："想不到送什么就先欠着，不用着急。"

"凌灯，晚安。"

凌灯一愣，房门已在他面前合上。

一周后。

凌灯和剧组请假半天，进棚录制新专辑里的另一首新歌。

早上戏份一拍完卸了妆发，他便直接离开了片场，午饭就在保姆车上吃。路上有些堵车，仲一然发来消息说他们已经到了，凌灯回复："堵车了，我可能要稍微晚点，不会超过半个小时。"

杨明坐在一旁翻杂志，凌灯放下手机目光掠过去，一眼看到陆迟歇占据整页的硬照。

他问："你在看什么？"

- 101 -

杨明："早上凑单买的《时尚 cicele》，这期有陆老师的专访，天啊，他最擅长的运动竟然是马术，不愧是有钱人家的儿子。"

凌灼顺手拿过杂志，快速扫了一眼，陆迟歇在杂志上提到喜欢马术，有自己的马场，养了上百匹品种马。

陆迟歇还说到喜欢收集各类马具，凌灼心思微动，他想了快一周都没想好给陆迟歇送什么礼物，忽然间就有了灵感。

"你帮我做下功课，看什么牌子的马具比较好，"凌灼话说到一半改了口，"算了，还是我自己来吧。"

要不被陆迟歇知道，又要说他没诚意了。

进录音棚是一点四十分，凌灼比约定时间晚了二十分钟，其他人都已经到了。

张寻也在，说好了发完这张新专辑再走他也很配合，齐良栎对他还是一副爱搭不理的脸，仲一然和邓岚洛倒是态度如常。

凌灼不提这事，笑着和所有人打了招呼，对张寻也一样。

之后话不多说，节省时间直接开始工作。

一个小时后，休息二十分钟。

刘涛给他们买来下午茶，几个人吃着东西说说笑笑，都没再提那些糟心事。

刘涛坐了一会儿要先走，离开之前把邓岚洛叫出去，有事单独跟他说。

齐良栎去上厕所，几分钟后还在休息室里的几人听到外头齐良栎拔高的声音，质问邓岚洛："岚哥你什么意思？刘哥刚为什么说你十二月要进组？那我们明年年初的巡回演唱会怎么办？"

仲一然去门外，走廊上只有邓岚洛和齐良栎，刘涛已经走了，齐良栎瞪着邓岚洛，语气冲得很："你说话啊！"

仲一然喊他俩的名字："进里面来说。"

邓岚洛回头看他一眼，先转身进了休息室。

齐良栎气冲冲地跟进来，仲一然带上了房门。

不等邓岚洛说，齐良栎先开口："我刚从洗手间回来，听到刘哥说你的角色已经定了，十二月中旬进组，我们一月底开演唱会，一个月的时间，中间还有过年你拍得完戏吗？而且演唱会开始前各种准备工作至少得做一个月吧？你人在剧组你打算怎么办？"

邓岚洛镇定地说："尚讯S级的定制剧，原著也是大IP，给的角色是男四号，我试镜过了，陈副总那边的意思是希望我抓住机会。"

齐良栎的声音瞬间又提了起来："那我们的演唱会怎么办？！"

仲一然看着邓岚洛问："是《明容传》那部剧？"

邓岚洛："嗯，刘哥说是陈副总认识尚讯内部的人，别人卖陈副总面子才给的机会，陈副总给他们推荐了你和我，他们一开始觉得你形象更契合角色，但你跟刘哥推掉了试镜是吗？"

一直没出声的凌灼闻言轻蹙起眉。

齐良栎激动道："然哥推掉了所以你去试镜了？为什么然哥愿意为我们的团考虑，你们一个个却都这么自私？跳槽的跳槽，拍戏的拍戏，我们这团还有存在的必要吗？不如趁早解散算了！"

张寻嗫嚅道："那凌灼也在拍戏，谁不想要好机会？"

凌灼还没说什么，齐良栎已经快气炸了："灼哥又没在演唱会期间去外拍戏，更没有招呼都不打说跳槽就跳槽了！"

邓岚洛道："拍戏和演唱会我会两边兼顾，都不会落下。"

齐良栎冷笑："你能怎么兼顾？剧组能让你请几天假？演唱会开始之后一周两场，全国各地到处跑，提前排练要不要？你是打算当天去当天回，然后上台'划水'吗？那这演唱会还有开的必要？"

邓岚洛皱了一下眉，也冷了脸："戏是陈副总推荐的，刘哥也同意了，既然他们都觉得没问题，那肯定没问题，我说了能兼顾就一定能兼顾，你要是不信我也没办法。"

齐良栎还要说，被仲一然打断，他接着问邓岚洛："你已经决定了吗？"

邓岚洛："刘哥刚说我试镜过了，过几天签合同，说实话唱跳组合没有出路，走演员路才能长久，这点大家都心知肚明，多的我也不想再说了,就这样吧。"

仲一然低头,沉默片刻,轻轻"嗝"了一声。

齐良栎气道:"谁说一定要做演员?你以前是怎么说的?你是主唱你要做歌手,现在呢?我们都不是科班出身,一窝蜂跑去演戏有几个人能演出头?而且就算你要做演员,非急着这一时半会儿吗?就不能等演唱会结束,等几个月都不行?"

邓岚洛没再解释,不想再跟他说。

张寻帮腔道:"歌坛也不景气啊,而且机会不等人,演唱会随时可以开,好的角色错过了就不一定再有了。"

齐良栎愤怒地瞪他:"你连演唱会都不参加打算走人了,还在这里说什么风凉话?"

张寻大约也被这段时间齐良栎的态度搞出了火,之前是一直憋着,这下也不想再忍了:"你说话能不能别这么冲?你是小孩子吗,做事情不考虑现实的?我是合约到期正常走人,我不欠你们什么吧?公司让我配合宣传完这张专辑再走我也答应了,你还要我怎么做?我们公司资源就这么点,僧多粥少轮不上我,我能怎么办?谁不是往高处走,你难不成还能在这个团里待一辈子?"

"而且,"他说着看了从头到尾没吭声的凌灼一眼,继续道,"凌灼有周总监的团队力捧,一早就有大制作男二号演你怎么不说?是,他是比我们人气高,甚至我们成团三年外头人都说岚哥抢了他的中心位,可大家都清楚得很,岚哥的中心位是我们五个人一起开始训练时就定下的,岚哥不委屈吗?他和凌灼都是主唱,怎么当初公司就送了凌灼去参加那个比赛,不让岚哥去呢?"

齐良栎:"你有没有良心啊?!要不是灼哥当初一夜爆红,你跟我到今天都未必有机会借他的东风出道,现在你在这里说公司捧他不捧你,白眼狼也没你这样的吧?!"

张寻还要争辩,仲一然冷声提醒他:"当时参赛名额有限,凌灼是周总监亲自点的,就算换个人去,换成随便我们谁,你能保证和凌灼一样拿第一、一炮而红？凌灼能红能有今天是他自己的努力和实力，我们确实都沾了他的光，这一点难道你也要否定吗？"

被仲一然一通说，张寻脸涨得通红，嘴唇翕动，支吾道："我也不是那个意思……"

邓岚洛打断他们："都别说了吧，我根本不想因为这事吵架，为这种事情起争执有什么意思？"

工作人员已经来敲门提醒他们继续，没有人动。片刻后凌灼第一个站起来，平静地说："走吧，继续录音了。"

他先走出去，仲一然跟上，之后其他人才陆续跟了出去。

四点半，录音结束，几人各自离开。

凌灼没急着走，在外边走廊上的自动贩卖机前买了瓶饮料。

仲一然跟工作人员说了几句话，晚了一步出来，外头只剩凌灼一个，站在贩卖机前发呆。他走上前，帮凌灼拿出已经掉下来的可乐，送到凌灼手边："买了怎么不拿？"

凌灼回神，伸手接过去，握在手中却没打开，垂眸盯着看了片刻，轻呼出一口气，他问身边人："队长，你为什么要推掉试镜的机会？是因为和演唱会的档期撞了吗？"

仲一然也买了瓶饮料，拉开喝了一口，慢慢说："算了吧，我不想演戏，没太大兴趣。"

凌灼："队长，你不必这样的。"

仲一然："真的，我真不想演戏。"

凌灼抬眼。

仲一然微笑看着他，凌灼换个话题："要一起去吃晚饭吗？"

仲一然点头："好。"

片场，陆迟歇拍完一场戏，回休息室吃晚饭。

小钱进来顺嘴告诉他："刚听说张寻已经跟星耀那边签了合同，跳槽已成定局，还有就是《明容传》那部剧仲一然没接，他队友邓岚洛接了。"

陆迟歇挑眉："仲一然为什么不接？"

小钱:"不知道,可能怕耽误演唱会吧。"

陆迟歇漫不经心地吃着东西,片刻后他问:"仲一然是舞蹈担当?"

小钱:"是。"

陆迟歇:"演男四号他大概看不上吧,尚讯明年第一季度不是要开个街舞比赛,导师人选让人去接触他好了。"

小钱:"陆哥,你这是给他们整团送资源啊?"

陆迟歇无所谓地笑笑:"挺好,凌老师的队友都能前程似锦,他得感激我了。"

[Part 7]

醒 酒

凌灼给杨明放了假,单独和仲一然去外面吃晚饭。

他们找了间低调、私密性强的餐厅,小包间里无人打扰,一边吃东西一边闲聊,晚餐结束已经是晚上八点。

餐厅后面是市内闻名的城中湖,出门时凌灼随口提议去湖边走走,仲一然没什么意见:"走吧。"

这一段湖岸离岸边公园远,公共设施少,人也少,相对安静,他们沿着湖边并肩往前走,看黑夜里城市灯火在湖面投下的斑驳光影。凌灼忽然笑了一声,问身边人:"队长,你还记不记得,我们刚进公司那会儿,公司还在这附近,那时我们夜晚经常来这边游湖?"

仲一然:"记得。"

通常都是深夜,他们从舞蹈室出来,吃完消夜沿着湖边散步发泄多余精力,有时是他们两个,有时是五个人一起。

光影映在凌灼眼中,又渐沉进眼底,他说:"是啊,那时候,还挺好的。"

仲一然顿住脚步,轻喊他的名字:"凌灼。"

凌灼转头看过去。

仲一然:"你会难过吗?"

凌灼像一下没听明白:"什么?"

仲一然迟疑地说:"团里这些事情,让你失望了,你会难过吗?"

凌灼也收住了脚步,沉默一阵儿,他小声道:"说一点儿不失望是假的，但是队长，我也没资格要求他们为了这个团牺牲放弃个人利益吧，谁都有自己的选择，没有什么东西是一成不变的，而且，一直走得更快的人是我，不是吗？"

仲一然皱眉："你别这么说，那些是你该得的，张寻的话你也别放在心上，他跟齐良栎吵架口无遮拦，胡说八道而已，我们都知道没有你，这个团出不了头。"

凌灼摇头："我运气比你们好点而已，队长，你以后也别这么傻，把找上门的机会推了，喜不喜欢总得尝试之后才知道，别人可以兼顾的东西，你肯定也做得来吧。"

仲一然看着他，凌灼继续道："真的，挺可惜的。"

仲一然没再说什么："往前走吧。"

半个小时后，他们在湖边长椅上坐下，夜色渐沉。

仲一然去附近便利店买来一打啤酒，随手打开一罐，递给凌灼。凌灼送到嘴边抿了口，啤酒还是冰的，沁凉的味道滑过喉咙。

"这个酒的味道倒还跟以前一样。"凌灼舔去嘴角的泡沫，轻声感叹。

仲一然买的是南方一个小牌子的啤酒，这边很少有的卖，以前他们经常一起喝，后来他参加过形形色色的饭局酒局，没人瞧得上这种酒，他也很久没喝过了。

仲一然握着易拉罐的手指轻敲了敲，听着那窸窣声响："想喝总能买到。"

凌灼笑了一下："是吗？"

仲一然："嗯。"

凌灼问他："队长，你想过以后吗？以后打算做什么？"

这个话题好几年前他们就反复说起过，那个时候以为的以后，是一起出道，一起走到聚光灯下，一起享受鲜花和掌声，但原来那些，也不过是过眼云烟。

仲一然低眸想了片刻，说："脚踏实地，走一步算一步吧。"

凌灼："那也挺好。"

他没再问，目光落向前方在黑夜里偶然掠过湖面的水鸟，继续往嘴里倒酒。

一罐接着一罐地喝酒，有一搭没一搭地闲聊。

空了的易拉罐扔了一地，仲一然弯腰捡回塑料袋里，凌灼有些醉了，瞥见塑料袋中的宣传单，顺手拾起来，问仲一然："这是什么？"

仲一然："不知道，刚在便利店买啤酒，老板随手塞进来的。"

凌灼迷瞪着眼睛，就着远处路灯的一点儿光亮看手中宣传单，过几天城外北山公园开放夜场，有烟花庆典活动。

仲一然看着他的动作，目光稍顿，凌灼抬眼冲他一笑，问："你还记得有一年我们一起去北山公园的游乐场玩吗？你玩射击项目拿了奖品，是一只电子手表，你还送给我了。"

仲一然："嗯。"

凌灼遗憾说："可惜后来那表不见了，也不知道丢哪儿去了。"

仲一然："不值几个钱，丢了就丢了吧。"

"是啊，是不值几个钱，"凌灼低语，又迷糊说道，"回去吧，很晚了，我明天还要拍戏。"

仲一然："好。"

他帮凌灼叫了车，上车前凌灼回头看他，欲言又止，仲一然提醒道："回去赶紧睡觉吧，要不明天拍戏要头疼了。"

凌灼点点头，犹豫了一下，又问他："队长，你大后天有时间吗？"

仲一然看着他："有。"

凌灼笑了，说了声"好"，跟他挥手告别，坐进车中。

城市夜景逐渐后退，凌灼闭着眼睛靠向椅背，手里始终紧攥着那张宣传单。

他好似做了一场美梦，梦里和他珍视的人一起，在星空下并肩看了一夜璀璨烟火。

回到酒店已是夜里十一点多，醉意似乎更上了头，站在房门口翻找房卡，凌灼有些迷糊地想着是不是掉了，愣神间，斜对面的门开了。

陆迟歇出现在房门口，沉眼看着他，眼神像在打量什么。

凌灼回头看了他一眼，嘟哝了句"是陆老师啊"，又转回身继续在随身包里翻找房卡。

陆迟歇走上前，随手从他背包的侧边口袋里拿出了房卡。

凌灼"咦"了声："陆老师怎么知道在这里？"

"你每次都塞在这里。"陆迟歇沉声道，伸手帮他刷开了房门。

凌灼嘴里不知道嘀咕了几句什么，进门去。

陆迟歇跟进去，凌灼也没管他，自己酒还没醒。陆迟歇看着他稀里糊涂地忙活这忙活那，一会儿泡咖啡，一会儿翻箱倒柜找东西，手里还紧攥着张纸不肯放，完全不清醒。

片刻后，陆迟歇走过去，把人摁坐在沙发上："别忙了，坐会儿吧，你喝醉了？"

凌灼面有红晕，身上还有酒味，他愣了两秒，说："我没有。"

"这是什么？"陆迟歇目光落向他手中的宣传单上。

凌灼下意识不想给他看，将宣传单塞进茶几下的抽屉里，陆迟歇瞥他一眼，拉开抽屉。

凌灼伸手去推他："你干吗，你别看我的东西。"

陆迟歇已将那张宣传单取出来，看清楚上头的内容，神色微顿，若有所思。

凌灼把宣传单抢回去，气愤道："你这人怎么这样，乱翻别人东西。"

陆迟歇看着他，他又开始嘀嘀咕咕，确实是醉了。

"凌灼。"陆迟歇喊。

凌灼嘟哝声停下，看着他："做什么？"

陆迟歇伸手捏了一把他的脸："还认识我是谁吗？"

凌灼一愣，呆呆地看着他，陆迟歇倾身凑近，盯着面前人的眼睛："真醉了？"

凌灼侧开脸："哪有。"

陆迟歇觉得他醉了的反应实在有趣得很，笑道："醉了就醉了，为什么不承认？"

凌灼不想理他，又开始翻箱倒柜找东西。

陆迟歇问他："你在找什么？"

凌灼还是不理人，把茶几下的抽屉都翻了一遍，又去翻对面的电视机柜。

陆迟歇跟过去，往电视机柜上一坐，垂眼看他："找什么？"

凌灼再次伸手推他："你往旁边挪挪，挡着我找东西了。"

陆迟歇坚持问："到底找什么？我帮你一起找。"

凌灼又将几个抽屉搜了一遍，垂头丧气地说："找一只手表，找不到了。"

陆迟歇："什么手表？"

凌灼："一只电子表，游乐场里拿的奖品，队长送我的。"

陆迟歇："游乐场里的奖品，能值几个钱，现在还惦记着？"

凌灼："不是钱不钱的问题，你怎么这么俗。"

陆迟歇笑了声："不逗你了，洗完澡早些睡吧。"

关门声一响起，凌灼转身去浴室。

冷水浇上脸，他才彻底清醒过来，手撑在盥洗池边上，半天，苦笑了一声。

洗完澡坐上床，重新拿起手机，仲一然发来消息问他到了没有，提醒他早些睡觉。

凌灼回复过去，犹豫之后又发去一条："队长，大后天晚上，去北山公园看烟花吗？"

几分钟后，仲一然回过来："你不用拍戏吗？"

凌灼："如果有夜戏我就请个假好了，去吗？"

仲一然："好，到时候见。"

傍晚，拍完当天最后一场戏，凌灼立刻回休息室换衣服卸妆，顺手

- 111 -

给仲一然发了条消息。

休息室门没关,陆迟歇从外头晃进来时凌灼正在卸头套,闭着眼睛,由人一点一点撕下粘在头皮上的发套。

陆迟歇倚着化妆台看他一阵儿,凌灼没理人,卸完妆坐在沙发上快速吃了杨明取来的片场盒饭,再从杨明那儿拿了车钥匙,兴冲冲的,就要走人,被陆迟歇拦住。

陆迟歇一只手攥住他的胳膊:"凌老师这是急着要去哪里?"

凌灼皱眉:"我去哪里,不用和陆老师说吧。"

这两天他又开始躲着陆迟歇,就怕不小心又惹到这人发疯。

陆迟歇握紧了他的手,凌灼紧绷着脸,不为所动。

僵持片刻,陆迟歇轻"嗬"一声,松开手:"凌老师,我的礼物呢?"

凌灼尴尬道:"过几天东西会寄过来。"

陆迟歇:"不是今天?"

凌灼摇头,不再和他说,快步而去。

仲一然下午去了趟公司,六点多在公司吃完晚饭正准备走,刘涛恰巧过来叫住他,说有事和他说。

"尚讯明年第一季度要开一个街舞比赛综艺,现在正在物色导师人选,节目组导演里有我认识的人,今天中午一起吃饭时说起这事,他们觉得你挺合适的,专业水平过硬,有人气,问你有没有兴趣参加,开的片酬在同类节目里也偏高,我觉得是个非常不错的机会。"

仲一然稍微意外,随即又问:"明年第一季度?具体什么时候?"

刘涛:"一月底,过完年之后第二周开始录第一期,一共十二期,基本每周一到两期,差不多要录两个月。"

仲一然沉默了,一月底,那就是和他们演唱会的时间正好重合了。

刘涛猜到他在想什么,叹气劝他:"一然,先前你推了《明容传》的试镜,我知道你对拍戏没太大兴趣,也不劝你,但这个综艺机会真的很难得,尚讯那边对这个节目很重视,要不也不会这么早就开始定导师人选,街舞也是你喜欢的,不要错过了。"

仲一然犹豫说:"节目录制的时间不可能因为我一个人调整吧?演唱会的场地也是提前定好的,万一两边时间正好撞了呢?而且演唱会要办好准备工作得做很多,我又是队长,需要承担的事情比他们更多,我怕最后会耽误了演唱会。"

刘涛无奈道:"演唱会现在也只定了前面几场的馆子,时间还可以再协调,实在不行,干脆延后一两个月也可以,这样你和岚洛也方便。"

仲一然:"再延后凌灼的经纪人那边肯定不会答应,第一季度空出来让凌灼参加演唱会已经是静姐能让步的极限,而且之后我们几个人合约也陆续到期了,说不定还会出现什么变故,演唱会……我想办,想办好,凌灼他们大概也一样,我们都不想留下这个遗憾。"

刘涛:"但这个节目错过了就没有了,不觉得可惜吗?"

当然是可惜的,仲一然低了头,答不上来。

握在手里的手机屏幕上有凌灼发来的微信:"队长,我今天的戏拍完了,吃口饭就出发,你什么时候出来?"

仲一然回复:"马上。"

刘涛眼神好,瞥见了他和凌灼互发的消息,皱眉问他:"你约了凌灼?"

仲一然摁灭屏幕,点了一下头。

仲一然喉咙动了动:"刘哥,我们一起去北山公园看个烟花。"

刘涛盯着他的眼睛:"你好好想想。"

仲一然沉默。

等了片刻,刘涛神情变得严肃,再次开口:"你就算不为自己着想,好歹考虑一下凌灼。你也知道公司最近高层人事变动,从外头引进了个新的大股东,新股东和周总监那派的人走得近,对凌灼的不服管教也颇有微词,我看他们意思,似乎是如果凌灼不好掌控就换人,公司里现在这么多资质好的练习生,最近两年各样的选秀也火,要是能再捧出一两个人气小生来,资源就会向他们倾斜。当然凌灼现在是人气很好,别人还威胁不了他,但如果他热度下降,情况就不一样了。就算之后你们解散了,你们几个人当中说实话除了凌灼我最看好的就是你的前途。"

仲一然:"我知道,我知道刘哥你的意思……"

刘涛:"那就想清楚吧,不要因为一时冲动,以后后悔莫及。"

刘涛点到即止,让他再认真考虑接综艺的事情,先走了。

仲一然倚墙发呆片刻,有人进门,是邓岚洛。

邓岚洛带上门:"这么好的机会,为什么不要?"

仲一然抬眼:"你听到了?"

邓岚洛:"听到了,其实三年前刘哥跟你说的话我就听到了。"

仲一然神色难看,邓岚洛兀自说下去:"刘哥当时看出了你把凌灼当真朋友,跟你说周总监选了凌灼去参加选秀,希望不要因为这件事破坏了两人的友谊。"

仲一然紧皱着眉,没吭声。

邓岚洛自嘲道:"其实要说我一点不忌妒凌灼是假的,我和他都是主唱,处处被人拿来对比,我能在中心位不过是我比他早进公司,我的实力大概是比不上他的,要不然当初周总监也不会挑他不挑我,可我也挺感激他,要是没有他带着我们出道,凭我自己大概也走不到今天。

"齐良栎那小子年轻气盛,只想着我们五个人一起永远不解散,可现实就是现实。张寻是现实的,我也是现实的,我知道你和凌灼其实能理解我们,但心里肯定会不舒服,同样我也能理解你,你很不容易,为了团队牺牲自己的利益,我佩服你,可我还是想和刘哥一样劝你一句,多为自己着想。

"哪怕今天站在这里的人是凌灼,他肯定也不想看你一再放弃到手的机会,你做这些其实没有什么意义。"

晚上七点半,凌灼独自开车上山。

公园游客如织,他把车开上了后山观景台——和仲一然约定见面的地方。

这个地方原本夜里人就少,今晚前边的北山公园开放夜场,更不会有人来这里。凌灼停了车,离约定时间还有半个小时,他下车走到车前方,倚着引擎盖看远处城市夜火,安静等待。

- 114 -

十几分钟后,身后有车靠近,凌灼回头,嘴角的笑刚扬起又滞住了。

饶是他对汽车品牌不敏感,也认得出来是辆超跑。

车停在他身旁,陆迟歇自车中下来,背倚着车门慢慢点了根烟。凌灼看到他意味不明的笑眼,渐沉下脸。

陆迟歇:"凌老师一个人在这里看夜景,怎么不叫上我一起?"

凌灼:"你怎么知道我在这儿?"

陆迟歇扬眉,嗤笑说:"这里是公众场合,你能来我不能来啊?"

凌灼冷眼看着他。

陆迟歇:"好吧,你别用这个表情盯着我,我知道你在这儿,还约了你那位队长。"

凌灼皱眉。

陆迟歇啧道:"凌老师,那天晚上你喝醉了,手里一直攥着张宣传单,今天又特地单独出来,随便想想也知道你来了这里吧,前面公园里人多,我猜你肯定在这儿。"

凌灼:"所以你来做什么?"

陆迟歇:"看热闹。"

凌灼冷声:"你想看什么热闹?"

陆迟歇:"凌老师,我们打个赌吧。"

他弯起唇角:"我赌你那位队长,今晚肯定不会来。"

凌灼没再理他,转回身去,目光重新落向前方。

仲一然的车停在山脚下,他拉起手刹,闭眼疲惫地趴向身前的方向盘上。

山上起了夜风,凌灼的手机铃声突兀地划破黑夜宁静,来电人是仲一然。

凌灼按下接听键,那头人没出声,他下意识地屏住呼吸:"队长?"

片刻后,他听到电话那边仲一然低哑的声音说:"抱歉凌灼,我今晚有些事,可能要失约了。"

凌灼高高吊起的心瞬间跌入谷底:"有事吗?"

仲一然："嗯，有点儿事，抱歉。"

"那好吧，"凌灼艰难找回声音，"那算了吧，你先忙。"

凌灼不记得自己是怎么挂断电话的，浑浑噩噩按下结束键，身后有人喊他。

"凌灼。"

他转过头，陆迟歇看着他："看烟花了。"

左前方山腰处的公园里，有烟火冲天而起，炸开在星辉交映的墨色夜空。

凌灼怔怔看着。

一束接着一束的烟花在天际绽放，他始终仰着头，斑斓色彩映在黑沉如水的眼瞳里。

一场烟火盛会持续了大半个小时，最后一束花火在天际绽放再收尽，黑夜重归阒寂。

凌灼低了头，背影单薄，紧绷起的脊背线条在夜色中尤为落寞。

陆迟歇盯着他，抽完第二根烟，扔了烟头，走上前。

凌灼仍倚坐在引擎盖前，被陆迟歇攥住手臂拉起来，脚步踉跄地跌向前。

凌灼闭眼疲惫道："你放开我吧，我要回去了。"

陆迟歇："真这么难过？"

凌灼紧闭着眼，眼睫颤动，没有回答他。

"凌灼。"

陆迟歇再次喊他的名字："你睁开眼睛看着我。"

夜风拂过面颊，终于将那些激烈情绪抚平。

凌灼恍然睁眼，哑声道："陆老师是特地来看我笑话的吧？"

陆迟歇："你觉得是笑话吗？"

凌灼苦笑："在你眼里我不就是个笑话吗？"

陆迟歇："原来你会介意我怎么看你啊？"

"走吧，"他说，"要是难过，回去我陪你喝酒。"

陆迟歇松开手，凌灼一句话没再说，转身先上了车，发动车子，驶进黑夜里。

陆迟歇的车跟上，始终在后边保持距离。

回到酒店，自地下停车场坐电梯上楼，摁下楼层键时陆迟歇问身边人："去酒吧？"

凌灼摇头："不了，我想回去睡觉。"

陆迟歇："这才不到九点，急什么，怕被人看到啊？借助理的车子去公园，怎么不怕被粉丝看到？"

凌灼神情漠然，对陆迟歇的嘲弄全无反应。

上楼回房，进门之前陆迟歇刷开了自己房间的门。

"进来喝酒。"

凌灼在门边沉默站了两秒，跟了进去。

陆迟歇走去客厅吧台前，拿了两瓶洋酒下来，示意凌灼坐，问他："喝哪瓶？"

凌灼心不在焉地坐上吧台前的高脚凳："随便吧。"

陆迟歇又多拿了几瓶酒，再拿出调酒工具和酒杯，开小冰箱取了冰块和柠檬，现场给他调起酒来。

凌灼些微愣神，陆迟歇摇酒时动作随性，不时将目光落在他身上。

几分钟后，一杯冰绿色鲜亮如翡翠的鸡尾酒搁到凌灼面前，陆迟歇嘴角噙上笑，伸手示意："尝尝。"

凌灼低头，酒送到嘴边抿了一口，点头说："挺好喝的。"

陆迟歇也给自己调了一杯，捏在手中晃了晃，问面前魂不守舍的凌灼："今天真难过了？"

凌灼："没有。"

"有就有，这里也没别人，为什么不承认？"陆迟歇盯着他的眼睛，"你本来打算做什么，跟他约定自己不退团？"

凌灼又抿了口酒，尴尬道："你别问了吧。"

- 117 -

陆迟歇："现在死心了吗？"

被陆迟歇这样盯着逼问，凌灼只能点头。

他刚回来的一路上也在问自己这个问题，其实从那场烟花落幕那一刻起，他就已经死心了，可真正要放下这个坚持了七年的约定，远没有那么容易。

"死心了就好，"陆迟歇和他碰杯，"祝贺新生，往前看吧。"

凌灼从怔愣中回神，把剩下半杯酒一口喝了。

陆迟歇继续给他调酒，连着几杯下肚，凌灼大约是醉了，渐渐话多起来："你今天，确实是去看我笑话的吧，你自己也说了是去看热闹，还想跟我打赌，不就是想看我赌输了的狼狈样。"

陆迟歇好笑地说："你真这么介意这个？"

凌灼抬手敲了敲自己心口，面颊已泛起醉酒的红晕，眼神也迷蒙了几分："你不来多好，你不来我还可以一个人在山上哭一场，被你看到我哭都哭不出来了。"

陆迟歇搁下酒杯，看着他微眯起眼："你想哭？"

"想啊，"凌灼打了个酒嗝，脸上表情却不比哭好看多少，"我坚持了这么久，患得患失跟个傻瓜一样，自以为有希望了，原来从头到尾小丑都是我，之前的约定都不作数，为什么我们团没人再去坚持？"

陆迟歇："你确实是个小丑。"

凌灼红着眼看向他。

陆迟歇嗤笑道："不解散的男团本来就不存在。"

凌灼："你到底会不会安慰人啊？"

陆迟歇："我说了要安慰你？"

凌灼一噎。

陆迟歇再给他倒了杯酒："死心了就赶紧放弃了吧，知道自己是小丑就别再泥足深陷了。"

这人嘴里就没句好听的，凌灼不想再跟他说，捏起酒杯。

快十点时，他手撑着吧台站起身，喝啤酒都会醉的人，这么多种洋酒混一起喝更受不了，这会儿已经有些醉迷糊了。

"我回去了。"

嘴里嘟哝了一声，转身要走。

"你又喝醉了。"陆迟歇说。

凌灼摇头："睡一觉就好了。"

陆迟歇："回去还会哭吗？"

凌灼不想理他。

陆迟歇："都几岁的人了，难过了就哭鼻子，你丢不丢人？你还走得了路吗？"

凌灼又拧了眉，还想说什么，咬着牙，身体也在微微颤抖，一脸都是眼泪。他原本就难过，被陆迟歇这么一"欺负"，憋了这么久终于彻底崩溃，哭得停不下来。

"真哭了？"

凌灼觉得又难过又丢脸，他不想在陆迟歇面前哭，但忍不住，铺天盖地的负面情绪压得他快喘不过气，他已经不记得有多少年没这样哭过了。

陆迟歇盯着他狼狈的脸，低下声音："哭得丑死了。"

凌灼闭了闭眼，但止不住汹涌而下的眼泪。

"你哭成这样，是生气我知道这件事，还是难受自己的团要解散？"

凌灼仍在哽咽，不肯吭声。

陆迟歇："哭一场舒服了？"

凌灼抬起通红双目，陆迟歇去拿了纸巾来，抽出两张按上他的脸："擦擦吧。"

陆迟歇笃定说："要不就这样吧，反正你也快单飞了，现在最好的办法，就是尽快开始安排一下新的计划，我不介意帮帮你。

"咱俩以后可以尝试绑定合作，要试试吗？"

凌灼一愣。

陆迟歇笑看着他："试试吧。"

凌灼低头，沉默了。

如果是之前，哪怕就在今晚之前，陆迟歇这样的提议他都绝无答应的可能，但是现在，他忽然发现，他好像被说服了。

或许是酒喝得太多脑子不清醒，又或许明天酒醒了就会后悔，但在此时此刻，在陆迟歇用近乎蛊惑的语气说出这样的提议时，他确确实实上钩了。

凌灼不知道陆迟歇说的是不是真的，他这会儿混混沌沌的脑子也想不清楚，只是本能地想要抓住什么，所以在陆迟歇又一次问他"要不要试试时"，他下意识地点了头。

很轻的一下，幅度小得几乎可以忽略不计。

陆迟歇扬眉："你答应了？"

凌灼喉咙滑动，艰难滚出声音："可以试一试。"

陆迟歇："好。"

凌灼："如果不合适，随时可以解绑。"

陆迟歇不以为然，一旦开始了他就没想过解绑，但嘴上还是说："好。"

凌灼："我真的回去了。"

陆迟歇又笑了声，见好就收没再逗他，送他回房。

在凌灼带上房门前，陆迟歇声音落下："晚安，今晚好好睡吧。"

凌灼以为自己会失眠，但酒精发挥了作用，他一晚上睡得很好，连梦都没做一个，一觉睡到早上七点多。

通告单上他今天十点以后才有戏拍，还好没耽误工作。

洗漱时陆迟歇发来微信消息，问他起床了没，凌灼拍了一下额头，想起昨晚的事情，不由得有些懊恼，犹豫之后没有回复他。

退出时他又点开了那个时常在他微信对话框置顶的头像，愣神片刻，摁灭了手机屏幕。

早餐是在去片场的保姆车上吃的，杨明递过吃食来，告诉他："早餐是陆老师那边叫人送来的，他说以后灼哥你一日三餐都跟他一起吃，别吃片场的盒饭了。"

凌灼没说什么，接过东西。

八点到片场开始做妆发，二十分钟后陆迟歇进来，凌灼从镜子里看到他，又收回视线，一本正经地目不斜视。

陆迟歇过来倚着化妆台看他，凌灼被这人盯得不自在，但没有吭声。

陆迟歇弯起唇角："早饭吃了吗？"

凌灼轻点了一下头。

陆迟歇看他片刻，就跟他身后化妆师说："头套别给他弄这么紧吧，勒着头皮不好看。"

化妆师对着镜子仔细看了看凌灼的脸，笑着说："好吧，我给他弄松点。"

凌灼没说什么，轻抿了一下唇角。

妆发做完，化妆师离开，杨明也去了外头忙活，休息室里只剩他们两个。凌灼的戏份还没轮上，外头热他不想出去，就坐在化妆台前，拿出了手机来玩。

陆迟歇仍倚在他面前，问他："早上为什么不回我消息？"

凌灼："没看到。"

陆迟歇："真没看到？"

凌灼镇定地说："没有。"

陆迟歇没有揭穿他，接着问："昨晚说的话还记得吗？"

凌灼想说他喝醉了不记得说了什么，但陆迟歇没给他这个机会，直接提醒他："你答应了。"

凌灼神情尴尬，他现在反悔还来得及吗？

陆迟歇："想反悔？"

凌灼："没有。"

陆迟歇站直一些："你这个表情，真后悔了？"

凌灼有点儿气闷："我说后悔的话能算了吗？"

陆迟歇："不能。"

凌灼："那你别问了。"

"凌灼。"陆迟歇叫他，看着他的眼神意味不明。

凌灼："做什么？"

陆迟歇："答应了就不能反悔，你得负责。"

凌灼张了张嘴，彻底无话可说。

之后便是一整天的工作，凌灼今天的戏份都和陆迟歇一起，集中在A组，陆迟歇早上过后便一场接着一场地拍戏，没有停下来的时候。

一直到傍晚，何靖平宣布收工，今天不拍夜戏，剧组第二次聚餐，他请客吃烧烤。

拍了一个多月的戏，大家都混熟了，饭桌上吃吃喝喝、说笑聊天再没那么多顾忌。何靖平又开始挨个给人倒酒，轮到凌灼，没等他开口，坐在他身边的陆迟歇先说："凌老师身体不舒服，喝不了酒，何导你放过他吧。"

何靖平略感意外，看向凌灼："小凌你身体不舒服？之前怎么没听你说？哪里不舒服？"

凌灼尴尬道："有点儿中暑。"

其实是因为昨晚酒喝多了，今天一整天都胃口不好，实在不想再喝了，要不是陆迟歇开口，他脸皮薄还真不好意思拒绝。

凌灼这么说了，何靖平也是个好说话的，没有为难他，继续去给别人倒酒。

凌灼小声向身边人道谢，陆迟歇瞥他一眼，眼神似有不满，凌灼不懂这人什么意思。陆迟歇叫服务员拿了罐可乐来，拉开易拉环，搁在凌灼面前。

之后没再理他，和别人说话去了。

凌灼有点儿莫名其妙，低了头吃东西。

聚餐结束还不到八点，众人陆续乘车回去，凌灼和陆迟歇晚了一步出餐厅，陆迟歇把人拉上自己的车。他们刚都是坐保姆车过来的，但吃饭这会儿陆迟歇的助理已经把他那辆超跑开了过来。

"去哪里？"坐进车里，凌灼问。

陆迟歇："找点乐子。"

凌灼懒得细问了，反正他也下不了车。

"刚在餐桌上，你为什么瞪我？"

陆迟歇："我瞪你了？"

凌灼："你没有吗？明明就有吧。"

陆迟歇："那你说我为什么瞪你，不能喝酒了还逞强，有意思吗你？"

凌灼："你也没给我开口拒绝何导的机会啊。"

车停在十字路口等红绿灯，陆迟歇无奈："下次学聪明点。"

陆迟歇带凌灼去的地方，是家地下酒吧，进门前他递了个面具给凌灼，自己也戴上一个："戴着吧，免得我俩明天上头条。"

凌灼把面具扣上脸："你之前不让我喝酒，现在又带我来酒吧？"

陆迟歇："谁说来酒吧一定要喝酒？"

他们一起走进去，昏暗的小酒吧里人声鼎沸，音乐声更喧嚣闹耳。

凌灼的目光四处掠过，台上是一支摇滚乐队，歇斯底里地正唱着歌，可能唱歌技巧不怎么样，但歌声感染力十足，舞池中的男男女女随着音乐挥手摇摆扭动身体，热情放浪、无所顾忌。

凌灼有些无所适从，转头问身后的陆迟歇："你带我来这里做什么？"

陆迟歇笑了笑，双手搭在他肩上："我看过你的采访，你不是说怀念无拘无束唱歌的感觉吗？你也喜欢摇滚乐的吧？是不是没在人前唱过这种？这里没人知道你是凌灼，想上去唱歌吗？唱什么都可以。"

凌灼略感意外，又一次回头，面具后那一双黑眸里尽是笑意，就这么看着他。

凌灼："你还知道这个啊？"

"想上去吗？"陆迟歇在他耳边追问。

凌灼没吭声，不知道是被陆迟歇说服了，还是被酒吧里的气氛感染了情绪，他确实动了心。陆迟歇拉着他走去舞台边，推了他一把，凌灼跨上台。

台上乐队一首歌唱完，看有人上来，似乎也习以为常，主动让了个位置，凌灼走到话筒前，深呼吸。

台下看客们跟着起哄，他们不管唱歌的是谁，只要唱得好都会捧场。

凌灼选了一首十分激烈的摇滚，嗓子一开，台下先是齐齐愣了一秒，接着爆发的声音几乎要掀顶。

凌灼刚开始还有些局促，到后面便放开了，唱歌本就是他拿手的，在这样的场合，没人认识他是谁的地方，更不需要有任何偶像包袱。凌灼完全放开了嗓子，唱着他最喜欢但甚少在人前唱的一类歌，一首接一首，声嘶力竭，将所有憋屈的、难堪的负面情绪尽数发泄。

台下的人在尖叫，在挥手，在随着他的歌声尽兴摇摆，这种久违了的兴奋冲击着凌灼的神经，他的目光越过一张一张热情四射的脸，最后落向舞台边缘和他戴着同样面具的那个人，他看到陆迟歇举起手，冲着他打了一个响指，凌灼笑了，和他做了同样的动作。

从酒吧出来，已近深夜，陆迟歇开着车载着凌灼在城市边缘兜风。

凌灼的情绪明显高涨起来，在呼啸夜风中兴奋呐喊，然后放声大笑。

陆迟歇在无人街头停车。凌灼目不转睛地盯着他，在陆迟歇侧头看过来时眼神才动了动。

陆迟歇扬眉："开心了吗？"

凌灼慢慢点头，兴奋劲过去，这才觉些微赧然。

陆迟歇笑道："开心就好，别再愁眉苦脸了。"

凌灼："我没有。"

他咽了一口唾沫，问陆迟歇："陆老师，你也教教我怎么抽烟吧。"

陆迟歇看着他："想学？"

凌灼："嗯。"

陆迟歇："下次吧。"

陆迟歇重新发动车子，原本放下去的车篷升起，车窗也逐渐合上，他放慢了车速，车载音箱里播放起一首二十世纪的老情歌。

凌灼大约是累了，靠在椅背上安静地听，目光掠过窗外不断倒退的城市夜景。

陆迟歇专注地开车目视着前方，这人大多数时候都是不正经的，但偶尔也会像这样，让他心生微妙，感觉难以捉摸。

陆迟歇回头看他一眼，收敛笑意继续开车。

中午。

凌灼拍完一场戏，走到太阳伞下坐下，喝了口水。

杨明去帮他拿了午餐来，陆迟歇今天和喻菲出外景，中午也不回来，他难得清净。

心不在焉地挑着饭，看到脚边围了一群觅食的麻雀，凌灼顺手扔了一筷子白米饭下去，四五只麻雀一起围上来，很快将米饭啄食干净。

凌灼饶有兴趣地盯着看了片刻，又扔了一筷子下去，引来更多的麻雀抢食。

觉得好玩，于是他随手拍了张照片，发上微博。

悠闲了没几分钟，身边突然多出个人，一只脚伸过来，脚尖在那群埋头苦吃的麻雀中间拨了拨，雀群惊起，迅速分散飞开。

凌灼皱眉，抬眼便见身旁一脸坏笑的陆迟歇。

凌灼："你什么意思啊？这些麻雀又得罪你了？连麻雀都要逗。"

陆迟歇看看他："见到我回来怎么不高兴？"

凌灼懒得理他，每天白天晚上地见面，不知道有什么好高兴的。

凌灼岔开话题："不是一整天出外景吗？怎么就回来了？"

陆迟歇："外景场地没布置好，协调出了点问题，通告单上下午的戏份先不拍了。"

他说完挨着凌灼坐下，看一眼凌灼的饭碗："吃不下？干吗一直喂麻雀？"

凌灼："你吃饭了吗？"

陆迟歇："回来时在车上吃了。"

陆迟歇"啧啧",不逗他了,看他饭还剩几口,接过筷子,也扔了些白米饭到地上,刚一哄而散的麻雀又围了上来。

凌灼已经有些困倦了,喝了几口水,打着哈欠示意陆迟歇:"你往旁边挪挪,我要睡觉。"

说完直接靠着躺椅躺下,蜷起身体闭了眼。

陆迟歇小声问:"不回去休息室睡?"

凌灼闭着眼睛嘟哝:"不去了,走过去又走回来还得十几分钟,最多半小时下午的戏就要开拍,你别吵了,我眯一会儿。"

陆迟歇看他真睡着了,没再吵他,但也没走,拿了小电风扇对着他吹,靠坐在躺椅边玩起手机。

晚上陆迟歇要拍夜戏,凌灼先回酒店,路上杨明提醒他给陆迟歇买的礼物刚寄了过来。

东西是凌灼在网上订的,从国外直邮来的一整套马具,全手工制作,价格不菲。拆箱之后凌灼一样一样地拿出来看,东西看着确实不错,他不太懂这个,选的是自己能买到的最好的,就不知道那位老总的儿子能不能满意。

拍了张照片发给陆迟歇,那边没回复,大概还在拍戏。凌灼也没再管,盘腿坐在沙发上玩手机,顺手点开微博。

陆迟歇下午点赞了凌灼之前发上微博的喂麻雀图,凌灼进他的主页看了眼,这人仅有的几条点赞都跟自己有关,凌灼略无奈,但陆迟歇一直就这个作风,自己要是太在意了反而显得心虚。

九点多,陆迟歇回来,先来敲凌灼的房门。

凌灼刚洗完澡,从门后露出半个脑袋:"你回来了啊?"

陆迟歇目光一顿,凌灼赶紧说:"你进来,我先把东西给你。"

凌灼先去了客厅里。

陆迟歇跟上。

那一套马具重新装了箱,凌灼让陆迟歇自己拆:"之前说的,送你的礼物。"

陆迟歇:"你发给我的照片就是这个?送我的?"

凌灼点头:"我也不知道你看不看得上,上次看你在杂志上说喜欢马术,就想到买了这个,你看看吧。"

陆迟歇瞅他一眼,蹲下动作麻利地拆了箱。

凌灼跟着蹲下看他拆,嘴上问:"喜欢吗?"

陆迟歇看了一遍那几样东西,随意点头:"挺好。"

凌灼不太信,看着分明没有特别惊喜的表情啊:"真喜欢?"

"不然呢?"陆迟歇侧头,"凌老师想听我说'你送的东西我特别喜欢'?"

凌灼:"没有,没想。"

"凌灼,"陆迟歇叫他的名字,盯着他的眼睛,语气忽然就认真起来,"你送的东西我特别喜欢。"

凌灼怔了怔,小声说:"这个是感谢你救命之恩的。"

陆迟歇:"以后不用跟我这么客气。"

凌灼有一点儿不自在,又有点儿说不出来的感觉,轻点头:"嗯。"

陆迟歇拎起其中一副马鞍摸了一下,然后又笑了:"这一套东西不便宜吧,花了多少钱?"

凌灼:"我有钱,虽没陆老师有钱,但这个还是买得起的。"

陆迟歇:"给别人买过这么贵的礼物?"

凌灼诚实说:"没有。"

陆迟歇:"但花的心思肯定比这多,凌老师,你给你那位队长送过什么特别的礼物吗?"

凌灼没想到他会突然提到仲一然,一时神色有些难堪,转开眼,不太想提。

陆迟歇偏不放过他:"不想说?"

凌灼:"你别问了。"

陆迟歇:"为什么不能问?"

凌灼气道:"你太霸道了。"

陆迟歇:"你是第一天知道我这么霸道?"

凌灼气得无话可说。

他活该,他自找的,从一开始他就低估了这个人的秉性恶劣程度。

看凌灼低了头,陆迟歇:"好了,不生气了,刚跟你开玩笑的。"

凌灼:"你怎么这么不要脸?"

陆迟歇笑够了,终于放过了他,拿起剧本,干起正经事。

凌灼接受陆迟歇的提议后,陆迟歇又开始每晚过来帮凌灼走戏,还会给他上演技培训课,就这一点来说,凌灼确实是赚了。

"认真点,别胡思乱想。"陆迟歇提醒有些走神的凌灼。

凌灼回神,"哦"了一声。

十点半,授课结束。

凌灼已经困了,送陆迟歇到房门口,让他明天叫小钱来把东西搬过去。

[Part 8]

生 日

凌灼生日前一天，开放粉丝来片场探班。

他的粉丝们在片场给他搞了个生日会，所有剧组人员都沾了光，有好吃好喝的，还有礼物拿。

拍戏间隙，凌灼出去和来探班的粉丝见面、拍照，礼物、信件收了一大堆。

拍戏加和粉丝过生日，一直忙到傍晚他才得空喘口气，回去休息室吃晚饭。一会儿还要做个线上直播，让那些来不了现场的粉丝也看看他。

为了节省时间，杨明已经帮他把直播设备调好，直接打开，他边吃饭边和粉丝说话。

"一会儿还有夜戏，所以只能趁这个时候吃几口，你们都吃了晚饭吗？

"剧组挺大方的，导演还说明天我过生日给我放一天假。

"你们想看什么？我吃个饭有什么好看的……"

说了几句话，看到粉丝刷屏说想看他在吃什么，凌灼无奈只好调整镜头对准餐桌，四菜一汤，菜色都很精致，就他和杨明两个人吃，也挺奢侈的。

屏幕里立刻就有人问是不是剧组盒饭，剧组伙食怎么这么好？凌灼犹豫了一下，说了实话："没有，是陆老师的小灶，我跟他搭个伙。"

其实是白吃白喝，但他要是连这个钱都跟陆迟歇算，陆迟歇准要跟他翻脸。

话一说出口，屏幕上便有粉丝化身尖叫鸡。

再被问到明天放假打算做什么，凌灼想了一下，说："不做什么吧，休息一天，看看剧本、背背台词就过去了。"

也有人问他会不会去跟团里其他成员见面，凌灼回答："大家最近都挺忙的，工作很多，不一定有空见面，看情况吧。"

之后便略过了所有提到队友的问题。

屏幕上的留言刷得很快，凌灼挑着问题回答。

"下午已经吃了生日蛋糕啊，许了什么愿这个保密，说出来就不灵了。

"这部戏估计下个月底拍完吧，之后会发新专辑，新专辑风格会有一点突破，具体的不多说了，到时候你们就知道了。

"会接着拍戏，最近觉得拍戏也挺有意思，想尝试更多不同类型的角色，当然歌也会继续唱的，这个大家放心好了。"

凌灼直播时的风格一贯是这样，不紧不慢地和粉丝闲聊，他的粉丝也早习惯了，纷纷开始刷屏催促他别只顾着说话，赶紧吃饭。

凌灼笑了一下："让你们看着我吃饭，不无聊吗？"

然后屏幕上又是一排排整整齐齐回答的"不无聊"，对这些粉丝来说，大概看凌灼直播吃饭看一整天都不会无聊。

凌灼看一眼时间，他也确实得赶紧吃饭，一会儿还要拍戏。

杨明先吃完去了外头保姆车上帮他拿东西，陆迟歇进来时只有凌灼一个人在。往他对面一坐，陆迟歇问他："一会儿去不去吃消夜？"

凌灼轻咳一声，提醒他："陆老师，我在直播。"

陆迟歇一挑眉，注意到凌灼面前确实搁了台笔记本电脑，起身弯腰凑过去。他放大的脸突兀地出现在镜头里，笑着跟凌灼的粉丝打招呼。满屏幕都在刷他的名字，陆迟歇挑了一条留言念出来："陆老师你和我们小灼关系好吗？"

他笑着瞅向凌灼："小灼？"

凌灼目不斜视，陆迟歇又笑了声，回答粉丝的问题："我觉得挺好的，你们要不问问你们凌老师，他觉得好不好吧。"

凌灼略不自在，点了一下头："我们是好朋友。"

他的饭也差不多吃完了，又和粉丝互动了一轮，说要拍戏了，便关掉了直播。

陆迟歇再次问他："晚上去吃消夜？"

凌灼："随便。"

陆迟歇："那就去吧。"

夜戏拍了两场，九点多陆迟歇开车载着凌灼单独离开了片场。

等红绿灯时凌灼低头凑到陆迟歇胳膊边嗅了嗅："你喷香水了？"

陆迟歇随口说："你的粉丝在你生日会上送的，随便试了一下。"

凌灼："哦。"

他的粉丝今天来剧组给他开生日会，还给每位主创人员都送了礼物。

说起来这个代言也是托了陆迟歇的福。

想到陆迟歇之前说过的事，凌灼问他："你妈妈……不知道我们以后会经常合作吧？"

陆迟歇瞥他一眼："我妈也不能说？"

凌灼："跟你妈妈说才更奇怪吧？"

陆迟歇："你很在意我妈的看法啊？"

凌灼实话实说："她是我的偶像。"

陆迟歇："偶像？"

凌灼："嗯，你能不能帮我问她要个签名啊？"

陆迟歇先是意外，随即放声大笑。

凌灼被他笑得脸红："可以吗？"

陆迟歇不理他，红灯已经转绿，他继续开车，丢出一句："等你以后见了她，自己问她要吧。"

没讨到偶像的签名，凌灼嘴角微撇，也只能算了。看陆迟歇把车开回城，问他："我们去哪儿吃消夜？"

陆迟歇："去了就知道。"

车开进市中心繁华商业区，餐厅在其中一栋摩天大楼的顶楼，陆迟歇在这里包了场，没有别的客人。

说是吃消夜,更像是正式的晚餐。

凌灼傍晚忙着直播,饭没吃几口,这会儿确实有些饿了,也没在意这个,坐下只说了一句:"好大的排场。"

陆迟歇:"去别处也可以,你要是不介意被记者拍到,我也不介意。"

凌灼闭了嘴。

一道道菜陆续送上,陆迟歇给凌灼倒红酒,问他:"去年生日怎么过的?"

凌灼想了一下,去年是他们五个人一起过的,开了线上歌会,然后一起去外面吃了一顿,回宿舍后他和仲一然在阳台上单独聊天,聊了一整个通宵。

也才一年而已,竟已遥远得像发生在上辈子。

他没有回答,酒送到嘴边,轻抿了一口。

陆迟歇看着他,动了一下唇角:"不愿说?算了,看在你马上过生日的分儿上,不跟你计较了。"

凌灼低了头吃东西。

陆迟歇:"你刚说我妈是你的偶像?"

凌灼不好意思承认:"嗯,从小就喜欢。"

陆迟歇:"喜欢什么?"

凌灼:"演技好,长得也好看。"

陆迟歇:"是吗?我演技也挺好,别人都说我长得像我妈,你怎么之前那么排斥我?"

凌灼:"这根本不是一回事吧。"

陆迟歇:"所以你承认了你排斥我。"

凌灼很无奈:"你强词夺理,刚还说看在我过生日的分儿上放过我。"

陆迟歇轻笑一声。

"陆老师,"凌灼低下声音,"我过生日你还要给我摆脸色啊?"

陆迟歇只好不再纠结这些。

一顿消夜吃了将近两个小时,近零点时,陆迟歇示意凌灼看外头。

凌灼疑惑地转头，落地窗外是林立的高楼，这个点，城市里只有零落的一点光亮，他不明白陆迟歇要他看什么。

陆迟歇看一眼手表："还有半分钟。"

零点一到，已近沉睡的都市仿佛突然被唤醒，远处和近处所有高楼在同一时间亮了灯。

是绚烂至极的火焰红，在一栋栋高楼外不断变幻着斑斓姿彩，如礼花骤然炸开，映进凌灼一双惊讶黑眸里。

火焰红，粉丝带给他的个人专属色。

灯光秀持续了足足半个小时，彻底谢幕时，凌灼已近失语。从怔愣中回神，他想着自己得说点什么，手机铃声响了。

看到屏幕上显示的来电名字，激荡的情绪在一瞬间被拉回，凌灼按下接听键，先开了口："队长……"

仲一然打电话来跟他说生日快乐，他们已经很久没单独联系了，凌灼有须臾恍惚，甚至有种说不出的陌生感，跟仲一然道了谢。

仲一然："我给你买了生日礼物，寄去你住的酒店了。"

凌灼："下次见面再给我吧，不用特地寄这么麻烦。"

仲一然："已经寄了，白天就能收到。"

凌灼："谢谢。"

然后是沉默。

凌灼怔愣间，手机被身边人从手中抽走，陆迟歇一句话没说，直接帮他挂断电话并关机。

陆迟歇把手机扔回给他，凌灼没再开机，问："外面这个灯光秀，你弄的吗？"

陆迟歇："好看？"

凌灼点头："嗯。"

侍应生已经送上蛋糕来，陆迟歇点了蜡烛，餐厅里灯光熄灭，他提醒凌灼："许个愿。"

凌灼沉默了一下，说："我不想许愿。"

陆迟歇:"为什么?"

凌灼:"没什么意思,又不是小孩子,都是骗人的。"

他在直播里没有和粉丝说真话,下午粉丝给他庆生时他其实没许愿。

前面那七年,每一年的今天他许的都是同一个愿望——想要 Sparkle Bomb 男团不解散,可最终只是一场空,他再也不相信这个了。

陆迟歇:"愿望能不能实现,不在老天成全,事在人为。"

凌灼一愣,陆迟歇看着他:"你不想许愿,我帮你许个吧,明年看看能不能实现。"

凌灼点头。

陆迟歇盯着他的眼睛:"那就许愿,单飞快乐。"

凌灼彻底无话可说。

算了,就这样吧。

他深吸一口气,将蜡烛吹灭。

陆迟歇在黑暗中戴了块手表在他手腕上。

"生日快乐。"

头顶的灯光重新亮起,凌灼低头去看,没有推辞:"谢谢。"

凌晨一点,陆迟歇开车载着凌灼,往和影视城片场完全相反的方向驶去。

凌灼喝了酒,有些头晕,靠着椅背不说话,也不问陆迟歇要带他去哪儿。

闭眼也睡不着,干脆重新开了手机。

仲一然后面又给他打了两通电话,还发微信问他怎么了,凌灼心里不舒服,回了句"刚手机没电了",那边很快回复过来,提醒他早些休息,他没有再回。

沉寂了许久的五人群里其他人也给他发了生日祝福,凌灼统一回复了"谢谢"和一个笑脸,退出了微信。

无聊地点开微博,一刷新,刷出了那个叫 DarkFire 的粉丝新发的一条微博,凌灼慢了两秒想起来,他之前悄悄关注了这个博主。

看清楚粉丝发的内容，凌灼陡然一惊，醉意和困意顿时全消。

这个粉丝发了刚零点时，那一场生日灯光秀视频。

评论、转发都在号叫，此粉丝真是超级豪气，也是，最繁华商业中心上百栋楼在正常时段外特别开启的灯光秀，时长半小时，这得砸多少钱下去？

评论里有人开玩笑："这个微博号就是陆迟歇开的吧。"

凌灼转头看身边专注开车的这人："陆老师，DarkFire 这个微博号，你开的啊？"

陆迟歇："怎么可能，我哪有这个精力。"

凌灼不信："那肯定也是你身边的人，小钱吗？还是其他人？"

陆迟歇："嗯。"

凌灼："……"

凌灼："陆老师，你这样好可怕啊。"

陆迟歇目光睨向他。

凌灼嘴上这么说，看着却没生气，反而笑了。

"你不可怕吗？好吧，我换个词吧，你真无聊、幼稚。"

凌灼一边笑一边问："那下次你自己过生日怎么办？也搞个这么夸张的庆祝仪式吗？自己给自己庆祝好尴尬啊，但不搞的话会被人骂吧？你别想让我给你搞啊，我有钱也不打算这么烧。"

陆迟歇："不劳凌老师操心。"

凌灼："好吧，不过，谢谢啊。"

陆迟歇看他一眼，凌灼目光真诚，还有些微报意。

陆迟歇点头："嗯。"

陆迟歇带凌灼去的地方，是城南的一个私人度假村，他的马场也在这里。

凌灼没太大想法，问他："这都凌晨两点了，你明天不用拍戏吗？"

陆迟歇："跟导演请了个假。"

凌灼"哦"了声。

度假村地处偏僻，占地面积很大，车开进去还走了十多分钟，最后停在了一独栋小楼前，陆迟歇熄火，提醒凌灼："到了，下车吧。"

下车后凌灼四处看了眼，夜色黑沉，只有远近的一点路灯光亮，映着他们来时的这条路。面前是一栋两层别墅，一楼的落地窗大敞着，客厅里亮着橘黄色的灯光。

"进来吧。"陆迟歇说完先提步进门。

凌灼跟上。

这里是陆迟歇单独的住处，他每次来这个度假村都会住在这栋小楼里。

凌灼跟着他上二楼，二楼只有一整个偌大的房间，房间外是一片大的露台。凌灼走出去，才发现这个露台对着一片湖，远处有起伏的山峦，沿着湖边一路上山，分散坐落着七八栋这样的独立别墅，或大或小，能看到隐约的灯光，衬得湖面波光粼粼。

"这是我们家的私人度假村，不对外开放，只用来招呼客人和朋友。"陆迟歇随意说完，拉着他席地坐下。

凌灼摸了摸身下不知道什么材质的软木头，也懒得动了，闻着空气里隐约的花香，深吸一口气，感叹："有钱人的世界。"

陆迟歇问他："还喝酒吗？"

凌灼舔了一下唇："啤酒吧。"

陆迟歇回房拿了几罐冰啤酒过来，重新坐下，拉开一罐递给身边人："喝了红酒再喝这个，你一会儿又要醉了。"

"哪有那么容易。"凌灼不以为然。

醉不醉的不过是看心情而已。

喝了两口酒，他拿出手机，重新登上微博。陆迟歇问他做什么，凌灼："我忘了发微博了，要给粉丝发生日福利。"

下午的粉丝庆生会拍了不少照片，凌灼从杨明发来的那些里面选了两张，想了想又转身，以身后夜色下的山和湖为背景拍了张自拍。

- 136 -

编辑了微博文案，连带三张照片一起传上去，点击发送。

陆迟歇在第一时间点赞，留言。

"生日快乐。"

凌灼抱怨："陆老师，你这样不是等于告诉大家，我们在一起过生日？这都凌晨两点多了。"

陆迟歇睨他一眼："你今天不是才跟你粉丝说和我是好朋友，好朋友不能一起庆生？"

凌灼："你就是故意的吧？"

陆迟歇搁下手机："喝你的酒吧。"

凌灼也不再看那些网上言论，喝着酒看夜景，一只手撑着下巴，没话找话："陆老师，做有钱人是不是挺爽的，想做什么就能做什么，想要什么就有什么，不用在意别人的目光和态度？"

陆迟歇："你觉得呢？"

凌灼："我看你就挺爽的，可以随心所欲、为所欲为。"

陆迟歇"啧"了了声："你羡慕？"

"我也是个俗人，说一点儿不羡慕肯定是假的，"凌灼又咽了口酒，"像你这样出手就能搞大排场的庆生仪式，还有这块表，我走运这两年红了也赚了不少钱，可我就算有钱也不舍得这么花。"

陆迟歇看着他。

凌灼抬眼，冲他笑了一下："我这么说是不是特别酸？毕竟你这钱是花在我身上了，我好像更没道理说这些。"

陆迟歇："如果我不是有钱人，送你这表你是不是就不敢收？"

凌灼："如果你不是有钱人，也送不起这表啊。"

他继续刚才的话题："所以说，还是做有钱人爽吧，我给你买个礼物，还怕被你嫌弃东西太差看不上，做事总是束手束脚的，好不容易赚点儿钱，还总要被经纪人耳提面命不许这不许那。"

"凌灼。"陆迟歇叫他的名字。

凌灼："嗯？"

陆迟歇："被别人管着不能做想做的事，是不是很憋屈？"

凌灼点点头，又摇头："那静姐她也是为我好，我没有任性的资本。"

他打了个酒嗝，又笑了一声："你说要是被静姐知道咱俩的计划，我觉得她肯定不会反对，只会让我多讨好你，然后看能不能从你这儿要到什么资源啊、好处啊……"

陆迟歇："嗯。"

凌灼推了一下他的胳膊："你敷衍我，'嗯'是什么意思啊？"

陆迟歇："你想听我说什么？我只能说资源什么的也需要你自己抓住，不是我帮你搭线你就能拿下的。"

陆迟歇："你又喝醉了吧？"

凌灼摇头："没有，真没有，我这一罐啤酒都没喝完呢，不会醉的。"

陆迟歇懒得理他，点了根烟还没抽，目光落向前方。

凌灼又推了他一下："上次说的，你教我抽烟。"

陆迟歇看他一眼，手夹着烟送到他嘴边，用眼神示意他，凌灼接过来吸了一口，然后就被呛到了，一阵咳嗽。

凌灼有点儿失望："怎么我抽这个就这么难。"

陆迟歇又点了支烟，深吸一口，再当着他的面缓缓吐出，凌灼被呛得直往后退，陆迟歇："你连二手烟都闻不了，还想学抽烟？"

"我抽一手的。"凌灼坚持。

陆迟歇："别学了。"

凌灼喝了两口酒缓过劲儿："为什么？"

陆迟歇："你是主唱，别抽烟坏了嗓子。"

凌灼稍怔，他当然知道陆迟歇说的，他就是想放纵而已，尤其和陆迟歇在一起时，不自觉地就会放开顾忌，不想再压抑自己。

陆迟歇随口说了句："过了今天我也戒了。"

凌灼："为什么？"

陆迟歇："免得影响你，反正你本来也不喜欢这个味。"

凌灼："你不必迁就我啊。"

陆迟歇："我乐意。"

凌灼站起身："我去洗澡，有换洗衣服吗？"

陆迟歇看着他，嗓音略哑："衣柜里有新衣服，你自己拿，可能有点儿大。"

陆迟歇转身先进了房间里，从衣柜里随便翻了条新的内裤和一套睡衣，凌灼进去浴室，反锁上门。

二十分钟后，他从浴室出来，陆迟歇仍在外头露台上，倚着护栏在抽第二根烟。

凌灼在门边站了一阵，叫了他一句："陆老师。"

陆迟歇在烟灰缸里捻灭烟头，进门来。

凌灼问他："刚还说戒烟，你怎么还在抽？"

陆迟歇："最后一根了，抽完没了。你先睡吧，我去洗澡了。"

陆迟歇洗完澡出来时，凌灼已经侧身躺在沙发里睡着了。

陆迟歇走过去，凌灼睁开眼，迷糊地问："你洗完了啊？"

陆迟歇："嗯，去睡觉吧。"

凌灼："我睡哪里？"

陆迟歇："这里就一张床，你说睡哪里？"

陆迟歇："我睡沙发。"

好吧，睡就睡吧。

凌灼爬上床，他实在太困了，卷起被子就闭了眼。

再醒来已经是第二天早上，陌生的房间里只剩他一个，凌灼坐起身呆愣片刻，想起自己这是在陆迟歇家的度假村里……陆迟歇人呢？

去浴室洗漱，再从衣柜里翻了套相对合身的衣服穿上，凌灼趿着拖鞋下楼。

走到楼梯转角时，听到楼下客厅里传来的说话声，是陆迟歇和一个陌生的男声。

男声先开口："我早上过来听人说你昨晚来了，还带了朋友？"

陆迟歇漫不经心地答："嗯，带朋友来玩，他还在睡觉。"

对方:"什么人?前两天听妈说,有人主动讨好你,还让妈帮忙牵线给对方送商业代言?"

陆迟歇:"哥,你都知道了还问什么。"

对方:"娱乐行业鱼龙混杂,你想清楚这个人值不值得做朋友先。"

陆迟歇没再理对方。

凌灼朝下看了眼,是个穿着西装的男人,看着二十七八岁的模样,长得和陆迟歇不太像,比较像陆迟歇那个有钱的爹。

他倒是听人提过,陆迟歇家里还有一个哥哥、一个姐姐,都很能干,跟着他们的爹接手公司生意,只有陆迟歇这个小儿子继承了妈妈的美貌和演戏天赋,进了演艺圈。

凌灼一撇嘴,转身又上了楼。

陆迟歇上来时,凌灼正在外头露台上跟人打电话。

嗯嗯啊啊说了几句话就挂了,回头看陆迟歇已经把早餐端来,就搁在露台外的桌子上。

他又转回头,倚着护栏看了远处片刻,湖光山色在清早的明媚秋光里更加赏心悦目。

陆迟歇拉开藤椅,提醒他:"过来吃早餐吧。"

凌灼瞥他一眼,过来坐下。

陆迟歇给凌灼倒果汁:"刚跟家里人打电话?"

凌灼:"我妈,难得还记得我生日。"

陆迟歇:"你爸妈都挺忙的吧?"

凌灼:"是啊,大忙人。"

他家在南方,爸妈都是大学教授,忙着教书育人和搞科研,不怎么管他的事,他也从来不跟爸妈说自己的工作,一年到头只有过年那几天会回去一趟,别的时候回去了家里也没人。

就连之前在拍戏片场差点儿出事,他也没跟家里提过,他爸妈不关注演艺圈新闻,所以从头到尾都不知道。

- 140 -

陆迟歇："当初是怎么进海天的？"

凌灼心不在焉地吃东西，随口说："跟同学来这边玩，被他们星探看上了，极力游说我进公司去做练习生，谁小时候没个明星梦，而且我本来就喜欢音乐，就跟我爸妈说了，然后我妈特地抽空亲自过来考察了一番，确定他们是正规公司不是骗子，就同意了，高中三年我在这边借读的，后来考上了这里的音乐学院。"

其实，还有一个原因他没和陆迟歇说，当时他被人带去公司参观，看到了独自在舞蹈室里练舞的仲一然，仲一然温和地笑着跟他打招呼，于是他就坚定了想法。但是这个现在已经没什么意义了。

陆迟歇："那你家里人还挺开明。"

凌灼："嗯，我爸妈一贯尊重我的想法。"

陆迟歇："他们知道你以后想做演员？"

凌灼道："这个还不知道，以后我会跟他们说的，他们应该不会反对。"

陆迟歇："之前不说，是因为机会少，如今你和我合作了，还打算等以后？"

凌灼无奈地搁下刀叉，抬眼看向他："陆老师。"

陆迟歇扬眉。

凌灼："你真的把我当朋友，完全信任我吗？"

陆迟歇："你刚果然在偷听。"

凌灼没好气，白了他一眼，低头继续吃东西。

陆迟歇看着他气鼓鼓地一口一口往嘴里塞烤肠，问他："生气了？"

凌灼不想理他。

他确实有点儿气闷，或许是因为陆迟歇哥哥的那句"值不值得做朋友"，又或许是因为陆迟歇沉默以对的态度，可细想起来，他们本就是试试，他这没来由地气闷其实没什么道理，这么想着反而更叫他心里不舒服。

陆迟歇："我哥说的又不是我说的，你还在意这个啊？"

凌灼："那你哥也没说错啊，你们这种家庭出身的，主动跟你们交好的大部分都目的不纯。"

其实也是刚他哥说话时，他听到凌灼下楼的脚步声，被分散了注意力，就懒得跟他哥解释了。

吃完早餐，陆迟歇带凌灼去马场。

马场在湖的另一侧，他们出门沿着湖岸走过去，路上凌灼问陆迟歇："你哥也在吗？"

陆迟歇："他带生意上的朋友来玩，放心，碰不上的，他们一般都在高尔夫球场那边。"

凌灼松了口气。

走十几分钟就到了，眼前是一片宽阔草场，一侧有成排的马厩，几十匹马在马厩里，也有放养在草场上的，再远一点的地方是沙地和山丘，可以进行马术训练。

凌灼看着惊叹不已，陆迟歇带他去马厩看马，挑那些最有特点的马给他做介绍，凌灼兴致勃勃地听，不时举着手机拍照。

他问陆迟歇："我能试试骑马吗？"

陆迟歇："以前骑过？"

凌灼："没有啊。"

其实做演员的在戏里骑马的机会不少，拍摄之前一般也会有专人进行指导培训，但凌灼是第一次拍戏，而且拍的是能飞天遁地的仙侠玄幻剧，不需要骑马，所以他还没尝试过。

陆迟歇给他挑了一匹温顺的母马，这健瘦的骏马，金色皮毛在阳光下闪闪发亮，凌灼看着喜欢，试着伸手去摸，马儿亲昵地回应他，并无半点儿不适，更让凌灼欣喜。

注意到这马全身上下的装备似乎就是他送的那套，他问陆迟歇："这套马具是我送你的啊？"

陆迟歇："嗯，喜欢这匹吗？"

凌灼诚实地点头："长得好看，脾气也不错。"

陆迟歇:"那送你了。"

凌灼到嘴边的拒绝话转了一圈,想想又咽了回去,反正送给他也是养在这里,陆迟歇爱送就送吧。以后两人即使闹掰了,这马也还是在这里,送不送都没区别。

陆迟歇帮他戴上头盔,提醒他:"别的省就省了,头盔得戴着,一会儿上了马你牵稳缰绳,不要松手。"

头顶太阳大,他们站在正对阳光的地方,凌灼被晒得有些睁不开眼,在陆迟歇说好了时才垂眸点了一下头。

陆迟歇指导他怎么上马,抓哪里踩哪里说得仔细,说罢再小心翼翼扶着他上去。

凌灼忽然侧头,小声说了句:"谢谢陆老师。"

陆迟歇勾唇笑。

上马之后凌灼听话地紧攥着缰绳,略微紧张,陆迟歇帮他牵住马。

"放松点,没事,我牵着你走。"

走了几步,凌灼逐渐放松紧绷的身体,不再一动不敢动,调整了一下坐姿。

之后陆迟歇牵着他,沿着草场慢慢往前走。

适应之后凌灼胆子也大起来,问陆迟歇:"前面沙地和山丘能去吗?"

陆迟歇:"不能,那是练马术的地方,你连最基本的骑马都还没学会,想玩以后慢慢教你。"

凌灼"哦"了声。

凌灼又问他:"我看你在杂志上说,高中拿过什么马术比赛的奖?"

陆迟歇:"以前在国外念高中,拿过业余组比赛冠军。"

凌灼:"陆老师好厉害啊。"

陆迟歇抬眼看他,凌灼嘴角噙上笑,竖起大拇指。

陆迟歇:"抓稳。"

凌灼骑马过了瘾,后面就让陆迟歇给他表演马术。

陆迟歇全套装备上阵,利落上马,回头看凌灼一眼,纵马而出。

凌灼举起手机。

沙土飞扬，骏马载着自信从容的英俊男人高高跃起，纵身越过一米多高的障碍物，炙热阳光勾勒着马背上陆迟歇矫健的身姿，这一幕被凌灼用手机镜头捕捉下。

陆迟歇下马过来时，凌灼仍在看他刚拍下的照片。

陆迟歇瞥了一眼："挺好，你发给我。"

凌灼顺手从微信上发过去，再看着他把微信、微博头像都换成了这张图。

凌灼："拍得不是很好。"

陆迟歇："我觉得挺好。"

算了。

在马场里玩了半个早上，他们又回去小楼那边，在湖边钓鱼。

陆迟歇钓鱼，凌灼坐旁边看。

清净了没几分钟，张静打来电话，凌灼顺手接了，那边张静问他在哪儿，凌灼："在酒店，怎么了静姐？"

张静："撒谎，杨明说你昨晚跟人出去吃消夜后就没回来了，还有你半夜发的微博自拍根本不是在酒店，你到底去哪儿了？"

凌灼无奈说了实话："跟陆老师在他家的度假村玩。"

张静："跟陆迟歇出去玩有什么的？刚为什么撒谎？"

凌灼看一眼身边人，略微心虚："静姐你找我有事吗？"

张静："我把你之后的工作安排发给杨明了，你自己记得看一下。"

凌灼："哦。"

张静："你昨晚生日，和陆迟歇过的？"

"嗯。"凌灼含糊应道。

那边张静沉默了两秒，又道："说实话吧，你跟他现在到底怎么回事？我好有个心理准备。"

陆迟歇已转头看过来，对上他的目光，凌灼瞥开眼："我们以后可能会经常一起合作……"

他听到电话里张静的吸气声:"你们来真的?"

凌灼:"那得看他。"

张静:"算了算了,我不管你们真的假的,你自己注意分寸。"

凌灼又"哦"了声,他就知道,对象是陆迟歇,张静一准儿是这个态度。

张静提醒他:"还有学聪明一点儿,别吃了亏,很多别人求都求不到的东西,他一句话的事情,有机会就得利用起来,你知道我什么意思吧?"

凌灼听着心里不舒服,嘴上敷衍着答应,说了几句便挂断电话。

陆迟歇手里还握着鱼竿,漫不经心地问他:"你经纪人跟你说什么?"

凌灼嘟哝:"还能说什么,让我抓住这个机会,别赔了夫人又折兵,最后一毛钱好处都捞不到。"

陆迟歇:"你觉着呢?"

凌灼弯了腰,趴在自己腿上,侧头看他。

陆迟歇目视着落下鱼竿的水面,没理人。

凌灼盯着眼前人看,闷闷不乐。

半晌他说:"明明是你死缠烂打非要跟我合作的,又不是我求着你。"

陆迟歇:"嗯。"

凌灼:"嗯什么?"

陆迟歇终于转头:"你既然知道,干吗不高兴,别人爱怎么想就怎么想呗。"

凌灼:"陆老师,你是想利用我吗?"

陆迟歇:"你觉得你有什么可以利用的价值?"

凌灼:"好吧。"

陆迟歇敛去脸上玩世不恭的神色,认真说:"凌灼,你别管别人怎么说,你听我说就行了。"

凌灼一怔,然后点了点头:"嗯。"

陆迟歇抖了一下鱼竿:"鱼跑了。"

嘴上这么说，却没什么可惜，凌灼坐直，朝他伸出手："我试试。"

陆迟歇把鱼竿递给他，懒洋洋地枕着胳膊在草坪上躺下了。

夜晚回到酒店已近九点，进门看到堆满了客厅的礼物，凌灼想起来这些都是昨天粉丝送的。

于是坐下，耐着性子一样一样地拆。

杨明来帮他一起拆，忽然"咦"了一声，和凌灼说："灼哥，这是然哥寄来的啊？"

凌灼心神一动，从杨明手里接过去他拆了一半的东西。

最上面是一张贺卡，熟悉的笔迹写着："生日快乐，天天开心。"落款是"仲一然"。

下面是用礼物纸包装起的东西，很轻，不知道是什么。

凌灼慢慢拆开，看清楚了其中内容。

是一张唱片，他找了很久，这是国外一个解散了十几年的乐队的经典绝版专辑，市面上早就没的卖了，二手的也有市无价，仲一然不知道从哪里找来的，但肯定很费了一番心思。

陆迟歇进来时，凌灼还坐在地上发呆，低头看着手中唱片。

杨明迟疑地说了声："灼哥我先下去了啊。"

凌灼抬眼，这才注意到已经走到面前来的陆迟歇。

杨明离开时帮他们带上了房门，陆迟歇站着不动，居高临下的目光落到凌灼脸上，再下移至他手中的东西上，问他："这是什么？"

"一张唱片。"他的语气有些低落，一顿，"队长送的生日礼物。"

陆迟歇蹲下，伸手去拿，凌灼下意识不想给，捏紧唱片，陆迟歇盯着他的眼睛："松手。"

凌灼力道一卸，松了手，陆迟歇拿过去慢条斯理地翻看了一遍："喜欢这个？"

凌灼："嗯。"

陆迟歇："凌老师，一张唱片而已，你又三心二意动摇了啊？"

凌灼皱眉:"没有。"

陆迟歇:"有没有你自己知道。"

凌灼:"真没有,我就是心里有点儿不舒服。"

陆迟歇:"既然决定了退团,就别再纠结了。"

凌灼悻悻道:"抱歉啊。"

陆迟歇捏着唱片轻拍了拍他的脸:"唱片送我。"

凌灼张了张嘴,没出声。

陆迟歇:"舍不得?"

凌灼:"你想要……那给你吧。"

凌灼看着确实挺舍不得的,陆迟歇不客气地收了,不给他留半点儿念想。

"别想东想西的了,明天还要拍戏,上课吧。"

一周后,凌灼再次请假半天,回去录新专辑里的最后一首歌。

先回酒店拿了点东西,出门准备上车时,碰到也刚从片场回来的陆迟歇,凌灼跟他打了个招呼就要走,被陆迟歇伸手拦住:"走吧,我同你一起去。"

凌灼提醒他:"我去工作。"

陆迟歇:"知道,我同你一起去。"

陆迟歇开了自己的车,把杨明搁下了,就他们两个人去。

上车后凌灼问他:"你不用拍戏?"

陆迟歇随口说:"下午就两场戏,跟导演说挪后了。"

凌灼有点儿无言以对。

陆迟歇瞥他一眼:"为什么不戴我送你的表?"

凌灼:"拍戏怎么戴啊?"

陆迟歇:"下午不是不拍戏?为什么不戴?"

凌灼靠在座椅里原本有些昏昏欲睡,听到这句一皱眉,睁眼看向身边的陆迟歇,无奈地说:"我忘了而已。"

陆迟歇看着不怎么信,轻嗤:"忘了?"

凌灼："真忘了。"

陆迟歇没再接话，沉默开车。

凌灼知道他还是不信，有心想解释，但陆迟歇这态度又让他怪憋屈的。

不信算了。

于是也不理他，侧身面朝窗外的方向，靠着座椅闭了眼。

一个小时后到达目的地，下车之前凌灼犹豫地问陆迟歇："我可能要录两三个小时，你一直在这儿等我吗？"

陆迟歇先下了车。

录音棚里，仲一然他们几个已经到了。

仲一然在和工作人员说话，张寻低着头玩手机，邓岚洛打瞌睡，齐良栎则臭着张脸谁都不理，见到凌灼进来才跟他打了个招呼，然后就注意到他身后跟着晃进来的陆迟歇，直接愣住了。

仲一然一抬头也看到了凌灼和陆迟歇，轻皱起眉。

陆迟歇没搭理他们，自己找了个地方坐下。

凌灼略不自在，但也没解释。

张寻事不关己高高挂起，邓岚洛睁眼看到陆迟歇，一挑眉，目光落向仲一然，仲一然没说什么，只提醒大家："进去吧。"

进录音室前，陆迟歇忽然叫了凌灼一声："凌灼。"

凌灼转回头。

陆迟歇懒洋洋地倚着座椅靠背，看着他："早点结束，晚上去外头吃饭。"

其余四人神色各异，凌灼点了一下头。

五个人一起进了录音室，戴上耳机前，齐良栎小声问凌灼："灼哥你怎么把他带来了？"

凌灼："他正好有空，就一起来了。"

凌灼没多解释，先戴起耳机。

邓岚洛看仲一然一眼，仲一然神情复杂，到底没说什么，也戴上了耳机。

中间他们休息时，陆迟歇去了外头接个电话。

凌灼问起演唱会的事，齐良栎一撇嘴，说："灼哥你还不知道啊，然哥接了尚讯明年第一季度的街舞综艺做导师，录制时间正好跟我们演唱会重合了，他们个个都是大忙人，演唱会能不能开还得打个大问号呢。"

凌灼略微意外，用眼神询问仲一然，仲一然点了下头："嗯，是真的。"

一旁的张寻道："这不挺好，本来就应该这样，谁不得为自己前途着想。"

齐良栎瞪他。

凌灼没什么想法，事到如今，开不开演唱会于他来说都只是一个工作而已，能开，他会认真完成；不能开，那便算了，他如果想开个人演唱会，随时都有机会。

仲一然做这样的选择，反而让他有种那就这样吧的感觉，这样也好，他本来也不希望仲一然一再放弃机会。

他说："恭喜，挺好的。"

仲一然："谢谢。"

气氛一时有些尴尬，陆迟歇进门来，齐良栎叫了他一句："喂，你老跟着我们灼哥做什么？"

陆迟歇坐下，意味不明地笑了声："我乐意。"

凌灼十分尴尬，好在工作人员已经提醒他们得接着工作了。

五点，今天的录音结束。

张寻和齐良栎一前一后走了，凌灼收拾东西，陆迟歇仍坐在一旁等他。

仲一然在里头跟工作人员交接完，出来时喊了一声："凌灼。"

凌灼回头。

陆迟歇也漫不经心地侧头，目光跟过去。

仲一然只看着凌灼："你……回片场吗？"

"嗯，"凌灼点头，"吃完饭就回去了，对了，队长你送我的唱片在哪儿找到的？谢谢你啊。"

仲一然："你喜欢就好。"

陆迟歇已站起身，催促凌灼："凌老师，走了。"

他先走出去，凌灼拎起包跟上。仲一然神色犹豫，问他："晚上要一起去吃饭吗？"

凌灼还没开口，陆迟歇回头又一次提醒他："凌灼，走了。"

仲一然看着凌灼，凌灼避开了他的目光："队长，我晚上有约了，先走了啊。"

凌灼小声说了句"再见"，快步出去追上已经走远的陆迟歇。

"小灼看来也已经打算退团了，你做的选择，现在又后悔了吗？"身后是邓岚洛的声音。

仲一然皱眉，眼神略冷。

仲一然和邓岚洛一起下来停车场，仲一然有些神不守舍，邓岚洛一眼注意到停在不远处的那辆超跑，半敞的门里是凌灼和陆迟歇的身影。

邓岚洛一个转身，挡住了仲一然的视线，仲一然疑惑地看着他，邓岚洛笑了一下，说："我晚上没事，要不我们一起去吃饭吧？"

仲一然无所谓地点头："走吧。"

晚餐陆迟歇找了家私人会所餐厅，餐桌上他递了样东西给凌灼，是仲一然送的那张唱片。

凌灼稍微意外："你肯还给我了？"

陆迟歇："你看看，跟之前有什么不同？"

凌灼把唱片翻过来，微微睁大眼，封面上多了几个签名。

陆迟歇："这支乐队成员的亲笔签名。"

凌灼："你怎么找他们要到的？他们都解散好久了。"

陆迟歇随意说道："人还在就找得到，有什么难的。"

凌灼默然，张静说的别人求都求不到的东西，只是陆迟歇一句话的事情，确实不是假话。

陆迟歇："这不是原来那张，那张你给我了我就不会还你，这张是全新的，不是二手，喜欢吗？"

凌灼点头："嗯。"

陆迟歇："喜欢就笑一个，别皱着张脸。"

凌灼脸上挤出笑："陆老师，你这样想要什么都能轻易得到，生活中不会少了很多乐趣和惊喜吗？"

陆迟歇："谁说我什么都轻易要得到？"

凌灼："难道不是？"

陆迟歇看着他。

被陆迟歇盯着，凌灼低头喝了口水，含糊地说："那应该也不会太难吧，我不是已经答应和你多合作了？"

陆迟歇将他的反应看在眼里，低声笑了："好吧。"

[Part 9]

谢 谢

片场。

凌灼刚从威亚上下来,就被通知前两天拍过的一场戏要重拍,剧本内容改了,多出了飞页①。

他略显无奈,但导演说要拍,也只能拍。

下午五点多,陆迟歇过来B组,见凌灼这边还没拍完,问了等在场边的杨明一句:"他晚上要参加活动,不是说好了今天的戏份五点前就能拍完?怎么还没结束?"

杨明摇头,小声说:"多加了一场戏,还是前几天拍过的,又有人现场飞页乱改戏,耽误了时间。"

陆迟歇皱眉。

这种事情在各个剧组都不是什么新鲜事,耍大牌的主角、有后台的配角,加戏改戏逼着编剧临时写新剧本都是常规操作。陆迟歇和喻菲百分之九十的戏份在A组拍,他俩一个后台硬,一个就是后台本身,配角加戏加不到他们身上,于是B组拍摄的内容就成了重灾区,这事凌灼之前一直没跟陆迟歇说过。

陆迟歇问:"他的戏份经常被人乱改吗?"

杨明:"是,还挺多的。"

---

① 一般剧本在拍成影视剧之前,都会有完整的剧本作为脚本。没有具体的剧本,边拍边写,这种叫作剧本飞页。

陆迟歇:"今天又是谁加戏了?"

杨明冲不远处正和凌灼演对手戏的男演员一努嘴:"就那位,颢然影业的人。"

颢然影业,这部剧的联合出品方和制作方,制片人高承所在的公司。

这个叫张天齐的男三号是高承亲自指定进组的,原本应该演凌灼的那个角色,但尚讯那边对他的形象不满意,最后让他从男二号变成了男三号。

五点二十分,这场戏终于拍完。

陆迟歇在场边跟B组的导演聊天:"张导帮忙跟高老师说说吧,他想捧新人也不能挡别人的道吧。凌灼第一次拍戏,都欺负他做什么?他怎么说也有高人气,事情闹到网上去,他的粉丝都不会善罢甘休,不难看吗?加戏的归加戏的,别动凌灼的戏份、人设和高光①,不是很难吧?"

导演满脸尴尬,赔笑诺诺应是。

陆迟歇这话基本是连面子都不给了。其实凌灼虽然红,但后台也确实没有,加戏抢他戏份和人设的人,打的主意本就是故意碰瓷,凌灼的粉丝真闹起来了,反而给加戏人增加热度。

但现在陆迟歇开了口,而且是直接挑明了说,就是摆明了要帮凌灼撑腰。片子的最终剪辑权在尚讯手里,真要让这位不痛快,他一句话就能让有些人的戏份"一剪没",你还不能说什么,毕竟人家有决定权。

凌灼一拍完就看到了陆迟歇,原本想过来跟他打招呼,但见他一直在跟导演说话,就算了,上了保姆车先回酒店。

为了节省时间,他直接在保姆车上卸妆换衣服,杨明把刚听到的陆迟歇和那位张导说的话告诉他,凌灼听完沉默了一下,没说什么。

回到酒店,张静带着造型师已经在这里等他。

今晚有《时尚cicele》的年度盛典活动,凌灼和陆迟歇、喻菲都会

---

① 此处指角色的巅峰时刻、精彩时刻。

参加。陆迟歇和喻菲据说会一起走红毯,凌灼则是以个人名义去的,没有把团队其他人带上。

陆迟歇过来时,他已经做好妆发,正在拍照。偏分的鬈发,长的斜刘海衬着略深的眉眼,一身白色休闲西装,里面是同色单衣,仅以红宝石胸针点缀。

陆迟歇抱臂在旁看他一阵儿,凌灼拍完照过来问他:"你还没走吗?"

陆迟歇也换了一身灰黑色西服,配白色衬衣,胸前是枚钻石胸针。这人身高腿长肩也宽,凌灼的身材比例已经很好了,他则更像个衣服架子。之前陆迟歇要么穿戏服,要么出门只穿T恤、牛仔裤,凌灼一直没发现,现在乍一看到,目光便在他身上多停留了几秒。

去会场的路上,保姆车上张静又问起凌灼他和陆迟歇的事情,凌灼心不在焉地答:"就那样吧。"

他正盯着手机屏幕,陆迟歇的工作室几分钟前发了条微博,是陆迟歇出发前在酒店拍的照片。

张静:"你在看什么?你听到我说话没有?"

凌灼回神摁黑手机屏幕,轻咳一声:"静姐你就别问了吧,我自己也说不清楚。"

张静:"什么叫你自己也说不清楚?"

凌灼:"就不知道,说不清,先这样吧,以后再说,反正又不会让粉丝知道,你不用担心。"

张静:"你最好说到做到。"

七点四十分,凌灼走上会场红毯。

走到签名板前例行签名,主持人也公事公办地跟他聊了两句,凌灼趁机宣传了一下在拍的这部电视剧和马上要发的团体专辑,就听主持人问他:"说起来凌灼似乎刚过完生日吧?生日有没有收到什么特别的礼物?"

凌灼神情一顿,说:"粉丝们送的生日礼物都挺特别的。"

他已经看到红毯尽头正和喻菲一起走来的陆迟歇,凌灼瞥了一眼便移开视线，让下面媒体拍了几张照，转身进了内场。

内场华彩生辉，已是客似云来，中间是演出舞台，两边依次排开二十几张圆桌。

凌灼的座位被安排在离右侧主桌最近的一桌，和他同桌的大多是当红小生、小花，凌灼坐下跟同桌人互相寒暄了几句，之后便安静下来。

到八点时，场内几乎所有桌子都已坐满，左右两侧的主桌坐的都是业界大腕和有资历、有地位的前辈，陆迟歇也在其中。凌灼看过去，陆迟歇也正抬眼看向他，目光撞上，陆迟歇冲他举了一下手中酒杯，凌灼没理对方。

酒宴开始，接下来便是众人社交应酬的场合。

凌灼吃了几口东西垫肚子，按张静叮嘱，不得不举着酒杯起身去主桌敬酒，先敬了右边那桌，再去左侧，陆迟歇也坐在这里。

这一桌坐的大多是业界大腕，凌灼挨个敬酒，表现得恭谦十足。原本也只是每敬一个人喝一口意思意思，敬到第四个人，是个干瘦的中年男人，笑眯眯地坚持要凌灼把一整杯酒都喝完。

凌灼没吃几口东西，实在不想喝这么多酒，正犹豫着要说些什么，他对面的陆迟歇开了口："凌灼，你胃不舒服，少喝点吧，一会儿我们早点回去了。"

凌灼愣了一下，说："好。"

桌上还坐了某某投资公司高层、某某影视公司总监、某某时尚杂志主编等，都是有头有脸的人物，听到陆迟歇这话皆是惊讶，那个原本想为难凌灼的男人有些尴尬，陆迟歇与他道："彭总，凌灼是我朋友，他不太能喝酒，我替他喝吧。"

于是那人就和陆迟歇客套去了，凌灼松了口气，之后没人再刁难他，他挨个敬完酒，最后看一眼正和那人喝酒的陆迟歇，回了自己座位上。

张静没待多久，叮嘱了凌灼几句就先走了，凌灼后面又跟认识和不认识的人喝了几轮酒，还是有些醉了，酒会进行到一半，他去了趟洗手间,冷水浇上脸,才感觉稍微舒服点。

再抬头,镜子里陆迟歇出现在身后,神色不悦地看着他:"你一会儿还要表演,怎么又喝这么多酒?"

凌灼睨着他:"谢谢你啊,刚帮我挡酒。"

以前这样的场合,帮他挡酒的人都是仲一然,但劝酒的那些人对着仲一然不会像对着陆迟歇那么客气,往往会故意灌人,几次之后他就都坚持自己喝了,今天突然又有人出来说替他喝酒,一时才让他心情格外复杂。

陆迟歇:"谢什么?"

凌灼:"反正,就是谢谢,下午的事情也是。"

陆迟歇提醒他:"以后碰上这种事直接跟我说,别憋着。"

凌灼本来想说不用,想想又改了口:"好吧。"

躲卫生间里清净了片刻,再回去内场,凌灼还要上台唱首歌。

下一个节目就轮到他,干脆不回位子上了,就站在舞台侧边灯光暗处的角落里等,陆迟歇陪他一起。

台上也是个年轻的人气偶像,在边唱边跳一首舞曲,凌灼跟着用脚打节拍哼歌,兴致勃勃。

陆迟歇靠近他问:"怎么突然这么高兴?"

凌灼:"心情好。"

陆迟歇:"为什么心情好?"

凌灼:"心情好还需要理由啊?"

他抬起手,转身帮陆迟歇正了正有些歪了的胸针。

五分钟后,凌灼上台,站到话筒前,深沉地唱了一首情歌。

等凌灼唱完歌,他们一起离开会场,走时坐了同一辆车。

过了几天,张静打来电话说帮凌灼接了个新通告,当一线卫视上星综艺的常驻嘉宾。

"南星卫视今年最后一季度新推出的一个综艺,名字叫《请来我家吧》，一共录十二期，有四个常驻嘉宾，展现明星艺人的真实生活，每期去一个嘉宾家中做客。常驻名额之前已经定好了，临时退了个人，我正好跟他们台负责这个节目的副台长熟，就把你推了过去。"

张静快速说了一下常驻的都有谁，都是耳熟能详的名字，凌灼听了没什么想法，只问她："什么时候录？"

张静："十月下旬，差不多你这部戏拍完之后，一周录一期，放心，耽误不了你们团专辑的宣传。"

凌灼仍有犹豫："那我住集体宿舍，到时候轮到我这儿的时候要怎么录？"

张静："我正要跟你说这个，张寻不是马上要退团了，公司给你们租的集体宿舍年底也到期了，之后应该不会再让你们住在一起了，我会另外给你租房子，你提早搬出来吧。不过你这段时间在剧组也不急，等你戏拍完房子的事情肯定已经弄好了，以后你一个人住私密性强也方便点。"

凌灼沉默了一下，然后说："好吧。"

挂断电话，凌灼有片刻的愣神。

他从进公司第一天起就住在集体宿舍，刚开始还是像学校宿舍那样的多人间，后来他们五个人确定要一起出道，公司才给他们租了套别墅，仍是五个人一起住。虽然后面这一两年他们各有各的工作，家里经常凑不齐人，但论私心他确实把那个地方当作家了。

也终究走到了各奔东西的这一步。

陆迟歇过来时，凌灼还坐在沙发上发呆。

冰凉的矿泉水瓶贴上面颊，凌灼抬眼，面前是居高临下睨着他的陆迟歇。

凌灼皱眉："你干吗？"

陆迟歇："坐这里发什么呆？不赶紧补妆，一会儿不是还有戏要拍？"

凌灼："下午才有。"

陆迟歇懒洋洋地倚着沙发坐下："又心情不好了？"

凌灼:"哪有。"

陆迟歇:"凌老师不知道你这张脸最骗不了人吗?"

凌灼无奈说:"真没有,就是刚我经纪人跟我说要搬家,觉得有些麻烦而已。"

陆迟歇看着他。

凌灼:"怎么了?"

陆迟歇:"是麻烦还是舍不得?"

凌灼想了想,说了实话:"也不是舍不得,就是有点儿唏嘘。"

陆迟歇:"唏嘘?"

"是啊,"凌灼点头,"天下没有不散的筵席,就有点儿唏嘘。"

陆迟歇嗤笑道:"凌老师还真是多愁善感。"

"你就不能说两句好听的啊?"凌灼受不了他这态度,"懂不懂安慰人?"

陆迟歇:"想听好听的?"

"不想说算了。"凌灼站起身打算走人。

陆迟歇:"搬家搬哪里?"

凌灼:"不知道,静姐会搞定吧,不用我管,应该是住离公司近点的地方,方便点。"

陆迟歇:"那跟我一起住吧,二环,中心城区,我一个人住的房子,四百平方米,去吗?"

凌灼大概没想到陆迟歇会提这个,先是一愣,然后拒绝了:"不用了吧,这样太麻烦陆老师了,不太好。"

陆迟歇:"我说可以就可以,直接跟你经纪人说吧,拍完戏搬到我那儿去。"

他的语气不容拒绝,有着一贯的霸道,凌灼有些恼:"喂,你什么意思啊?你这样不是强人所难吗?"

陆迟歇:"以后我们合作得多,住在一起更方便沟通啊。"

杨明推门进来:"灼哥,何导找你,让你过去一趟。"

凌灼赶紧推开门去找何导。

之后一整天凌灼在片场都没再搭理陆迟歇,陆迟歇也不理他。

凌灼今天没夜戏,到傍晚时所有戏份就都拍完了,他直接回了酒店。

十点半,他正准备睡觉时,有人来敲门,是陆迟歇的助理小钱。

门外小钱神色尴尬道:"陆哥在楼下游泳馆待了快两个小时了,还不肯上来,灼哥你能不能去劝劝他?"

凌灼一听皱了眉:"他干吗?"

小钱:"就谁都不搭理,一直闷头游泳,这都两个小时了,我怎么劝都不听……"

十分钟后,凌灼下楼。

游泳馆在酒店第十层,和健身中心在一块儿。这个点这里已经没别人了,凌灼走进去,偌大的泳池内只有陆迟歇一个人沿着泳道不断来回。

凌灼走到泳池边,没好气地喊他:"你上来,还要游多久?"

陆迟歇游近,猛地破水而出,水花溅起,凌灼下意识地往后退,仍被溅了满身水。

他愈加气不打一处来:"你做什么?!"

陆迟歇终于上岸,摘了泳镜,沉眼看向他。

一看到他被水泡得几近发白的嘴唇,凌灼骂人的话到嘴边又哽住了。

凌灼:"都几点了,发什么疯,还要我来请你上去啊。"

陆迟歇神情冷淡:"你来做什么?"

他的态度让凌灼心里不舒服,声音也跟着冷硬了几分:"你助理说你赖在这里不肯走,非要我来劝你,我才不想来。"

然后气氛便僵持住了。

一个不吭声,另一个也不吭声,就这么冷眼互看着对方。

片刻后陆迟歇忽然后退一步,双脚已经踏到了泳池边缘,面无表情地盯着凌灼的眼睛。陆迟歇慢悠悠地搁下喝了一半的矿泉水瓶:"戏拍完,搬来跟我一起住。"

凌灼头疼，闹了半天，还是为了这事。

他说："这不方便啊！"

陆迟歇："有什么不方便的？我住的小区私密性很好，比你住其他地方好得多。"

凌灼："我经纪人刚帮我接了个综艺，要来家里录制，真的不方便。"

陆迟歇再次说："搬来跟我一起住。"

凌灼沉默。

半晌，他终是点了头："好吧，我得想想怎么跟静姐说。"

"灼哥？你在哪儿？"

杨明的声音打破了冷寂的气氛，

十分钟后两人一起坐电梯上楼。

陆迟歇送凌灼到房门口，在凌灼进门时提醒他："很晚了，赶紧睡吧。"

凌灼丢出一句"晚安"便关了门。

[Part 10]

纷 争

搬家的事情，过了两天凌灼就和张静提了，张静原本说已经帮他看中了两个房子，还要再斟酌下，凌灼干脆直说了他的打算。

"陆老师家那个小区一般人也进不去，私密性挺好的，他家里地方大，就他一个人住，我去了也不挤，而且他说了我去不用给房租……"

那边张静沉默了一下，说："我差你那每个月几万块钱的房租？"

凌灼："那也确实比你看的那两个房子好啊，能省就省嘛。"

张静："算了，我不说你，你都决定了我要是反对还惹你嫌。"

身边响起陆迟歇不怀好意的笑声，凌灼抬眼望过去："你笑什么？"

陆迟歇一边笑一边点头："挺有道理。"

凌灼："你怎么又偷听我讲电话？"

陆迟歇："我光明正大听。"

凌灼："反正现在她同意了，这样你满意了吧？"

陆迟歇："等拍完戏我帮你搬家。"

凌灼懒得理他，起身先离开了休息室，他下午要出外景拍戏。

往外头走时，碰到个身材高挑、打扮时髦的年轻女生被人带进来，凌灼目不斜视，女生经过他身边却多看了他两眼，还冲他笑了一下。

凌灼不认识这个女生，但带她进来的人倒是见过，是张天齐身边的助理。因为加戏改戏那事他和张天齐之间有点儿尴尬，面子上倒还过得去，至于撞见对方这种私事，他也没有八卦的兴致。

凌灼没理人，径直走出去。

出片场时杨明发现落了个东西，又急忙回休息室去拿。

凌灼站在一临时搭的拍摄棚下等，地方比较偏僻，附近连个工作人员都没有，刚打过照面那女生却单独跟出来，笑吟吟地和他搭讪，问能不能加下微信。

凌灼拒绝了。

女生长得其实挺漂亮的，和张天齐是男女朋友也好，普通网友也好，反正就那么个关系。今天她被张天齐的助理带进剧组来，碰到凌灼这样的人气偶像自然就有些想法，于是刚借口上洗手间又跟了出来，想勾搭凌灼。

男人嘛，大多那么回事，大大小小的男明星她也交往过好几个了，但像凌灼这样连个联系方式都不肯给的，她还是头一回碰到。而且凌灼态度坚决，看着并不像装的，女生笑笑没多纠缠，又转头回去了。

凌灼更没什么想法，他从出道第一天起就没少碰见过这种事，早见怪不怪了。

之后等杨明出来，他们一起出片场上车去外景拍摄地。

下午就一直在外景地拍戏，到傍晚又转场回来接着拍夜戏，全部结束已经是九点以后。

最后一场夜戏是群戏，拍完陆迟歇提醒他："一会儿一起走。"

回到酒店坐电梯上楼时，又碰到白天见过的那个女生。

女生拿着房卡和他们一起走进电梯，还跟凌灼打了个招呼，目光落在陆迟歇脸上打量了一圈，到底有贼心没贼胆，没敢跟他搭讪。

女生在他们楼下两层出电梯，张天齐就住在这层。

电梯门重新合上，陆迟歇盯着上跳的楼层数字，像是漫不经心地问凌灼："刚那个，你认识？"

凌灼："不认识啊，下午在片场见过一面而已，她是张天齐的女朋友吧，我看他助理带她进来的。"

陆迟歇意味深长地看他一眼。

凌灼："陆老师你这是什么眼神啊？"

十五层已到,电梯门打开,陆迟歇丢出句"没什么,就觉得凌老师魅力挺大的",先走出去。

凌灼觉得莫名其妙,跟了出去。

他回房去洗澡,十点半陆迟歇来敲他的房门。

"都这么晚了,今天还要上课吗?"凌灼开门放人进来,他倒是已经困了,哈欠连天。

陆迟歇:"你明天不是十点以后拍第一场戏吗?不用那么早起。"

"那你呢?"凌灼问他。

"明天离开剧组,请了假去外地拍广告还要参加个活动,周末回来。"陆迟歇随口解释完,走进客厅,往沙发里一坐。

凌灼顿时醒了神:"那不是要去四五天?"

"嗯。"陆迟歇睨他一眼。

凌灼过去坐下:"明天几点走?"

陆迟歇:"早上八点多的飞机,直接从这边过去,近点。"

凌灼"哦"了声,没再问了,去就去呗。

"你这周还有别的工作吗?"陆迟歇问他。

凌灼:"明天下午要回去拍新专辑封面和宣传照。"

陆迟歇:"你跟海天的合约快到期了?"

凌灼有点儿跟不上陆迟歇跳跃的思维:"还没,要到明年年底,不过跟团的合约快到了,明年四月。"

陆迟歇:"合约到了直接退团。"

他看一眼时间:"好晚了,陆老师回去吧,明天还要早起。"

陆迟歇随即回到了自己的房间。

下午一点,凌灼现身摄影棚,拍摄下个月将要发行的新专辑封面和宣传照。

化妆时仲一然过来递了杯奶茶给他,凌灼伸手接了,跟对方道谢。

仲一然问他:"听说静姐在帮你找房子,你之后要从宿舍搬出去吗?"

凌灼避开了他的目光:"嗯,她说宿舍年底到期了,公司不一定会续租,到时候都得搬走,刘哥之前应该也提过这事吧?"

"提过,"仲一然无奈说,"现在大家各有各的工作,分开住方便点,免得打扰其他人,刘哥说会分别给我们找房子。"

凌灼点了点头,然后是沉默。

"凌灼,"仲一然轻喊了他一声,"你……"

到嘴边的话却没有问出口,他不说凌灼也不说,低了头心不在焉地喝奶茶。

好在很快有工作人员来催,仲一然也被人叫了出去。

凌灼索然无味地搁下奶茶杯,发呆片刻,手机里收到陆迟歇发来的微信消息。

"专心工作,别胡思乱想。"

凌灼:"……"

这人是在他身上装了个监控摄像头吗?

之后便是忙碌的拍摄,摆姿势,一遍一遍重复拍,每个人的神情里都有麻木。但想到这大概是最后一次拍五人合体硬照的机会,又都勉强打起精神来。

中间休息时,几个人坐在一起有一搭没一搭地说话。

齐良栎原本谁都没搭理,低着头玩手机,片刻后忽然插话进来,幽幽道:"你们看微博没有,我们团要解散的事情上热搜了。"

其余四人神色各异,凌灼第一个拿出手机,点开了微博。

确实上了热搜,是有媒体爆出了张寻退团跳槽的消息,加上他们几个明年合约相继到期,解散一说其实早就有了,只不过今天突然爆出了而已。

不但如此,仲一然和邓岚洛的个人资源也一并被爆了出来,一时间网上一片哗然。

凌灼的粉丝反应最激烈,他们是盼着凌灼单飞退团的,但现在第一个走的却是别人,凌灼一门心思等着演唱会,被爆出来演唱会期间要兼顾个人资源的也是别人,这叫他们怎么心平气和?

凌灼看了一阵儿紧拧起眉,顺手给张静发了条消息:"静姐,你知道微博热搜上的事情吗?"

刚搁下手机,对面张寻突然发难,阴着脸质问他:"这些媒体和热搜是怎么回事?这是你和你经纪人干的?就因为我要走,他俩接了个人资源,抢了你风头,你就非要这么针对我们?"

每一条微博,提到他们三个,尤其是他,都在暗指他们是白眼狼,忘恩负义。张寻本就脾气暴、性子急,当下就忍不了了,除了凌灼和张静,他想不到还有谁会制造这样的舆论,所以当场就朝着凌灼开火了。

凌灼皱眉说:"我不知道,跟我无关。"

张寻:"怎么跟你无关?不是你还会是谁?!"

齐良栎帮凌灼撑他:"你什么意思啊?没事怀疑灼哥干吗?眼红我们团的人多得很,怎么就成了灼哥制造的舆论?你有毛病吧?再说那些媒体也没说错啊,你要不觉得自己是白眼狼你心虚什么?"

张寻提高声音:"你才有毛病,要不是他搞的鬼至于所有媒体都帮他说话,说他受了多少多少委屈,划不来、不值得?哪个眼红我们团的这么好心,偏偏要帮人气高的卖惨啊?"

他着重强调"人气"两个字,阴阳怪气之意明显。

齐良栎气得就要撸袖子了:"你想打架是不是?灼哥受欢迎碍着你了?你刺什么刺?你不如直说你忌妒灼哥好了!"

张寻:"我哪句话说错了?你在这里帮他出什么头?也就你傻,到现在都没个人资源,所以他才不把你放眼里,哪天你要是也拿了好资源,你看他会不会防着你针对你?!"

"够了别说了,"仲一然打断他们,"没有证据别随便诬蔑人。"

张寻冷笑:"队长,人家都说你过河拆桥了,你却三年如一日,你可真能忍。"

仲一然也冷了脸:"我说,没有证据,不要随便诬蔑人。"

邓岚洛皱了皱眉,看着凌灼,问他:"凌灼,你真的不知道吗?"

凌灼站起身，丢出句"我出去打个电话"，不管其他人再说什么，去了外头。

去走廊上给张静拨去电话，那边很快接了，凌灼直接问她："静姐，热搜里媒体爆料的那些，你之前知道吗？"

张静没好气："你怀疑是我干的啊？我吃饱了撑的，那几个人虽然确实是白眼狼没错，可那点资源我还看不上，他们跟你比还差得远呢，我没事针对他们干吗？有这个搞事情的工夫我不如多给你做点正面宣传。"

听张静这语气，凌灼便知道确实不是她干的了："那你知道，是谁干的吗？"

那边张静沉吟片刻，说："那几个人最近势头确实还可以，你们团又一堆人盯着，马上各平台新的选秀也要上了，市场就这么大，蛋糕不够分，谁都有可能干这事，你别想太多，这舆论也不顶用。"

凌灼沉默不语。

张静大概察觉到了他的情绪，问他："你今天是跟他们一起拍新专辑宣传照吧？跟他们吵起来了？他们难道都觉得是我，甚至是你搞的鬼？"

凌灼没吭声，张静"嗬"了声："所以你说这种团你待着还有什么意思？都这么多年了，连最起码的信任都没有，我都替你不值了。"

凌灼："我知道了。"

吵归吵，之后拍摄还要继续。

今天刘涛有事没来，只能靠仲一然这个队长协调众人，张寻对着凌灼鼻子不是鼻子、眼不是眼的，但仲一然的面子还是会给，凌灼则一句话不说，全听工作人员安排，最后总算勉勉强强完成了工作。

结束时凌灼叫住了张寻，当着其他几个人的面开口："我只说一次，无论你信不信，事情不是我做的，也不是静姐。"

张寻当然不信，"喊"了声，直接走人了。

齐良栎有心安慰凌灼几句，凌灼摇了摇头："没事了，你也回去吧。"

齐良栎还想说什么，被邓岚洛叫走，邓岚洛回头看仲一然一眼，拉着齐良栎先走了。

凌灼收拾东西，仲一然跟他道歉："张寻他说话一贯口无遮拦的，你别往心里去，今天的事情是他不对，我替他跟你道歉，回头我会说他。"

"算了队长，"凌灼打断他，"真的没事了。"

略一迟疑，他问仲一然："队长，你觉得这事是我做的吗？"

仲一然："不是，我知道你不会做这种事。"

凌灼："但也不是静姐，你信吗？"

仲一然神色稍顿，接着说："凌灼，不要在意这些事情，我不想因为这件事影响大家的关系。"

凌灼："你不信这事不是静姐做的？"

他说得笃定："也是，换了我是你们，我也不信。"

而且张静也不是没做过类似的事情，上回他的个人代言变成团体代言，张静气不过，就放消息出去大闹了一场，这回发生这种事，自然而然大家第一个都会想到张静。毕竟能准确地把他们几个的去向和资源都爆出来的，消息来源可谓灵通，是身边人的概率明显更大一些。

凌灼说不出此时此刻心里是什么滋味，站在旁观者的角度，他能理解张寻、理解其他人的想法，但作为当事人，说一点不失望那也是假的，哪怕仲一然不信任的，并不是他本人。

可他总是希望，仲一然能无条件站在他这边。

凌灼收拾了东西，冲仲一然点点头："我先回去了。"

错身而过时被仲一然拉住胳膊："凌灼，一起去吃晚饭吧。"

凌灼："不了，我明天戏份挺多的，台词还没背完，回去还要做功课，下次吧。"

回到酒店已经快七点，吃晚饭时再次收到陆迟歇发来的微信，他那边也工作刚结束，正在吃饭。陆迟歇拍了张照片发过来，一桌子的美食佳肴，说是广告厂商请客。

凌灼也顺手拍了张餐桌照片发回去："正在吃。"

半分钟后，陆迟歇回："不错。"

凌灼懒得搭理他。

吃完晚餐杨明帮他收拾了一下，回楼下自己房间。凌灼百无聊赖，坐在沙发上看电视打发时间，他没跟仲一然说真话，明天要拍的戏份台词他其实早背熟了，他只是不想去而已。

电视机屏幕里突然出现陆迟歇的脸，凌灼集中精神，认真看起来。

这是陆迟歇去年拍的一部民国谍战片，他在剧中饰演一名年轻地下党，卧底进敌方组织并已经坐到了高级军官的位子。屏幕里陆迟歇一身笔挺军装，手里握着枪，散漫地笑着。

凌灼盯着看，暗暗想着陆迟歇似乎演什么角色都挺有感觉的，果然是天生吃这碗饭的人。

手机铃响起，凌灼低头看到来电显示陆迟歇的名字，按下接听键。

屏幕里一集电视剧已经播完，他随手关掉，起身走去外头阳台，和陆迟歇说话。

陆迟歇听到他的声音，问他："心情不好？"

凌灼："你这也听得出来？"

陆迟歇："我猜的。"

凌灼沉默了一下，说了实话："下午和队友闹了矛盾。"

陆迟歇："因为那个热搜？"

"你也看到了？"凌灼"嗯"了声，"他们觉得要么是我，要么就是我经纪人搞的鬼，故意针对他们，可我真的没有做过，静姐也没有，他们怎么就是不信呢？"

陆迟歇："你很在意别人信不信你？"

"那也不是，"凌灼闷声说，"就有点儿憋屈，明明不是我做的啊……连队长也是，他相信我，但不信我经纪人，可能还觉得静姐瞒着我，或者觉得我错信了静姐吧。"

陆迟歇："你既然没做过，搭理他们干吗？"

凌灼："我不知道，就是有点儿失望而已。"

在张静今天再次提到退团时，他确实有种累了、疲了的无力感，比以往任何时候更甚。

心里有个声音在不断重复:"不如就这样算了吧,不要再坚持了。"

可总不由得想跟人诉诉苦抱怨。

凌灼:"这些话我好像只能跟你说了,跟谁说都不合适。"

那边陆迟歇笑了声:"我是不是该说很荣幸,你肯跟我倾诉?"

凌灼:"你就不能安慰安慰我吗?"

"嗯,"陆迟歇道,"终究要桥归桥、路归路的,现在看清楚不是挺好?你还有什么放不下的?想不到凌老师这么有'团魂'啊?"

凌灼认真地说:"我就是觉得自己以前想法太简单、太幼稚,把有些事情想得太理想化了。"

"人心险恶。"陆迟歇提醒他。

凌灼:"也许吧。"

陆迟歇:"别想太多了,船到桥头自然直,以后会好的。"

凌灼握紧手机,犹豫地问:"陆老师,那你呢,你会让我失望吗?"

那边安静了两秒,回答他:"凌灼,我不是个好人。"

凌灼:"什么啊?"

陆迟歇:"我霸道、脾气差、占有欲强、做事偏激,为达目的不择手段,但我不打算改,你做好心理准备了吗?"

凌灼:"你吓唬我啊?"

陆迟歇:"免得你把我也想得太理想化而已。"

凌灼:"所以呢?"

陆迟歇:"所以你跟我一起合作,这些你都得做好心理准备。"

凌灼不知道他什么意思,但没多想:"我又不是第一天知道你这德行。"

陆迟歇又笑了:"你记得这句话就好。"

热搜的事情,后头便不了了之了,凌灼没再去看。张静说得其实没错,这事没有任何意义。

但事情发生的第二天,张寻一句话不说便退出了他们的五人群。

凌灼看着微信群名上的数字变成"4",沉默片刻,摁黑了手机屏幕。

再过两天后,外出四五天的陆迟歇终于回来剧组。

他到片场时凌灼刚拍完一场戏,正在导演的监视器屏幕前看回放。

陆迟歇忍不住夸赞:"这段演得挺好,不用重拍了。"

凌灼转回头,看到陆迟歇便眉开眼笑:"你回来了。"

陆迟歇点头:"嗯,回来了。"

陆迟歇回去休息室更衣做妆发,回来了也没顾得休息,下午还要接着拍戏。

凌灼跟过去,陆迟歇在化妆,他趴在一旁的椅背上问陆迟歇:"不是晚上才回来吗,怎么提前了?"

陆迟歇:"剧组这边催,反正也没事。"

凌灼说:"我看了你昨天的活动直播。"

陆迟歇扬眉:"凌老师这么有空?"

凌灼:"当时正好等转场,就看了。"

陆迟歇笑笑:"看了,有什么感觉?"

凌灼想了想,说:"发型挺好看。"

陆迟歇:"就这?"

凌灼:"陆老师的脸跟直播里还是不太一样。"

陆迟歇:"哪里不一样?"

凌灼笑了一下:"没开滤镜,更真实一点。"

陆迟歇"啧"了声,笑着拿起矿泉水瓶喝水。

之后一整个下午,杨明明显感觉到凌灼心情好了不少,身上持续了两天的低气压也一扫而空。

今晚他俩都没夜戏,傍晚就回了酒店,陆迟歇来凌灼房间,跟他一起吃晚饭。

饭吃到一半时,张静打来电话,问凌灼在片场有没有认识什么乱七八糟的人,凌灼没听明白:"什么乱七八糟的人?"

张静没好气道:"有媒体爆料什么四千万粉丝的偶像在片场、酒店会美女，还放了剪影，就差没明着说是你了。"

凌灼："胡说八道，我当然没有，我能会什么美女啊？"

张静："你自己没做过就行，那我知道了，我最近在帮你谈个新的高奢腕表的商务资源，挺多人争的，其中还有徐遇森，估计是竞争对手的手段，先看看吧。"

凌灼："好吧。"

那边张静叮嘱了他几句，挂断电话。

陆迟歇吃着东西，随口问他："怎么了？"

凌灼皱眉将张静刚说的事情说了一遍，顺手点开微博，搜自己名字，广场热门就有，爆料微博转发量已经有好几千，放的剪影图一看就是他，评论里都是"吃瓜"等着看后续的各路粉丝。

一旁的杨明想到什么，提醒他："灼哥，是不是上回你碰到的，来探班张天齐的那个啊？"

凌灼："不会吧？"

杨明："那没准儿呢？瞎编总要有点儿依据。"

陆迟歇把凌灼手机接过去，快速扫了一眼，示意小钱："查一下爆料的这几个媒体是哪家公司的。"

凌灼接回手机，着实有些郁闷。

陆迟歇哼笑："会美女。"

凌灼："陆老师你什么意思啊？"

陆迟歇："没什么，就觉得编料的人挺离谱的。"

七点，他们刚吃完晚饭，先前爆料的媒体号又更新了一条微博，这次直接点名凌灼，还爆出了两张照片。

第一张，凌灼和女生站在摄影棚下，都是侧影，女生笑扬着手里的手机和凌灼说话，凌灼脸上表情看不清，但因为角度关系，显得两人颇为亲密。第二张，是凌灼和同一个女生前后走进酒店电梯的背影，当时在场的其他人都没有出现在照片里。

才两分钟，爆料微博的转发评论量就已过万，紧接着无数媒体齐发，不到十分钟，"凌灼片场会美女"的词条出现在热搜榜，然后在极短时间内带着"爆"的小尾巴冲上榜一。

凌灼眼睁睁地看着，确实就是他那天在片场偶遇的女生。

这还是他出道三年第一次被爆出男女绯闻，而且看起来还很像那么回事。

发微信给张静解释了一遍当时的情况，凌灼搁下手机，越发不得劲。

杨明气骂道："这些媒体有病吧，当时进电梯的明明有一堆人，这图片把其他人都截了就留灼哥和这个女生，真有意思。"

陆迟歇看着凌灼问："生气了？"

凌灼："我已经很小心了，这些人怎么总是爱看图说话编故事。"

陆迟歇："我都跟你说了人心险恶了。"

凌灼闷声说："我知道，我这几年也没少被人黑过。"

小钱已经动作很快地把查到的结果告诉他们："这些媒体号都是同一个公司的，叫晴天文化，背后持股股东是嘉新传媒。"

一说嘉新传媒凌灼就懂了，他的老对家徐遇森就是这家公司的，徐遇森是当初那个歌唱选秀的第二名，后台捧得厉害，原本是板上钉钉的内定第一，被他靠着超高的实力和人气挤下去，最终反败为胜。这几年徐遇森虽不比他红，但资源好，也堆出了名气。

凌灼："刚静姐说，嘉新的徐遇森最近在跟我竞争同一个奢牌腕表的商务。"

陆迟歇闻言皱眉。

杨明："但是这个女生是张天齐女朋友吧？我看网友扒出她的微博，她前两天发了条心灵鸡汤，还引用了灼哥你们团年初发的单曲里灼哥唱的一句歌词，刚这条已经删掉了，这不是配合炒作碰瓷吗？"

小钱："她也签了经纪公司，是和嘉新关系密切的一家小公司，就是配合炒作吧，至于是谁的女朋友还是网友，反正她不会承认，另一位当事人也不会承认。"

凌灼忽然想起什么问陆迟歇："陆老师，小钱这么快就查到这些媒

- 172 -

体号背后是谁,那上次那批也能帮我查下吗?"

陆迟歇:"你还在纠结这事?"

凌灼:"有点儿好奇,能查吗?"

陆迟歇淡定说:"已经查过了,是各个不同公司的号。"

小钱配合地点头。

凌灼心下意外,到底谁这么大手笔?

他们说话这会儿工夫,张静那边已经迅速准备好了澄清声明和律师函发上微博,别的不提,总归是能安抚大部分凌灼的粉丝。

但微博热搜一时半会儿也撤不掉,对网友对凌灼的印象影响还是很大的。

凌灼再郁闷,这事也只能暂时先这样。

打发了杨明和小钱回去,房间里只剩他们两个。

陆迟歇坐在沙发上没动,仍在刷手机。

凌灼还想说什么,注意自己手机上刚仲一然发了消息来,也问他热搜上的事情,他不太想解释,回了句:"没什么事,静姐会解决。"

那边又发来一条安慰他:"那就好,别看太多网上的言论,过去了就没事了。"

凌灼看着却更不舒服,他知道仲一然是好意,让他不要去看,免得心情受影响,但每一次都这样,他是真的觉得有点儿憋屈。

最后他也只回了一句:"谢谢。"

见陆迟歇低头看手机不理自己,凌灼心不在焉地重新点开微博,一刷新,首页却出现身边人两分钟前刚发的一条微博。

陆迟歇转发了那条爆料微博并评论道:我也在现场,不敢拍进去?等着收法院传票吧。

爆料微博内容:近日,有媒体在凌灼新剧拍摄片场拍到凌灼和一神秘女子谈笑风生、举止亲密,后又与该女子同回剧组酒店,共乘一梯,疑似恋情曝光,你们怎么看?

凌灼一愣,转头看身边人,陆迟歇收了手机,对上他的目光。

凌灼："你不必发这个……"

陆迟歇："我想发什么就发什么，用不着你教。"

凌灼点了下头："真的，就，我其实挺想跟你这样，想说什么就说什么，但经纪人不让，别人也一直都劝我不要，我就只能忍着，现在我不能说的你帮我说了，我觉得挺痛快的，所以说谢谢是真心话……陆老师，你真挺好的。"

陆迟歇笑了："现在知道我好了？"

凌灼："嗯，是挺好的。"

陆迟歇："行了，别想太多，这事我帮你解决吧。"

凌灼："不用麻烦……"

陆迟歇："举手之劳。"

隔天下午，凌灼绯闻事件女主角在微博上发布了一则道歉声明，言简意赅地承认了三件事：

第一，她去剧组是见张天齐，这个"渣男"脚踏多条船跟她约完就翻脸不认人，她之后会另外发长微博"锤"他。

第二，她和凌灼之前不认识，在剧组见到凌灼临时起意想勾搭他，但被凌灼拒绝连联系方式都没要到，进酒店是去找张天齐，当时一起走进电梯的还有其他若干人等。

第三，之前那条暗指凌灼的心灵鸡汤微博是公司授意，绯闻曝光后再特地删除，是为了配合公司碰瓷炒作演的一出戏。

声明一出，"吃瓜"群众一片哗然。

没几分钟，微博热搜前几就被这个"瓜"包圆，但单纯的人气演员绯闻澄清没什么看头，不出名的小明星劈腿也没很大意思，资深八卦人士嗅到女生第三条澄清内容之后的深意，凌灼的粉丝更是铆足了劲儿，将女生背后公司扒了个底朝天。

连带着之前那一串上了凌灼粉丝黑名单的媒体号也被扒了皮，矛头全部指向嘉新传媒。

凌灼刚拍完白天的戏份，正在休息室里吃晚饭，顺便看了看闹哄哄的微博。

他一直知道自己粉丝很维护自己，但没想到他们可能比他想象中还强一些，不过有张静盯着他们，不会让他们做出太出格的事情，这种网络上的对峙其实不必要，顺其自然就好。

"现在气顺了吗？"陆迟歇问他。

凌灼搁下手机，好奇地问："这个女生为什么肯出来承认这些？"

他确实没想到陆迟歇说的"解决"，是这样的解决方式，简单直接。

陆迟歇慢条斯理地吃着东西，丢出句："有钱能使鬼推磨。"

凌灼想，好吧，这倒是符合陆迟歇的做事风格。

他问："那花了你很多钱吗？"

陆迟歇抬眸看他一眼，不在意道："没有，她要是不肯主动出来道歉，我一样有办法让这些事情曝光，到时她会被人骂得更惨，她肯听话配合，被原公司炒了我还能给她个更好的工作机会，聪明人都知道该怎么选。"

凌灼："这样啊，陆老师好厉害。"

陆迟歇看着他："夸我？"

凌灼笑："真夸你。"

陆迟歇满意了，又提醒他："跟你经纪人说声，不用和找你不痛快的人正面对上，不管好的坏的，你都不需要跟人捆绑，别给别人增加曝光率，这事面上就到此为止。"

凌灼听话点头："好。"

陆迟歇："还是那句，以后受了委屈别忍着。"

凌灼好笑地说："有陆老师在，我能受什么委屈，别人说得也没错，我抱上陆老师大腿了，背后有靠山心里不慌张。"

陆迟歇："靠山？"

凌灼仍看着他笑："难道不是？"

陆迟歇："嗯，你心里知道就好。"

凌灼轻出一口气，笑完再认真说："陆老师，你也别再费心私下帮我又对付谁了,我没那么睚眦必报,他处处不如我、忌妒我才会搞这些事情黑我,我觉得跟这种人计较挺没意思的,就让他一直忌妒着好了,反正过得不痛快的那个又不是我。"

陆迟歇:"现在不觉得憋屈了?"

凌灼:"你已经帮我出气了,够了。"

陆迟歇:"你还真是好哄,不过我做什么你别管,管好你自己就行。"

凌灼想想还是算了,跟他道谢。

陆迟歇:"道谢的话也不用一直说,我早说过跟我不用这么客气。"

"好吧,"凌灼又笑了,"我知道了。"

夜晚他俩还要拍夜戏,是 A 组的两场群戏。

吃完饭陆迟歇先被人叫走,凌灼晚了十分钟出去,刚走到之后要拍戏的摄影棚外,听到不远处张天齐气急败坏地跟人打电话的声音。

电话那头大约就是热搜上那个女生,张天齐质问对方发什么疯突然跳出来自曝,那边的女生不知道说了什么,让张天齐越发暴跳如雷,什么难听的话都骂了出来。

凌灼倒不是有意偷听,但不凑巧这人挡在他进影棚的必经路上,等到张天齐被人挂了电话,一转头看到身后的凌灼和他助理,脸色更是难看至极,狠狠瞪了他们一眼。

凌灼没放在心上,跟他错身而过,进去里面。

今晚的夜戏还有记者来探班采访,凌灼进门看到陆迟歇和喻菲在做双人采访,没有走近。

主角采访完,记者举着话筒过来他这边,凌灼只能打起精神,对着镜头笑吟吟地做自我介绍。

被问起进组这几个月最大的收获,凌灼还没想好怎么说,陆迟歇的声音出现在镜头外:"凌老师进组后最大的收获,是认识了我吧。"

记者将话筒转向陆迟歇,采访镜头也跟着转过去,陆迟歇走近凌灼身边,和他一起出现在镜头里,采访记者笑问他:"陆老师这么自信吗?"

陆迟歇看着凌灼:"凌老师觉得呢,我说得对吗?"

- 176 -

记者:"两位老师关系很好啊?"

陆迟歇笑道:"凌老师上回亲口和他粉丝说的,我们是好朋友。"

凌灼没再理他,回答记者先前那个问题:"最大的收获是感受到了拍戏的乐趣吧,跟着剧组里众位老师学习受益匪浅,尤其陆老师,在演戏方面教了我很多。"

他这样说,也算是默认了陆迟歇的话。

陆迟歇脸上笑容更灿烂。

之后又随便聊了几句,采访结束,记者终于放过他们去了别处。

陆迟歇提醒他:"一会儿一起走。"

凌灼点头:"好。"

九点半,拍完夜戏,他们一起坐凌灼的保姆车回酒店。

快到时杨明提醒道:"灼哥,今天酒店外粉丝很多,要不直接开车去地下停车场吧?"

凌灼问:"今天怎么都来了?"

杨明:"可能是因为热搜上的事情。"

身边陆迟歇笑了声:"凌老师,你的这些粉丝挺有意思的啊。"

凌灼犹豫了一下说:"还是停酒店门口吧。"

车停在酒店大堂门外,凌灼朝车外看了看,人确实很多,比平常守在这里的多了一倍不止。

杨明和保镖护着他下车,等了许久的粉丝们激动地围上来,大多都记得规矩,自觉没凑他太近。陆迟歇跟下车,往凌灼身后一站,原本还有几个想往凌灼面前挤的,被他眼风一扫也都按捺住了。

有陆迟歇紧跟着,又有保镖开路,总算没遇到什么麻烦,走进酒店大门前,身后粉丝忽然一齐高声喊:"凌灼,你永远都是最好的,'小火焰'一直都爱你!"

凌灼停住脚步,回头冲身后粉丝微笑地点点头。

这些人是特地来跟他说这个安慰他的,所以他才让保姆车停在酒店门口,回馈粉丝们的热情。

坐电梯上楼,凌灼刷卡开房门。陆迟歇重复刚才他粉丝说的话:"凌灼,你永远都是最好的,'小火焰'一直都爱你。"

凌灼脸上发烫,低了声音:"你干吗学他们说这个……"

陆迟歇:"凌老师还真是受人欢迎。"

凌灼搞不明白他话里的意思:"你是第一天知道我人气高?"

陆迟歇坐在沙发里,捡起茶几上的剧本翻了几页,看凌灼明天要拍的部分,没理人。

凌灼:"我进这个剧组最大的收获,其实是见识了物种的多样性吧。"

陆迟歇:"怎么说?"

凌灼:"就比如你,你这种德行的人到底是怎么长成这样的?"

陆迟歇轻嗤:"我也想问凌老师在这个行业浸淫这么多年了,怎么还这么傻乎乎的?"

凌灼摇头,不想再跟他说。

他确实不能把这人太理想化了,陆迟歇优点很多,毛病也一大堆,且前者很突出,后者也一样很突出。

所以凌灼对陆迟歇的感觉也很矛盾,有时觉得他好过头了,有时又觉得他病得不轻。

但陆迟歇就是这样,他要是跟别人一样,他也就不是陆迟歇了。

算了。

陆迟歇继续翻剧本,凌灼也安静地坐下,鬼使神差问了句:"陆老师,这个行业有你欣赏的演员或者歌手吗?"

陆迟歇目光落过去:"好奇?"

凌灼:"不会没有吧?"

他就是想知道,陆迟歇的眼光有多高。

陆迟歇看他一阵儿,然后笑了:"确实有。"

凌灼:"什么时候?"

陆迟歇:"好几年前了,在酒吧偶然看到个小男生唱歌,长得挺好看,歌也唱得不错。"

- 178 -

凌灼眼睫动了动:"然后呢?"

陆迟歇表情愉悦,仿佛勾起什么十分不错的回忆:"然后想替公司签下来。"

凌灼:"是谁啊?我认识吗?"

陆迟歇:"没有,没来得及要联系方式他就走了,不过人我一直记得。"

凌灼:"陆老师这么强势的人,怎么还把人放跑了,现在后悔吗?"

"当时没想太多,后头确实挺后悔的,要是当初我要到他的联系方式,没准儿现在他已经是行业知名人物了。"陆迟歇"啧"了声,看着还确实有些遗憾又可惜的样子。

"就见过那一次吗?那你现在也可以去找他啊,你这么有能耐,找个人应该不难吧?"

陆迟歇不以为然:"懒得找了,过去了就算了,不过我吸取教训,所以凌老师,你以后签给我算了。"

凌灼:"原来我是替代品啊?"

陆迟歇还是笑:"你说是就是吧。"

凌灼:"要是哪天你又见到他了呢?你到时候会放弃我吗?"

陆迟歇:"放弃你?"

凌灼:"不然呢?你还想让我俩抢资源啊?"

陆迟歇盯着他:"你害怕了?"

凌灼:"没有。"

陆迟歇笃定:"你有。"

凌灼皱眉:"我没有,我就是讨厌被当作别人的替代品,你要是这样我就不合作了。"

陆迟歇:"凌老师原来这么不自信?谁说你是替代品?"

凌灼被他盯得一阵心慌。

凌灼:"你说的这个,其实是编出来骗我的吧?"

陆迟歇:"你要是不信有这么个人,那就算了,就当我没说过。"

他的语气和神态让凌灼分不出真假,无声较劲片刻,凌灼挫败地低了头:"好吧。"

陆迟歇弯起唇角:"嗯。"

十月中,《焚情》拍摄接近尾声,剧组每天都在赶戏,从早到晚不停歇。

凌灼也迎来了自己最高光的戏份——他的赴死结局。

剧中林岚玉在失去元丹后不得不另辟蹊径,以自己寿元为代价修习邪道功法,在最后的大战中甚至服下禁药,以图自身修为短时间内提高至极限,将玄绛重伤。但男二号终究没有主角光环,最后关头还是被玄绛看出了他功法上的破绽,被反压制。

为了让诸葛悠挣脱玄绛施加在她身上的禁术,好趁乱逃出,林岚玉拼着最后一口气拖住玄绛,诸葛悠却在关键时候去而复返,林岚玉不愿玄绛再拿自己性命威胁诸葛悠,用上釜底抽薪的杀招试图和玄绛同归于尽。

玄绛有所防备逃过一劫,最终重伤不愈、元神缺失,以致修为大退、记忆全无,连心智都退回十几岁时。而林岚玉,则在女主角诸葛悠怀中神魂尽消,从此天地轮回都再无他这一人。

凌灼今天只有他结局这部分连续的两场戏,下午才拍。

昨晚他已经和陆迟歇提前走过一遍,前面的武斗还好说,听武术指导的指挥就行,爆发戏部分在最后他和女主角的对手戏,嗯,还得躺在喻菲怀里拍。

"一会儿拍戏你躺在喻菲怀里,注意点分寸。"趁休息室里没人,陆迟歇提醒凌灼。

凌灼喝了一口刚买来的咖啡,好笑地问他:"你连这个也要计较啊?这整部戏你和菲姐亲密戏份不少吧?"

陆迟歇:"我以后也会避开这些剧本,还有,我提醒你这个也是为你好。"

见他神情真的有点儿严肃,凌灼愣了愣,收敛了玩笑心情:"什么意思?"

陆迟歇："这场戏在外景拍，跟过去的媒体和粉丝不会少，你躺女生怀里，哪怕是拍戏，没掌握好分寸也很容易被人拿出来发酵说事，传绯闻还是轻的，严重点的还会说你性骚扰，你自己什么腥风血雨体质你自己清楚，多少人盯着你等着给你挑毛病。"

凌灼张了张嘴，忽然就说不出话来了："谢谢提醒啊。"

陆迟歇："嗯，不过也不用太担心，你做好该做的就行。"

凌灼确实没想到这里面还有这些弯弯绕绕，他要学的地方还多得很，还好有陆迟歇从旁提点。

陆迟歇重新拿起剧本："昨晚这段你一直找不到状态，现在呢，有感觉了吗？"

凌灼摇头："勉强吧，可能正式开始拍了会稍微好点。"

陆迟歇："为喜欢的人不畏生死、不惜轮回，是太沉重了点，你捉摸不来也正常，那就把格局放小一点，想着要跟爱人生离死别了，一方面舍不得，另一方面希望对方以后都能过得好，能把这种矛盾情绪稍微体现出一点儿就行。"

凌灼似乎有些明白，想了想又说："我其实就是觉得林岚玉挺惨的，女主角根本不爱他，死前说'如果有下辈子'也没得到回应，其实他心里清楚他死了就是连神魂都消散了，根本不会有下辈子。"

陆迟歇："共情不了？"

"嗯，"凌灼诚实点头，"这种一味付出、不求回报的爱情太伤人了，我自问做不到这样。"

陆迟歇点头："不用想那么复杂，林岚玉所有的情绪归根到底就是求而不得，你再仔细体会体会。"

凌灼安静沉思，求而不得吗？

下午两点，A组出外景。

先是陆迟歇和凌灼的打戏，来来回回一共要过几十招，从一开始林岚玉占上风，到被玄绛反压制，他拼着一口气死撑，再到诸葛悠出现，林岚玉用最后的杀招拖下玄绛同归于尽,这也是他俩最长的一次对手打戏。

正式开拍前,凌灼晃了晃手中剑,冲陆迟歇笑:"陆老师,一会儿承让了。"

秋阳潋滟,他的笑容更灿烂。

陆迟歇莞尔。

打戏之后,就是林岚玉和诸葛悠告别的重头戏,身死魂消。

陆迟歇拍完没有离开,就留在场边看。

导演指导凌灼先在喻菲怀中躺下,找个合适角度看看感觉。

喻菲见凌灼有些放不开,笑着提醒他:"没事的,拍戏而已,小凌你不用这么不自在。"

凌灼跟她道谢。

但躺下时也只枕着她手臂,刻意和她身体其他部位保持了安全距离。

何靖平一开始不太满意,又让他们稍稍调整了一下姿势,总算没有太过为难人,看着差不多就说可以了,然后正式开始拍摄。

林岚玉倒下,被飞扑过来的诸葛悠接住,诸葛悠看他满身满面血,疯了一般哭着往他体内输入灵力,但林岚玉早已没有元丹,灵力进去也留不住,他的神魂正在一点一点消散。

"师妹,如果还有下辈子……"

林岚玉艰难吐出声音,诸葛悠不断哭泣摇头,求他活下来,他死前最后一点卑微的奢望依旧没得到回应。

凌灼恍惚地睁着眼睛,努力想让自己入戏,喻菲梨花带雨的脸在他眼中有些模糊,他好像怎么都生不出那种应该有的情绪,但导演一直没喊停,他只能坚持演下去。直到他侧过头,越过喻菲的肩膀,看到人群之外正沉眼看着他的陆迟歇。

这人怎么还在这里?

凌灼轻闭了眼,一瞬间像有无数滋味涌上心头。

何靖平早发现凌灼没有入戏,神态、情绪都浮于表面,一直不喊停就是想把时间拖长一点儿让他慢慢进入角色,这是林岚玉最重要的一场高光戏,他不希望凌灼演砸。

后头凌灼的眼神果然有了些变化,虽然以他现在的演技大概率演不出林岚玉的刻骨铭心,但那种难过的感觉有了,甚至他的情绪里还带上了点……委屈?

何靖平琢磨了一下,林岚玉这个人一辈子都以沉稳持重的端方君子形象示人,从没过多展露过自己内心,甚至青梅竹马的未婚妻心许他人,他也选择了包容和维护,直到最后为了心爱之人赴死,依旧得不到一个明知道不可能实现的承诺,这种时候流露出一点儿本不该在他身上出现的委屈,或许还能让这个角色的形象更立体一些,似乎也不错。

所以他仍没打断,让凌灼自由发挥。

一直盯着监视器屏幕的陆迟歇逐渐沉了脸。

原以为很难拍的一场戏拍了两遍就过了,拍完凌灼回保姆车上,先洗了把脸,把脸上特效妆卸了。

车门突然被人推开,陆迟歇钻了进来。

凌灼:"你不是还有戏要拍?"

陆迟歇:"还要等一会儿。"

杨明他们上来后车开回酒店,他心不在焉地靠回座椅看手机,点开微博时看到之前的搜索记录,心神一动,再次点进去。

进入"看重一个朋友是什么感觉"的话题,有人回复:越看重越患得患失,哪怕明知道他也看重你,仍会斤斤计较,胡思乱想你在他心里是不是第一位。

凌灼低头,沉默一阵儿,摁黑了手机屏幕。

回到酒店已经快六点,陆迟歇发来消息说临时加了一场夜戏,估计要拍到挺晚,一会儿他还有个商务代言的线上直播。

凌灼敷衍回了个表情包过去。

[Part 11]

杀青

过了两天,张静又打了个电话来,跟凌灼说了一下这几天的事情。稍一犹豫,他干脆把陆迟歇提议两人以后绑定资源的事和张静说了:"静姐,你觉得呢?"

张静:"你如果打算跟他长久绑定,那我支持;你如果没信心一直合作下去,那就算了,没必要。其实你和他满打满算也才认识四个月吧?你真觉得有必要现在就做出这种决定?"

凌灼愣了愣,要不是张静说,他自己都没想到,原来才四个月吗?

"静姐,我想试试。"凌灼说出口,仿佛下定了某种决心。

不管以后怎样,至少现在他不想瞻前顾后。

电话那头张静像是叹了口气:"好吧,我不劝你,你要是决定了,那按你说的做就是。"

凌灼:"谢谢。"

月底,《焚情》全剧杀青。

当天上午,凌灼拍完自己的最后一场戏,导演一喊OK,他心神放松下来,回头便看到陆迟歇笑着说:"凌老师,杀青快乐。"

这几天陆续有人杀青,到现在只剩男女主角还有最后两场戏,凌灼和其他人杀青时一样,接过陆迟歇代表剧组送的花,没有立刻离开,留下跟人合影留念。

"我们也拍张照吧。"等到他终于空下来,陆迟歇提醒他。

凌灼手捧着花,仍穿着戏服,被陆迟歇揽过肩膀,身后是片场熙攘的人潮，杨明举着手机，帮他们拍下第一张正式的双人合照。

回去休息室前，陆迟歇提醒了一句："晚上一起走。"

凌灼："好。"

陆迟歇今天一整天还有的忙，凌灼独自回去休息室吃中午饭，杨明把他早上跟别人的合影发给他，他一边吃东西一边编辑微博，字斟句酌，写得十分用心。

杀青小论文足足写了近千字，特别感谢了陆迟歇，就算不为私心，陆迟歇每晚帮他提前走戏，确实帮了他很大的忙，他理应正式说声"谢谢"。

配的九张图，都是和其他主创人员的合照，跟陆迟歇那张被他特地放在了中间位置，再检查了一遍确定没问题后点击发布。

两分钟后，陆迟歇上线，点赞了他的微博。

凌灼笑了一下，再一刷新，DarkFire 也在刚才更新了一条，是陆迟歇给他献花的抓拍。

傍晚拍摄全剧的最后一场戏。

男女主角在当年第一次见面的地方重遇，这次玄绛真的失忆了，却做了和当年一样的动作，向着朝他走来的诸葛悠慢慢伸出手，诸葛悠停步在原地，没有上前也未离开，整部剧到此结束。

结局这场戏原本前两天就要拍，但当天开放探班来了不少媒体记者，为了留个悬念，才挪到了今天最后一场。

最后一场了，陆迟歇仍用心在演戏，玄绛本性里对女主角的若痴若狂，掺杂在失忆甚至心智倒退后的迷茫懵懂中，被他诠释得入木三分。

凌灼在场边认真看，莫名想到若自己是剧中的诸葛悠，碰上这样的玄绛，只怕也会对他又爱又恨。

导演一喊结束，陆迟歇偏头朝他看过来，眼神似乎还未出戏。凌灼和他对视，有一瞬间几乎分不清看着他的，是陆迟歇，还是剧中人。

陆迟歇已走到他面前："傻了？"

凌灼回神，笑了笑："恭喜陆老师顺利杀青。"

之后全剧组拍大合影，凌灼原本不想往里头挤，站在靠边上的位置，被陆迟歇拉到了中间。

凌灼笑着说："我不想抢你和菲姐的风头，站哪儿都一样。"

陆迟歇："站哪儿都一样，你就站在这里。"

晚上剧组杀青宴，凌灼先回了一趟酒店，杨明已经帮他收拾了行李。

他拿了随身的背包，又下楼，在电梯里碰到张天齐。随意点了一下头算打招呼，张天齐没理他，脸上表情看着有些怪异。凌灼多看了他一眼，觉得有点儿奇怪，但没往心里去。

陆迟歇直接从片场去摆杀青宴的餐厅，到了之后在餐厅门口等了凌灼片刻，和他一起进去。

张天齐先他们一步进门，已经坐电梯上去，凌灼顺嘴和陆迟歇嘀咕了一句："这人见了我怎么一副做贼心虚的样子，我没把他怎么样吧？"

陆迟歇哂笑道："就是做贼心虚。"

凌灼好奇问："他做什么了？"

陆迟歇："你忘了之前炒作你和美女相恋的新闻？"

凌灼讶然："他干的？"

陆迟歇："嗯。"

凌灼不知道该说什么，好像也不是特别意外："你既然知道了，那你怎么他了？"

陆迟歇："没怎么，就跟高承打了个招呼，他之前被人'锤'出轨，已经没有捧的价值了，高承倒是很痛快随便我怎么样，我只跟高承说之后剪辑时会把这位加的乱七八糟的戏都删了。"

这倒是不错，胡乱加戏总归会影响整部剧的质量，删了对大家都好。

凌灼："就这样啊？你打算就这么算了？"

陆迟歇睨他一眼："凌老师觉得不够？不是说自己不睚眦必报？"

走进电梯，凌灼按了上行键。

杀青宴，酒桌上气氛热烈，拍了四个月的戏终于结束，大家都有些兴奋和不舍，你来我往地劝酒。何靖平喝高了，还在到处找人喝酒，凌

- 186 -

灼也被他灌了好几杯,身边陆迟歇笑吟吟地看着,没再帮凌灼挡酒,陆迟歇自己也喝了不少。

一直闹到晚上九点多,才散了场。

凌灼被杨明扶上保姆车,后面他敬别人、别人敬他,已经记不得到底喝了多少杯,反正是喝醉了。

再醒来时有人轻轻推他,凌灼下意识侧头,睁开眼。

陆迟歇笑看着他:"醒了?还能走吗?"

凌灼朝外看了眼,车已经停在了地下停车场。

他揉了一把脸,勉强清醒了点,自己爬下车。

走进电梯,看着显示屏上的数字不断攀升,凌灼站在陆迟歇身边,这下是真清醒了不少。今天他们的戏杀青,他跟着陆迟歇回了家,连行李都搬了过来。

进门时凌灼还在发呆,帮他送行李上来的杨明没忍住吹了声口哨,这房子确实不错,六室三厅四百多平方米。

凌灼回神也四处看了眼,整套房子都是冷色调的简单装修风格,还挺好看的。

陆迟歇随口说:"以前就我一个人住,有书房、健身房、娱乐室,客卧只有一间,小钱偶尔在这儿过夜。"

凌灼:"那我住哪里?"

陆迟歇没理他,去开冰箱拿水。

小钱小声说了句"我很少住这边,你住客卧就好",把行李都推了进来。

时间已经不早了,陆迟歇打发了小钱和杨明离开,让他们明天再来帮忙收拾东西。

见陆迟歇一直在吧台边忙活,凌灼跟过去,趴到吧台上看他:"你还要喝酒吗?"

陆迟歇:"不喝酒,你喝醉了,给你搞杯解酒的东西。"

凌灼看着那颜色鲜亮的饮料,问他:"这是什么?"

陆迟歇:"你尝尝。"

他犹豫试了一口,冰冰凉凉、又酸又甜的,有柠檬和梅子的味道,还挺好喝,也确实挺解酒的。

凌灼一觉睡到早上八点,翻了个身,睁开眼。

这段时间拍戏,他习惯了早起,这个点已经算晚了。坐起身,看着陌生的房间发呆片刻,总算想起这是陆迟歇的家,凌灼揉了揉脸,清醒过来,下床进去浴室洗漱。

走进餐厅,陆迟歇正在泡咖啡,餐桌上已经做好简单的西式早餐。

凌灼惊讶地问他:"你做的?"

陆迟歇随意点头:"早上随便吃点,一般都自己做。"

凌灼觉得稀奇,陆迟歇竟然还会做这个。

陆迟歇跟凌灼大致说了下自己的生活习惯,他要是回家里吃饭,助理会提前帮他通知厨师过来做好,家里每两天会有人来打扫一次,一般都挑他不在的时候。他没工作时也不常待在家里,要么回爸妈家,要么跟朋友出去玩,更多的时候是泡在上次带凌灼去过的度假村马场里。

凌灼:"那你的生活也不是很复杂啊。"

陆迟歇笑问:"你觉得什么叫复杂?"

凌灼说不出来,他之前确实对陆迟歇这样的富家子有点儿偏见,在这个行业里其实也见过不少有钱人,大多都不太好相处,有些有钱人更是放浪形骸,但陆迟歇不是这样的。

陆迟歇大概猜到他在想什么,说:"你见识过的那些人,本身就是没什么太大本事的,才会把心思都放在吃喝玩乐上;家里重点培养的,像我哥姐那样,根本没时间搞这些。"

凌灼:"那你呢?你是属于有本事的,还是没本事的?"

陆迟歇看着他:"凌老师觉得呢?"

凌灼想了想说:"你是演员,本职工作能做好,当然也是有本事的。"

陆迟歇:"谢谢夸奖啊。"

凌灼低了头吃东西:"我是不想显得我眼光太差。"

陆迟歇忍笑:"比以前确实好多了。"

凌灼没再理他。

吃完早餐,凌灼去把家里四处参观了一遍,昨晚喝醉了没怎么留意,今天这一仔细看才觉得这房子确实不错。

最大的一间房是陆迟歇的卧室,旁边是相邻的衣帽间。主卧里本身就带了衣帽间,但因陆迟歇的职业特殊,衣物饰品实在太多,干脆多了一间房放置这些东西,现在多出凌灼的衣物也放得下。

主卧外的过厅对面是间大的书房,凌灼好奇地进去看了看,顺嘴感叹:"原来陆老师还是个文化人。"

他随手从一侧书架上取下本书,竟然是本古典文学类的书籍,问陆迟歇:"你还看这些啊?"

陆迟歇从他手中把书抽走,又放回去:"偶尔翻翻,书都是我外公的,小时候经常带着我念书,想把我培养成文化人,可惜让他失望了,不过他去世后这些书我还是都帮他留着了。"

凌灼是陆迟歇妈妈的影迷,当然知道她家里是书香门第,越发好奇:"那你最后怎么做演员了呢?"

"嗯,"陆迟歇随口说,"小时候外公想要我跟着他念书,我爸想把我培养成哥姐一样的公司继承人,我妈看我有演戏天赋也经常带我去片场,他们没少为我的事吵架。十六岁之前我为了达成他们三个人的心愿,试图把自己一个人劈成三份什么都学,后头实在受不了逃去国外念高中,才终于解脱了,最后我自己选择了跟我妈一样的演员路。"

凌灼听完侧了侧头,没有评价。

他好像已经从陆迟歇的只言片语里,窥出了这人的从前,原来像陆迟歇这样的人也不是真的都能事事顺心,这人也有过得不舒服、不痛快的时候。

陆迟歇现在这样霸道的性格,很难想象他从前会为了顺从长辈心愿,逼迫自己做不愿做的事情。也可能物极必反?因为从前的经历,才养成他现在这样随心所欲的个性？

凌灼想着，也不知道他现在这样，算好还是不好。

过厅外的长走廊过去，是客厅、餐厅，这边的三间房分别做了健身房、娱乐室和客卧。凌灼随意看了眼，觉得没什么新奇的，走去客厅外连着的露台上，这才注意到这边外头，竟然是他们从前常去的那片湖边。

凌灼微微愣神，他记得有一次他们五个人夜晚练完舞吃完消夜沿着湖边逛圈，齐良栎指着湖边那一片高档小区让他们猜这里的房价要多少钱，那时他们都还只是十几岁的穷学生，大几千万上亿元的房子对他们来说异常遥远。可他们还是会畅想，等有一天他们红了赚钱了，五个人凑钱一起买一套这样的房子，也要试一试站在这房子里看湖是什么样的感觉。

原来也没有什么特别的，湖还是那片湖，人却不是当初的那些人了。

其实到今时今日，不需要五个人凑钱，他自己也买得起这里的房子，不过还差几年才有购房资格而已。

但终究物是人非。

陆迟歇拿了瓶矿泉水过来递给他："在想什么？"

凌灼接过笑了一下，摇头："在这里看湖景还挺漂亮的，以前就羡慕有钱人可以站在这里从高处往下看，现在我自己也看到了。"

陆迟歇盯着他的眼睛，凌灼："怎么了？"

这人没吭声，目光落向前方："以前的事情，别总是惦记着。"

凌灼略无言，陆迟歇难不成会读心术吗？

"一会儿杨明和小钱都会过来，"陆迟歇提醒他，"去帮你搬家，我也去。"

凌灼愣了愣，这才想起来他昨晚直接从片场过来，身边只有带去片场的那些行李，大部分东西还在集体宿舍里。

早上十点，保姆车停在别墅外。

下车时陆迟歇稍稍看了眼，这片别墅区在五环外，环境还挺好，就是去市区远了点，入住率很低。

"你们这几年也给海天赚了不少钱吧？怎么住这种地方？"

凌灼尴尬地解释："这里房租也不便宜，我们为了躲一些狂热的粉丝还换过两次地方，偏僻也有偏僻的好处。"

陆迟歇轻嗤："做偶像真麻烦。"

凌灼默然，演员又不是没有，但一般人不敢跟踪陆迟歇而已，陆迟歇怕不是会直接把人往局子里送。

别墅里只有仲一然和齐良栎在，张寻已经搬出去了，邓岚洛今天有工作一早就出了门。

昨天凌灼杀青仲一然特地发了微信来问他，他当时回了句"今早会过来"，但没说具体的时间。刚来的路上仲一然又发来消息，他也只说"马上到"。

齐良栎正在客厅里打游戏，听到开门声响，回头看到凌灼和杨明进门，刚要打招呼，见到他们身后跟着晃进来的陆迟歇，到嘴边的话收住。

仲一然从楼上下来，看到陆迟歇便微不可察地皱了下眉，很快神色如常和凌灼点头："回来了。"

凌灼平静地说："队长，我来搬东西，以后可能就不来这边住了。"

齐良栎跳了起来："灼哥你也要搬走啊？"

仲一然看着凌灼："现在就搬吗？"

凌灼："嗯，下周要开始录新综艺了，还住这里不太方便，而且这里年底到期公司也不会再续租了，干脆早点搬。"

仲一然没再问，他早知道凌灼要搬走，但没想到凌灼会在离开剧组第二天就来搬家。

凌灼的房间在二楼，和仲一然的是对门，门上有门牌写着各自的名字，清楚明了。

进门后杨明带着小钱一起帮凌灼装箱打包东西，凌灼自己也动起手，陆迟歇跟在他身边转，有一搭没一搭地跟他说话："他们不知道你今天搬走？"

凌灼低头收拾自己的贴身东西："之前没说。"

陆迟歇晃去电脑桌边，桌前墙壁上贴着几张照片，他的目光扫过去，都是凌灼和外头那些队友的合照。

陆迟歇轻眯起眼，盯着看了片刻，问凌灼："这些照片要带走吗？"

凌灼抬眼，陆迟歇手指点着的，正是他和队友们的合照。

那是他们出道第一年，跨年夜晚会上的自拍合影。

凌灼稍怔，这么久没再看到这张照片，他都快想不起来当时拍这个的心情了。

凌灼挨张照片看过去，犹豫之后说："算了，就留在这里吧。"

带不走的回忆，不如留下的好。

陆迟歇也不知道是满意还是不满意，要笑不笑的，总算略过了这个话题。

之后杨明和小钱上上下下搬了几趟，后头齐良栎也上来，想单独跟凌灼说话，偏偏陆迟歇是个看得懂也装看不懂眼色的，就是不走。

齐良栎憋着口气，干脆直接问了："灼哥，你一定要这么急着搬出去吗？"

凌灼点了下头："出去住方便点，也是我经纪人的意思。"

齐良栎："那你搬去哪里啊？"

凌灼："单独住。"

陆迟歇瞥他一眼，冲齐良栎道："小朋友，你是没断奶吗？还指望跟队友过一辈子啊？"

齐良栎没好气道："跟你有什么关系？"

陆迟歇："我看你资质挺好的，至少比那个什么张寻强点，比另外那俩也不差，你还是对自己的前途多上点心吧，落他们后面多划不来。"

齐良栎觉得这人是在挑拨他们的队友关系，对他越发没好感，皱了一下眉，生生忍住了，又和凌灼说了几句有的没的，嘟嘟囔囔地下楼去了。

凌灼很无奈："你怎么谁都要逗一下，小齐他没得罪你吧？"

陆迟歇："你的这几个队友，也就这小子不错。"

凌灼摇了一下头,懒得再说。

最后一趟东西搬完,杨明他们去了楼下车里等,凌灼这才起身,看了看已经变得空荡荡的房间,不再留恋地和陆迟歇说:"走吧。"

出门时陆迟歇把他房间门上贴的名牌撕下,随手一折,塞进裤兜里。

凌灼看着他的动作,没说什么。

楼下齐良栎不知道去了哪儿,仲一然一个人在客厅,像在发呆,听到凌灼他们下来的脚步声,重新站起身,看向他们。

凌灼想要再说句什么,仲一然先开了口:"凌灼,我能单独跟你说几句话吗?"

凌灼点了下头,回头冲陆迟歇说:"陆老师,你先去外头车上等我吧。"

凌灼就站在原地没动:"队长,你想说什么直接说吧。"

仲一然艰声问:"凌灼,你要搬去哪儿?"

他问了和齐良栎一样的问题,凌灼想了想,说了实话:"和陆老师一起住。"

仲一然用力一握拳头,颓然低下声音:"你以后,照顾好自己。"

凌灼又点了下头:"我知道,谢谢啊。"

陆迟歇出门没有上车,站在草丛边逗外头蹿进来的一只野猫。

小钱下车过来跟他说话,陆迟歇漫不经心地问:"他的合约到期前,团体活动除了一个新专辑的发行和宣传,一个巡回演唱会,还有别的吗?"

小钱:"本来还有团体综艺,现在也停了,暂时没别的了,不过他们团的经纪人再帮他们接其他工作也不一定,刘涛带了他们好几年,对他们这个团还是挺有感情的,演唱会的事情也是他在一直跟进。"

"刘涛,"陆迟歇念了一遍这个名字,"这人听说挺有本事的,进海天这么久,也该给他升升职了,一个快解散的团就不用让他亲自带了,换别人吧。"

小钱:"之前张寻退团的事情在粉丝那儿闹大,对这个演唱会各家粉丝都不太满意,加上另外那两位的个人行程和演唱会档期重合,刘涛如果不带他们了,演唱会的事情未必能顺利推进,说不定最后就黄了。"

- 193 -

陆迟歇不以为意："那不是挺好，凌老师想开演唱会，以后有的是机会，何必一拖再拖。"

小钱点点头。

海天现在最大的股东是他们的人，想做什么都是陆迟歇一句话的事情。

"陆哥，凌老师现在已经从这里搬出去了，还需要做这些吗？"小钱犹豫之下，还是想劝陆迟歇一句。

陆迟歇意味不明地笑笑，继续逗脚下的猫。

凌灼出来时，野猫已经被陆迟歇逗得孓毛，撒腿跑了。

凌灼有点儿无语："怎么连只猫都会被你吓跑。"

陆迟歇看一眼别墅里的人："说完了？"

凌灼："嗯。"

陆迟歇："走吧。"

凌灼原以为陆迟歇会问他们说了什么，竟然没有。

万圣节当天早上，Sparkle Bomb 男团数字专辑全新上线。

五人团的最后一张团专，却并非万众期待，专辑上线两小时，销量只有去年那张的三分之一。

剩下四个人的群里一片死寂，半小时前齐良栎跳出来说了句"你们都说句话啊"，但没人吭声，仲一然和邓岚洛不说话，凌灼也不想说话。

他只给张静发了条消息："静姐，一定要这样吗？"

凌灼不是傻瓜，这样惨淡的销量多半是张静故意引导粉丝的结果，他知道张静的意思，可他也实在不想把事情弄这么难看。

张静回复过来："那不然呢？难道还让你的粉丝给团'输血'啊？算了吧，你下个月初还要宣传新代言和杂志，不如让他们留点钱支持这些。"

凌灼："团体专辑销量这么难看，外头人说我们团不行了，难道能把我撤出去？"

张静："有什么关系，实打实的代言和杂志销量到手就能堵人嘴了，等明年你发了个人专辑，你的粉丝照样会喜欢，怕什么呢。"

凌灼不想说了，他也说不过。

陆迟歇回来时，凌灼还坐在客厅沙发里发呆，电视机开着也没见他看。

听到脚步声，凌灼回头："你回来了。"

陆迟歇："开着电视怎么又不看？"

陆迟歇坐下，凌灼闷声说："一个人在家无聊，没什么好看的。"

陆迟歇早上有个工作出去了，这会儿快中午才回来，他一个人待着确实没什么意思。

陆迟歇目光落至他的手机屏幕，是他们团体专辑的购买页面。

陆迟歇接过他的手机看了一眼，挑眉："这个销量好像不怎么样啊？"

陆迟歇对歌坛不怎么了解，但也有耳闻人气明星这几年发歌销售额一路水涨船高，动辄几千万，凌灼身为其中翘楚，他们团也是高人气团，发的新专辑卖了两小时销售额才刚刚破千万，而且看起来已经不怎么卖得动了，成绩确实算不上好。

凌灼："所有喜欢我的粉丝都说不约，能卖这个数已经很好了。"

陆迟歇把屏幕往下滑，买得最多的仍然是凌灼的粉丝，哪怕说着不约，随便买买也比别家多得多。

但这些粉丝大概为了出气，好多人特地把昵称改成了"凌灼单飞'吸血团'解散"，连头像都是"解散"两个字，高挂在销量榜上实在讽刺得很。

陆迟歇中肯评价："你粉丝还挺彪悍的。"

凌灼："你少说两句吧。"

陆迟歇没理他，手机扔给他，拿起自己的，同样下载了这个音乐软件，注册小号。

十分钟后，凌灼眼睁睁地看着贡献值第一变成了ID为"陆迟歇"的新号，一共买了九千一百四十张。

凌灼："……"

凌灼："你有钱也不用这么烧吧？有意思吗你？"

陆迟歇："我乐意，凌老师不用替我心疼钱，你不高兴？"

凌灼："你有毛病，幼不幼稚啊？还拿你自己大名做 ID，你是生怕别人不知道这是你本人？"

陆迟歇无所谓："知道就知道，帮你宣传总得努力一点，拿出点实际行动来。"

凌灼彻底不想再跟他说。

陆迟歇拉他起身："走吧，去吃饭。"

餐桌上凌灼仍在看手机，不出他所料，陆迟歇那个 ID 一上榜，网上立刻有人发了截图，问是不是他本人。

可猜测得再多，毕竟没有确实证据，最后也不了了之了。

凌灼觉得，陆迟歇这钱花得实在有些亏，不过千金难买他高兴……算了。

对面陆迟歇忽然说："这次销量不行就算了，别太在意，以后会好的。"

凌灼一愣，抬眼看他，陆迟歇吃着东西，似只是随口一说。

凌灼："我以为你会跟静姐一样，巴不得团体专辑卖得不好。"

陆迟歇："凌老师，我在你心里是恶人吗？"

凌灼尴尬解释："我也不是这个意思。"

陆迟歇："行了，毕竟是你花了心思去录制的歌，卖得不好你心里不舒服也是正常。"

凌灼："谢谢安慰啊，不过其实静姐的话也没错，我们这种歌，除了粉丝，有几个路人会买，卖得好或不好都代表不了什么。"

陆迟歇不以为然："那就做你喜欢的音乐啊，想要就去尝试，犹豫什么。"

凌灼心头微动，点了点头："你说得对。"

陆迟歇示意他："吃饭。"

下午凌灼还有工作，新专辑发了还要宣传，要去某门户网站参加一个直播节目。

地方离陆迟歇家不远，杨明提前了一个小时来接他，在保姆车上简单做了造型，过去那边再跟其他人会合。

直播开始前，众人先在休息室里等。

凌灼来得最晚，进来跟所有人打了招呼，坐下后齐良栎注意到他手腕上的表，凑过来看："天哪，W 牌的比翼双星系列，还带钻的，灼哥你好舍得。"

这小子上次凌灼搬家时没注意到他戴的表，今天才跟发现了新大陆一样，啧啧惊叹，艳羡不已。

凌灼："嗯……"

这下连邓岚洛都好奇地靠了过来。

之后工作人员来通知他们去直播室，出门之前仲一然拉住走在最后的凌灼，小声提醒了他一句："你真的要戴着这个表上节目吗？别这么高调，对你没好处的。"

凌灼拧眉："队长，你就别管这个了吧。"

仲一然慢慢松了手："抱歉。"

直播时间是一个小时，话题全程围绕他们的新专辑。

凌灼坐在最边上的位置，很少说话，轮到他时才说了一句："如果大家有兴趣，买一张试着听听吧，也不是很贵，谢谢支持了。"

这样下来，眼见着专辑销量就又涨了一些，效果还是不错的。

之后一个环节，主持人说他们之前收到了不少粉丝写来的信，让他们每人挑一封出来念。

凌灼手里拿到三四封信，都是他粉丝写的，他随便翻了翻，忽然目光一顿。

一蓝色信封上龙飞凤舞地写着"To 凌灼"几个字，他将这封抽了出来，拆开。

凌灼目光落回信纸上，慢慢念起来。

To 凌灼：

　　不知道你会不会挑中我这封，我想告诉你几年前我其实就见过你，被你的歌声吸引之后一直念念不忘，后悔浪费了好几年时间才真正认识你。你长得好看、唱歌好听，在舞台上很有魅力，性格也可爱，特别招人喜欢。我是真的很欣赏你，我会一直追随你，是真的。

总共只有一百多字的信，凌灼却念得磕磕巴巴，脸红了个透。

直播时间一共四十多分钟，结束后凌灼给陆迟歇发了条消息，跟其他人招呼一声，先行离开。

到楼下停车场，却意外看到陆迟歇的车子等在那儿，凌灼刚走过去，对方按了一下喇叭，然后开车门。

凌灼让杨明跟保姆车先走，坐进车里："你怎么来了？"

陆迟歇："我不能来吗？"

凌灼扣上安全带："没有啊，我就是没想到你会来接我。"

陆迟歇："去外头吃饭。"

凌灼："陆老师，你写的信，到底什么意思啊？什么几年前被我的歌声吸引念念不忘，你之前说的那个人，难道是我啊？"

陆迟歇："嗯。"

凌灼："真的？"

陆迟歇："真的。"

这下凌灼真不知道该说什么了。

"耍我好玩吗？"凌灼憋着口气问他，"为什么之前不跟我说？"

陆迟歇："是挺好玩的。"

凌灼别过脸，看向窗外没再理他，像是真生了气。

车停在十字路口，红灯。

陆迟歇："又不高兴了？"

凌灼："什么时候的事？"

陆迟歇："什么什么时候？"

凌灼："你认识我，什么时候？"

陆迟歇说了个酒吧名字："四年前，有一次跟朋友去那儿喝酒，当时心情不好,听到你唱歌,就记住了,可惜那次让你跑了。"

凌灼仔细回忆了一下,是他念书的音乐学院附近的酒吧,当时他有个同学在那里驻场,有次同学生病请假,请他去顶了一回,确实有这么件事。

陆迟歇:"想起来了?"

陆迟歇笑笑,红灯已经转绿,他踩下油门。

万圣节过后,凌灼开始录制南星卫视上星综艺的《请来我家吧》。

第一期先去了另一个常驻男嘉宾家中,男嘉宾是颇有名气的中生代导演,老婆也是位知名演员,有两个上小学的孩子,家庭氛围很好,能拍的点也很多,凌灼去人家家里做客,又是在镜头前,刚开始有点儿放不开手脚,后面被两个小姑娘一缠,基本一整期都在带孩子玩。

当时录完那期,节目编导笑言他有奶爸潜质,然后说第二期要去他家里录,让他做好准备,节目组还会提前两天先去踩个点。

凌灼有些紧张,回去就跟张静打电话说了这事,问能不能干脆租个房子,把节目录制应付过去。

张静直接说:"不太行,节目组既然说了要提前踩点,租个房子糊弄他们肯定过不去,被看出来了到时候更说不过去,严重点说还能算违约,当时签合同写明了要反映真实生活状态,这是他们节目的卖点,不会答应让你作假的。"

凌灼:"那怎么办,总不能真让人知道我和陆老师住在一起吧?就算以后要绑定发展这也有点儿过啊……"

张静考虑了一下,问:"能不能跟他商量一下,节目组踩点和录制的时候请他去外面,然后把他的东西收拾起来,到时候就假装是你一个人独居?"

凌灼:"这不还是骗人吗?"

张静:"那你还有更好的办法?"

凌灼:"我问问他吧。"

挂断电话，身边陆迟歇凑过来："你经纪人说了什么？"

凌灼硬着头皮说了张静的提议，他自己反客为主还要把陆迟歇这个真正的房主赶出去，实在很不好意思。

陆迟歇没有立刻表态，似笑非笑地看着他。

凌灼："可不可以啊？"

"行吧，"陆迟歇散漫地应了声，"我出去就是了。"

凌灼："你答应了？"

陆迟歇："不答应怎么办，你搬出去？"

凌灼笑了："谢谢啊。"

三天后，节目组编导带着几个策划上门，来之前杨明帮着把陆迟歇的生活用品都收进了柜子里，家里收拾干净，乍一看确实就像是凌灼独居的房子。

编导一行人进门先四处参观了一圈，和凌灼夸他家房子挺不错的，凌灼附和地笑着，也不多解释。

"我平常就一个人在家里，连朋友都很少来，家里没什么烟火气，就不知道到录制的时候要怎么策划，怕找不到点。"

几个跟着一起来的节目策划也在商量，好在第二期除了常驻嘉宾还有三位飞行嘉宾，人挺多的，到时候一起涮个火锅打个牌，倒不愁找不到话题。

编导随意道："放轻松点，观众要看大家最真实的生活状态，太刻意了反而不好，第二期小凌你是主人，镜头肯定会比别人多，你不如自己想想家里真来了朋友会怎么招待，按你自己的想法做好准备就行。"

凌灼放下心来："好吧，我再仔细想想。"

到了录制当天，约好的摄像组早上八点上门。

凌灼担心他们提前过来，七点不到便将陆迟歇赶出家门。昨晚变了天，温度骤降十几摄氏度，出门时凌灼还特地帮他拿了件厚外套："你随便去哪儿，晚上再回来啊。"

人走之后凌灼最后把家里都检查了一遍，确定没什么问题，去了客厅等着。

八点差十分,凌灼正泡咖啡,门铃被人按响。

摄像师进门,他笑着打招呼,按照流程先带着镜头参观一遍整个家里,大致介绍完家里的情况,最后说今天中午打算招待客人们一起吃火锅,现在他要出门去超市购买食材。

摄像师跟着下楼,在小区楼下凌灼碰上第一个上门的客人,也是位常驻嘉宾,一个人气小花,上半年刚结了婚,下期就会去她家里录制。

听到凌灼说要去超市,女生笑着说一起去,凌灼没什么意见,他跟女生之前同台过,也能说上几句。

他俩一边往外走一边闲聊,女生说起刚进来就觉得这小区环境挺好的:"我结婚的时候本也打算在这边买房,后来没看到合适的就放弃了,要不我们没准儿还能做个邻居。"

凌灼笑笑随便扯了几句,他有点儿担心等这期节目播出后,会被人看出他住的具体地方,还好这个小区安保做得不错,外人轻易进不来。

女生接着问凌灼是不是一个人住,凌灼:"嗯,一个人住方便点。"

对方笑道:"一个人住是挺自由的,不过有个伴儿也挺好,要不然平时没工作的时候一个人在家多无聊。"

女生才结婚还在蜜月期,说起这个时满脸掩饰不住的甜蜜,凌灼其实还挺赞同她这话,但不好表现出来。

"哎,我这么说会不会让你粉丝不高兴啊?好像我在怂恿你谈恋爱一样。"

凌灼也笑:"那也没有,我之前一直都跟几个队友一起住,人多是热闹点,不过现在这样也挺好。"

他们一起去了小区附近的大型超市,四十分钟后回来,其他客人陆续上门,每个进门的人都要先感叹一番凌灼家这房子够大的,怎么就他一个人住,凌灼也不好意思多说,打哈哈糊弄过去。

人到齐后他招呼大家在客厅和娱乐室里玩,自己去厨房把刚买回来的食材拿出来,该洗的洗、该切的切。也有其他人来帮忙,凌灼忙碌着干活,有人来喊他,说娱乐室里的投屏不知道怎么回事打不开,让他去看一下,他赶紧洗了手过去,结果捣鼓半天,他也打不开。

被一堆人围着,凌灼有点儿尴尬,找了个借口先躲出去,握着手机给陆迟歇发微信求救。

跟拍的摄像师问他为什么自己家的投屏也不会开,凌灼无奈地说:"不知道啊,昨天还好好的,今天客人一来就出问题了。"

还好陆迟歇那边回复得快,他按照陆迟歇教的,总算把投屏打开了。

之后仍手忙脚乱忙个不停,有什么不会用的得问陆迟歇,找不到东西也得问陆迟歇,凌灼几乎手机不离手,有人看不过眼顺嘴问了句:"小凌你一直跟谁发消息呢?"

凌灼镇定地回:"我爸。"

他去了厨房继续干活,陆迟歇那边又发来消息:"我能回去吃饭吗?"

凌灼:"现在啊?"

陆迟歇的电话打进来,凌灼只能接了:"凌老师,你让我回家吧,我找不到一起吃饭的人,外面下雪了,好冷啊。"

凌灼看了眼窗外,早上出门时还只是起了雾,这会儿竟真的已经下雪了。

陆迟歇这语气,好像自己虐待他一样……

镜头前凌灼不好多说,点了头:"你来吧。"

厨房里帮忙的人问他是不是有朋友要来,凌灼解释:"我朋友打电话来约我一起吃饭,我让他也来搭双筷子,你们别介意啊。"

其他人纷纷说不介意,多个人更热闹,凌灼没提是陆迟歇,等他来了再说吧。

二十分钟后,陆迟歇登门,还很配合地按了门铃,没有直接刷脸。

凌灼去开门,陆迟歇进来,看到摄像头便笑着瞅了他一眼:"凌老师今天招待客人?我来得会不会不是时候?"

凌灼:"没有,多陆老师一个也没关系,这都是你认识的人。"

陆迟歇脱了外套,熟门熟路地挂到玄关边的衣柜里。

节目组对陆迟歇的突然到来虽然意外，但也乐见他来增加话题，客厅里有人听到声音便过来，见到陆迟歇先是惊讶，接着笑着过来跟他打招呼。

凌灼说得没错，这些人陆迟歇大部分都认识，比凌灼跟他们还熟一点。

陆迟歇很快融入众人中，被问起怎么突然来了凌灼家，他看了一眼还在忙碌的凌灼，淡定地说："和凌老师约饭，没想到他在家里请客。"

也有人笑他："你俩关系明明这么好，还互称对方老师，挺有意思啊。"

凌灼："没有，叫习惯了而已。"

陆迟歇过来，靠在吧台边看他做事。

凌灼天生就不是个会干活的料，榨个果汁也手忙脚乱，好不容易弄完又发现榨少了，不够这么多人分。陆迟歇接过他手里的工具："你榨得太稠了，这都不是果汁，是果酱了，挡位调到三可以榨得稀一些，去再拿些水果来。"

凌灼汗颜，把活让给陆迟歇，乖乖给他打下手。

长桌上已经摆上锅和满桌的菜，有人研究了一下餐厅天花板上的灯，问凌灼这是不是能调节的氛围灯，让他来弄个有气氛点的，凌灼面露难色，他都不知道这个。

陆迟歇已经走过去，随手按了几个开关，头顶的灯变成了星空蓝，色调柔和，确实挺有气氛。

立刻有人打趣："凌灼，这到底是你家还是陆迟歇家啊？"

陆迟歇笑笑说："节目组下次邀我做嘉宾吧，我也请你们来我家。"

其他人当然说好，凌灼没好意思说，含糊岔开话题。

开饭之前，他去主卧的卫生间打算洗个脸，摄像师在外头等。

几分钟后陆迟歇过来，和摄像大哥招呼了一声："这会儿就别拍了吧，不如去外头歇歇。"

对方原本想说不用，转念一想答应下来，眼见着陆迟歇跟进卫生间带上门，心里忽然生出点古怪念头，摇摇头走了。

凌灼刚洗完脸，从镜子里瞥见进来的陆迟歇，提醒他："外头还有人拍。"

"打发走了。"陆迟歇走上前。

凌灼转过身，倚着身后的盥洗台看向他："特地回来吃饭，还说找不到人一起，你故意的吧？"

陆迟歇："真没有，我爸妈家没人，临时约朋友也要别人有空，外头突然下雪有几个人愿意出门的？"

凌灼："那你早上干什么去了？"

陆迟歇："去工作室转了一圈，之后就一直开车在街上兜圈，你总不能让我在外面兜一整天圈吧？"

"陆老师真可怜。"

凌灼有点儿心虚，又有点儿说不出的感觉，陆迟歇这种以自我为中心惯了的人，能为他让步忍耐到这种程度，也挺不容易的。

"可怜？"陆迟歇低了声音，"你觉得我可怜啊？"

外边客人打电话来，催凌灼赶紧出去，就等他这个主人公了，凌灼："我洗完脸就出去，陆老师？他不在啊，我没看到他，我一会儿找找，估计去书房了吧。"

挂断电话，凌灼一本正经："走了。"

凌灼又笑了声："我一直叫你陆老师是不是挺生分的？你家里人怎么叫你的？"

陆迟歇神情一顿："你叫我名字。"

被陆迟歇目光盯着，凌灼犹豫地改了口："陆……迟歇。"

月底，他俩一起出席某娱乐盛典活动。

陆迟歇向来对这种活动没兴趣，因为凌灼跟团去，他才临时决定也去。

但主办方没把他俩位子安排在一块儿，陆迟歇先上台领了个人人有份的分猪肉奖，之后就一直留在后台没再去前头。

凌灼他们团的领奖和表演靠后，半个小时后凌灼下台，陆迟歇还在化妆间里等他。

凌灼进门和陆迟歇打了个招呼："我刚没看到你，还以为你先回去了。"

陆迟歇："一会儿一起走。"

"我等会儿还要登台一次，要再晚点。"凌灼道。

他还有个个人的奖项要拿，其他人工作已经结束，收拾东西先走了。等他换了身衣服出来，陆迟歇还靠在化妆台边看手机，凌灼没空跟他多说，直接出了门。

仲一然却在外头没走，正跟个工作人员说话，凌灼冲他点了下头，刚要离开，仲一然忽然叫了他一声："凌灼。"

凌灼收住脚步。

和仲一然说话的人已经走了，这里只有他们两个，仲一然看着他，神情略复杂："凌灼，你跟他的关系，是平等的吗？"

凌灼一愣。

仲一然："我知道我不该过问你的私事，我是担心你吃亏，被他欺负……"

"队长，"凌灼打断他，"你为什么会觉得我跟他关系不平等？我在你眼里难道是那种会因为他的身份选择不平等关系的人？"

仲一然："我不是那个意思，我就是有些担心你，你别误会，抱歉。"

凌灼语气稍缓："算了队长，我跟他的事，你以后就别过问了，我不太喜欢别人说我，也不太喜欢别人说他。先这样吧，我马上要上台了，先走了。"

仲一然怔了怔，凌灼已经走远了。

陆迟歇从化妆间里晃出来，倚门边看着他："说几句吧。"

仲一然冷着脸没吭声，陆迟歇转身回里边去，他跟了进去，带上门。

陆迟歇先开口："以后不要再缠着凌灼，是你也想脱团单飞的，所以不要再拖泥带水，潇洒一点我还能高看你一眼。"

仲一然紧皱起眉。

陆迟歇哂笑一声："我知道你心里不服，凌灼他之前确实不想脱团，但是是你先违背之前的诺言，说穿了就是你的问题，以后离他远点。

"你没有资格再过问他的事。"

二十分钟后，凌灼第二次登台表演也结束，杨明帮他收拾了东西，直接离开。

陆迟歇在停车场等他，凌灼没理人，上了自己的保姆车。

小钱回来尴尬地告诉陆迟歇："灼哥不肯过来，他的车已经开走了。"

陆迟歇靠进座椅里，懒洋洋地开口："走吧。"

一前一后回到家，陆迟歇进门时凌灼已经开了电视，正在看今天播出的第二期《请来我家吧》综艺。

这期综艺已经播了过半，看到镜头里凌灼抓耳挠腮不停给自己发微信，被人问起却丢出句"我爸"，陆迟歇睨他："你爸？"

凌灼尴尬道："我随口说的。"

陆迟歇目光转回电视机屏幕，不咸不淡地评价："凌老师还挺有意思。"

他干脆躺下，一边看电视一边刷手机。

这个节目新开播，收视率在同期综艺里算不错的，网络热度也颇高，尤其今晚这期，从摄像镜头进入他家中起，微博和各大论坛就相继有人发帖讨论起他这套豪宅，甚至很快有人把具体小区都扒了出来。

凌灼看着不由得拧眉，他早猜到这期节目播出后会带来不少麻烦，没想到这么快就被人扒了。

其实这样还不如晚半个月搬家，就在集体宿舍那边拍好了，张静不同意多半是不想让队友蹭他的综艺镜头而已。

"不用担心粉丝，"陆迟歇安慰他，"真有人来蹲直接报警好了。"

凌灼轻出一口气。

不过他要担心的显然还不止这个。

随着节目播出，网上的讨论声更多，他手忙脚乱做什么都不顺的样子全被镜头记录下，节目组还特地把这个当作一个噱头，放大了呈现，后面陆迟歇的出现，更把话题热度推向了一个高潮。

陆迟歇："我正要跟你说，节目组确实给我发了正式邀约，我接了，下周录制。"

凌灼："那你要请人去哪个家？"

陆迟歇："我家的度假村。"

[Part 12]

挑 拨

一周后，综艺《请来我家吧》第六期录制，主人公是飞行嘉宾陆迟歇，地点在他家的私人度假村。

节目组照旧提前两天过去踩点，编导被陆迟歇领着在度假村里转了一圈，最后竖起大拇指："等这期一播出，我们这节目可以改个名了。"

陆迟歇："改什么？"

编导哈哈笑道："《有钱人向往的生活》。"

陆迟歇："周导说笑了。"

编导却深以为然，他们节目最大的卖点，无非是这些光鲜亮丽的明星的私生活，陆迟歇这种家境富裕的明星过的日子有更多人好奇，到时候节目一播出，热度更高。

事后凌灼从小钱嘴里听说这段，笑了半天，问陆迟歇："你真打算连家里度假村也曝光啊？"

陆迟歇无所谓："不用担心，那里一般人更进不去。"

他都这么说了，凌灼就不操心这个了，反正这期的主人公又不是他。

到了录制当天，便不再是客人们自己上门，而是陆迟歇派了车到指定的地点统一接人。

一样是四位常驻嘉宾加三位飞行嘉宾，除了陆迟歇，另一位飞行嘉宾也是老熟人了，嘉新的徐遇森。

凌灼来之前没关心过飞行嘉宾都有谁，到了地方看到徐遇森才觉得有点儿尴尬，徐遇森倒没有半分不自在，在镜头前还表现得跟他颇为熟稔亲热，上来就来了个热情拥抱。

凌灼只能装，反正做他们这行的，谁还没点在镜头前装模作样的本事。

何况他跟徐遇森也说不上有什么深仇大恨，比赛时其实关系还可以，最后他截和了徐遇森的选秀冠军，导致这几年双方团队都不怎么对付而已，放在这个行业里都不算什么大事。

一众嘉宾互相打过招呼后，陆迟歇派来接人的车也到了，竟然是辆旅游大巴。

陆迟歇一身休闲装打扮，从车上晃下来，提醒各位："上车吧。"

有人笑着打趣："你这是要带我们组团去旅游啊？"

陆迟歇："去我家度假村，地方有点儿远，人多，大巴方便点。"

除了凌灼，其他人还真不知道这期去的是度假村，惊讶过后嘻嘻哈哈地上车，大家议论纷纷，问陆迟歇他家度假村里有什么。

陆迟歇笑笑："你们去了就知道了。"

凌灼没参与这个话题，走到后面的位子坐下，陆迟歇跟人说完话也走过去，自然地往他身边一坐。

车还没开动，前面一排的徐遇森站起来，转身靠着座椅笑问凌灼："凌灼你去过我们今天要去的地方吗？你好像不怎么意外啊？"

凌灼不知道这人什么意思，但在镜头前不能不回答，于是随口说了句："陆老师前两天跟我提过。"

再转头若无其事地和身边陆迟歇说话，忽略了徐遇森前面那个问题。

他不但去过，还去过好几次，换个人问他也许就说了，但他不想理徐遇森。

徐遇森没再追问，笑了笑坐回位子里。

一个多小时后，车开进度假村，摄像头一路捕捉外头的景色，车上的客人们惊叹不已。

"这真是你家私人度假村啊？对外开放吗？能不能办会员卡？"有人如是问。

陆迟歇:"不对外开放,只用来招待客人朋友,你们以后要是想来玩,随时可以来,报我的名字就行。"

不管陆迟歇说的是不是客气话,反正大家听了都挺高兴。

车停在陆迟歇自己住的小别墅前,下车后他们换乘专用游览车,游览整座度假村。

陆迟歇做导游,一路介绍,度假村的主体建筑物在他住的地方的东面,室内的娱乐设施都在那边,先过去参观了一圈,之后陆迟歇带着大家去了马场。

他们在这里玩了近一个小时,骑马、喂马,还有人体验给母马挤奶,陆迟歇也在镜头前露了一手,做了场马术表演。

凌灼这段时间跟着他来过这里很多回,学骑马也学得像模像样了,陆迟歇送他的那匹马还挺通人性,原本在草地上悠闲散步吃草,看到凌灼便立刻小跑过来跟他亲近。

跟拍的摄像师好奇问:"这马认识你吗?"

凌灼捋了捋马鬃,笑而不语。

徐遇森凑过来,试图碰他的马,被这马嫌弃地甩了尾巴避开。

"嘿,这马还挑人啊?"

凌灼有点儿生气了,这人怎么跟苍蝇一样,讨不讨厌。

他面上不好表现出来,但没忍住说了一句:"这是我的马。"

徐遇森挑眉:"你的马?"

凌灼没解释,其实这句话理解成他挑中的马也可以,他不想搭理徐遇森,正巧陆迟歇过来叫他,他赶紧牵着马走了。

离开马场后,游览车继续往前,有一片大的花田,众人在这里停留半小时,进去花田祸害一番拍够照片后再乘车上山,山上有直升机的停机坪,再往前,路过高尔夫球场、滑雪场,再从另一边下山,绕回陆迟歇的住处,已经是中午了。

陆迟歇招待大家在小别墅后的湖边搞露天烧烤,几个烤炉热气腾腾的,肉香味四溢。

陆迟歇作为主人公还亲自动手,帮大家烤。

"你还会做这个?别烤焦了吧。"有嘉宾笑着调侃他,似乎不太信任陆迟歇的动手能力。

陆迟歇笑笑没说话,很快烤好第一批,先拿了一串递给一旁眼巴巴看着的凌灼:"尝尝。"

凌灼到底把肉串送进了嘴里,然后竖起大拇指:"好吃。"

味道确实不错,他没说假话。他其实早发现了陆迟歇动手能力强,生活自理能力比他好得多。

陆迟歇扬起唇角,这才把手里的肉串分了,先递给几位女嘉宾,再是其他人。

之后其他人也轮流来烤肉,凌灼知道自己的本事,不凑这个热闹,光坐在一边吃了,陆迟歇不时给他拿吃的、倒饮料,做得十分自然。

凌灼觉得不好意思,提醒他:"陆老师你自己也吃吧。"

陆迟歇随意一点头:"嗯。"

"这个地方风景真不错,我是真没想到近郊还有这样的地方。"有女嘉宾感叹。

其他人笑着附和:"要不是上这个节目,我也不知道,今天算是开眼了。"

徐遇森举起手对着湖对岸拍了张照片,忽然冲凌灼说:"我刚一直觉得这里看着有些眼熟,现在仔细一看想起来,凌灼,你之前在微博上发的一张自拍,背景就是这里吧?"

凌灼:"……"

他生日那晚拍的,这人不说他都忘了。

谁会把别人几个月前发的照片记这么清楚,这人到底有什么毛病?

见凌灼没否认,徐遇森了然:"所以你之前真的来过啊?"

凌灼:"来过啊,我跟陆哥是好朋友,他带我来的。"

既然被发现了,不如干脆大方承认,徐遇森要找他不痛快,他偏不让人如愿。陆迟歇笑了声,没有说话,也没有提醒凌灼他刚在镜头前喊了自己什么。

徐遇森瞥了陆迟歇一眼,也弯了一下唇角,没有再说,继续举着手机四处拍照。

下午一众嘉宾选择自己想玩的,户内户外随意,各自找乐子去了。

陆迟歇却闲不下来,不时被其他人叫去这儿叫去那儿帮忙。凌灼不太愿意动,难得冬日午后阳光和煦,他在湖边躺椅上坐下,也不管镜头是不是一直在拍,只打算睡一觉。

再醒来已经是一个多小时以后,身边只有一个坐着钓鱼的徐遇森,其他人都不在,连摄像师都没看到。

凌灼皱了皱眉,坐直一些,低头看手机,半个小时前陆迟歇发了消息来,让他一会儿去滑雪场玩,其他人都在那儿。

徐遇森听到声音,回头笑问他:"醒了?你心挺大的啊,镜头一直在拍也睡得着。"

凌灼没理他,四处看了眼,徐遇森:"别看了,刚我让摄像师大哥们歇一会儿,他们都在里头休息呢。"

凌灼已经看到人了,几个大哥确实在身后小别墅一楼的客厅里休息吃东西。

凌灼起身想走,徐遇森叫住他:"喂,你跟那个陆迟歇是什么关系?"

凌灼:"跟你有什么关系?"

哦,也是有关系的,杜撰他的绯闻。

徐遇森笑完叹了口气:"凌灼,我跟你道个歉啊,之前的事情,我就不说我无辜吧,但公司要做的,我也反对不了,而且我也倒霉了,丢了好几个资源,应该都是那位做的吧?这事就算扯平了行吗?我已经换了经纪人了,以后不会再针对你了,你也大人有大量,不要计较了吧。"

凌灼心说有什么扯平不扯平的,反正他们本来也没什么交情。

他看不惯这人假模假样的脸:"陆迟歇让你不好过了,你才跟我说这些?要是我跟陆迟歇不认识,你会来跟我道歉?"

徐遇森这人他知道的,也是个挺有背景的富家子,比赛那会儿类似的手段就在好几个竞争对手身上用过。现在徐遇森这样破天荒地跟他道歉，无非是一山还比一山高，踢到了陆迟歇这块铁板，不得不低下高傲的头颅。

凌灼不想再跟他说，转身要走。

"凌灼。"

身后响起陆迟歇的声音，凌灼回头，陆迟歇走上前："你怎么还在这儿？我给你发消息没看到？"

凌灼："哦，正准备去找你们。"

陆迟歇冷冷地看了徐遇森一眼，眼里警告意味明显。

徐遇森哼笑一声，转过身继续钓鱼去了。

"走了。"陆迟歇提醒身边人。

他转身先走，凌灼快步跟上去，摄像师扛着摄像机追了出来，凌灼到嘴边的话只能先忍住了。

坐上游览车，陆迟歇漫不经心地看外头风景，没搭理凌灼。

两分钟后，身边陆迟歇发来一条新微信："晚上节目录制结束留这里，我妈来了，我带你去见她。"

凌灼倏然睁大眼睛。

后来一整个下午，凌灼都心不在焉，在镜头前也是一副神游天外的状态。

一直到傍晚，录制结束，其他嘉宾和节目组工作人员相继离开，凌灼跟着陆迟歇回去他的小别墅，收拾一下换了身衣服，陆迟歇接了个电话，再提醒凌灼："走吧，我妈叫我们过去一起吃晚饭。"

凌灼终于回魂："你怎么不早说你妈妈在啊？突然见偶像，我什么准备都没有，也没带礼物，多尴尬，你妈妈会觉得我没有礼貌的。"

陆迟歇："你想太多了，我也不知道她今天会来，她临时过来的，送什么礼物。不用尴尬，你不说她是你偶像，见了她嘴甜一点就行，我妈好说话得很。"

但凌灼还是紧张，他做再多心理建设都没用，心里七上八下的。

陆迟歇没空再让他磨磨蹭蹭，直接带着他去了山腰上另一栋大的别墅。

门铃响了两声，来给他们开门的人却是徐遇森，凌灼愣在当场。

徐遇森笑眯眯地跟他们打招呼，陆迟歇没搭理他。

安昕从别墅后面的小花园里走进来，将手里刚摘的花插到客厅茶几上的花瓶里，笑着主动和还有些回不过神的凌灼说话："你是凌灼吧？我经常在电视里看到你。"

陆迟歇轻推了一下凌灼："叫人。"

凌灼这才如梦初醒，红着脸喊："阿姨好，很高兴见到您。"

安昕年纪已有五十岁出头，保养得当看起来不过四十岁左右，她息影也有好几年了，模样却跟凌灼印象里的没有太大差别，而且本人看着要比镜头里更亲切和蔼。

安昕笑容满面："我也很高兴见到你，先去餐厅吧，我们边吃饭边说。"

进餐厅里坐下，看到同样晃过来跟他们一起坐的徐遇森，凌灼下意识将疑惑目光转向陆迟歇，陆迟歇冷淡地说："他是我大姨的儿子。"

凌灼："……"

徐遇森冲他笑："好巧啊，没想到还有机会跟你在一张桌上吃饭。"

凌灼有种如鲠在喉之感，干笑了一声。

安昕笑问他们："你们也认识吗？也是，都是做这行的，认识也正常。"

徐遇森主动解释："小姨，我跟凌灼一个节目出道的，他第一，我第二，我比表哥认识他还早。"

陆迟歇冷飕飕地提醒他："凌灼是凭真本事拿的第一，你不是。"再转头告诉安昕："之前故意炒作凌灼的绯闻，就是这小子的人做的，他给凌灼编造了一个绯闻女友。"

徐遇森也说："表哥也没客气啊，我丢了两个代言、一个片约，都是表哥给我推了的。"

安昕听完先责怪徐遇森："你跟迟歇闹就算了，不要牵扯无辜人，你以前为了打压竞争对手曝光别人的负面新闻，我也不说你什么，但给人无中生有不行，编造黑料造谣别人的事下次不许再做。"

徐遇森怏怏认错，安昕又转头看向自己儿子："你也少做些仗势欺人的事，这次是小森不对，我也懒得说了，但外头有不少人跟我告你的状，说你行事跋扈、无所顾忌，你也稍微收敛点吧，不管对谁，做人留一线总不会有错。"

陆迟歇嗤之以鼻："谁这么无聊，不敢当面撑我，要跑来找你嚼舌根？"

安昕像是对这个儿子很无奈，放弃了教育他，和凌灼说起话："小灼，我可以这样叫你吧？"

凌灼赶紧点头："阿姨随意。"

安昕："迟歇脾气不好，性格还差，跟他在一起相处辛苦了，我身为他妈妈没有教好他，现在他大了也掰不回来了，我要是要求你一味包容他，显得我太不讲道理，只希望你如果还能忍耐他的臭脾气，别立马绝交。"

凌灼心下诧异，没想到陆迟歇妈妈会这么评价自己儿子。

陆迟歇皱眉："妈你说什么呢，别跟凌灼说这些乱七八糟的。"

对面的徐遇森幸灾乐祸地笑："小姨没说错啊，没准儿等哪天凌灼见识了你的真面目，受够你了就立马回头是岸了。"

凌灼有心想帮陆迟歇说几句好话，开口道："阿姨，陆哥人其实挺好的，一直很照顾我，也帮了我很多，除了脾气有时候确实有点儿坏，我没觉得他哪里不好。"

安昕似乎也有些意外凌灼会这么维护陆迟歇，而且他眼神真诚，并不像是为了迎合自己才说的场面话，她愣了愣，然后笑了："是吗？那看起来是我这个当妈的太看低自己儿子了。"

"嗯，"凌灼再次肯定地说，"陆哥确实很好。"

徐遇森不服道："凌灼，你见识过他的真面目吗？这么向着他？"

凌灼："他在我面前没掩饰过。"

徐遇森:"你小心被他卖了。"

陆迟歇给凌灼夹菜:"你别理他。"

安昕提醒他们:"你俩都收敛点,别让小灼看笑话了。"

吃完晚饭,安昕打发了陆迟歇和徐遇森去外头花园继续帮她摘些花,单独留了凌灼陪自己喝茶。

凌灼喝着安昕亲手沏的茶,心情逐渐放松下来。

安昕搁下茶杯,问他:"喝得惯吗?"

凌灼点头:"很好喝,谢谢阿姨。"

安昕笑道:"其实迟歇今天会带你来见我,我一点也不意外,他刚认识你不久就跟我说了,说他几年前就见过你,没想到现在又遇到了,他想要和你多合作,甚至还想让你签他的公司。"

凌灼心头微动,再次跟她道谢:"谢谢,谢谢阿姨。"

安昕:"你不用跟我说谢,是我该谢谢你。我刚在饭桌上说的话不是故意吓唬你,没有哪个当妈的愿意贬低自己儿子,迟歇他会养成这种个性,其实我也有责任。我有三个孩子,迟歇是最小、最像我的,以前我对他期望太高,逼着他做过许多他不愿意做的事情,他小时候很乖巧、很听话,可以说是我们家最懂事的孩子,所以他爸和外公也都对他寄予厚望,连哥哥姐姐都处处以高标准要求他。

"可能是物极必反吧,他十六岁那年,做了一件让我们全家都大跌眼镜的事情,他瞒着我们默不作声地申请了国外的高中,偷偷办好了签证,独自一个人逃走了,等我们发现时他已经去了国外,我们家里人轮番去国外见他、劝他,甚至骂也骂过了,但是没用,他铁了心要逃走,那个时候他才真正将自己的本性暴露出来,他说他装好孩子装累了,不陪我们玩了,让我们爱怎样怎样。"

安昕说着苦笑了一声:"我们知道他是打定主意这样了,怕把他推得更远,只能算了,好在他在国外玩够了又自己回来了,还选择了跟我一样做演员,可我知道他不是为了完成我的心愿,只是因为做这一行自由、束缚少。"

"我之前一直担心他这样就没人管得住他,怕他以后会变本加厉,还好你出现了,这么多年我难得又在他脸上看到认真的神态,是他说要向你学习。

"所以我才会跟你说这些,我以一个母亲的私心恳求你,希望你俩一直都是好朋友。"

凌灼心情复杂,安昕的话完全在他意料之外,上回听陆迟歇轻描淡写地提起自己的从前,他虽然脑子里有闪过这些念头,但没想到陆迟歇如今这样的性格,真的是被家里人从小逼出来的。

这么想着凌灼心里难免有些不舒服:"阿姨,陆哥不坏,我觉得他也有很多值得我学习的地方,之前拍戏的时候他还愿意免费指导我演戏,我愿意包容他,您不必这么说。"

安昕松了口气:"你愿意接纳他就好,真的,小灼,谢谢你。"

凌灼一时又有些汗颜,安昕毕竟是他的偶像,听到安昕用这种语气跟自己说话,还怪别扭的。

他回头看向落地窗外的花园,说是摘花却只有徐遇森一个人勤勤恳恳在摘,陆迟歇心不在焉,看哪朵不顺眼折了便直接扔了。

"小灼,"安昕再次喊他,问道,"你母亲,是陈梅雪教授吗?"

凌灼一愣:"是。"

安昕顿时又笑了:"真的是啊?那太巧了,陈教授是我父亲的学生,她在我父亲手下读博士那会儿我见过她不少次,我们那时关系还挺好的。后来她毕业回了南方老家,你几岁大的时候她还带着你来看过一次我父亲。我记得那段时间迟歇一直跟着我父亲住,你们应该见过面的,我当时给迟歇买的一个玩具,后面他说送给陈阿姨的弟弟了。"

凌灼彻底愣住了,有这回事吗?他一点印象都没有了。

安昕眨眨眼:"这事我没跟迟歇说过,他应该也不记得了,你自己跟他说吧。"

凌灼:"谢谢。"

陆迟歇和徐遇森已经回来,陆迟歇一脸不耐烦,安昕看了看他们摘回的花,好像不太满意,这次让凌灼和徐遇森去,把自己儿子留了下来。

陆迟歇靠着沙发坐下,皱眉说:"妈,你有那么多话要跟凌灼说吗?你别吓唬他。"

安昕无奈道:"我没吓唬他,我是帮你说好话,你是不是还让人去收购了海天的股份?这事连你爸都惊动了,你别做得太出格了。"

陆迟歇:"妈,我的事你别管了,你帮我说服爸就行,对了,你给凌灼签个名吧,他是你的影迷,从小把你当偶像,估计不好意思当面跟你说这个。"

安昕:"真的?"

陆迟歇:"我骗你干吗。"

安昕眉开眼笑:"小灼这孩子挺好的,我今天临时过来,不知道你们在这儿,也没准备礼物,下次给补上吧,签名也下次一起给吧,我送一套珍藏版的电影合集给他。"

花园里,徐遇森停下干活,冲着认真挑花枝的凌灼说:"我下午说的都是真的,你真不信?"

凌灼头也不抬:"你说的都是真的,但陆迟歇也肯定不是你说的那样。"

徐遇森:"你就这么信他?"

凌灼:"陆迟歇若也是那样的,你肯定直接跟我列举他的罪行一二三了,说不定还会拿证据给我看,又怎么会拿别人举例子,就因为陆迟歇不是那样的,所以你只能说那些有的没的故意挑拨我们。"

说到这个他皱了一下眉,这才抬眼看向面前人:"你既然是陆迟歇的表弟,怎么这么看不得他好?背后说他有意思吗?"

徐遇森:"我和他的关系一句两句也说不清。"

之后再陪安昕坐了会儿,他们各自回到住处。

凌灼和陆迟歇沿着湖边小道往回走,夜深了,凌灼觉得有些冷。

"我妈说,下次见你送你一整套她的电影合集碟片,带签名的。"

凌灼喜出望外:"真的?什么时候?"

陆迟歇："你这么迫不及待再见她？"

凌灼："那当然！"

陆迟歇："我妈刚跟你说了什么？"

凌灼："没什么，随便聊了聊你以前的事，阿姨让我多忍让你。"

至于小时候就见过面这事，他暂时没打算说，等下次回家找找看那件玩具还在不在，应该是在的，他没有乱扔东西的习惯。

陆迟歇："你别听她说这些有的没的。"

凌灼："还有啊，你怎么之前没跟我说徐遇森是你表弟，吓我一跳，那他怎么会进嘉新的？嘉新不是跟乐果有深度合作关系的公司吗？"

陆迟歇："有什么好说的，至于别的，利益场上的事本来就没有那么多界限分明。"

陆迟歇说完停住脚步，转身看着他。

凌灼："怎么了？"

陆迟歇："徐遇森说的那些话，你听听就算了，他自己以前才那样，我不是。"

凌灼点头："我知道。"

综艺节目录制完第二天，凌灼飞往国外，拍摄 T&G 的代言广告。

有陆迟歇妈妈牵线，加上跟品牌方合作愉快，凌灼的粉丝也"给力"，香氛代言仅仅一个季度就升级成了品牌代言，只是还没"官宣"，他这趟就是要去国外拍摄新的 TV 广告和宣传照。

张静陪同他一起去，还给他带了个新的消息来，说刘涛升了职，以后应该不带他们了。

说起这事时，张静的语气里满是不屑："我还当他多有骨气，这就勾搭上了新股东，去带新晋人气女演员了，他也是聪明的，带你们这个快解散的团没前途，整个团里除了你其他人，喊……"

张静一直看不上他的那些队友，凌灼心知肚明，所以他也没接话，但这个消息确实让他挺意外："我们马上要开演唱会了，准备工作还有很多要做,刘哥突然走了,那后续的事情怎么办?"

张静:"我怎么知道,不开了最好,我正好明年第一季度再给你接部片子。"

凌灼闭了嘴,看了一眼微信,群里也在说这件事,齐良栎问仲一然他们的演唱会怎么办,仲一然回了句:"我也在问,等公司那边的消息。"

凌灼心情略复杂,原本他这次拍完广告回来就该开始演唱会的排练,现在这样接二连三地出状况,或许他们这个演唱会真的要开不成了。

说一点不遗憾是假的,毕竟是期待了好几年的演唱会,他也想回馈粉丝。

转瞬即逝的情绪很快又淡去,凌灼给陆迟歇发了条消息,那边没回。

他又发去一条:"我马上登机了。"

陆迟歇还是没回,等了二十分钟,登机广播已经响起,凌灼一撇嘴,关了机。

十几个小时后,飞机降落在另一片大陆。

出机场时接机的粉丝竟也不少,杨明随口感叹了一句:"灼哥好厉害,走哪儿都有粉丝。"

凌灼笑笑,打开手机,先登录微信,笑容瞬间凝固在嘴角。

陆迟歇这个浑蛋,竟然十几个小时都没回复他。

品牌方安排的车就停在机场外,上车直奔酒店。

晚上跟品牌方的代表一起吃饭,坐了这么久飞机凌灼早就累得不行,连话都不想多说,好在他有个能干的女经纪人,张静精神饱满、妆容完美,简直是个女斗士,全程用英语跟人谈笑风生,凌灼只需要保持微笑就好。

一顿饭吃到九点多才结束,双方相处融洽,都很满意,约定了明天下午拍摄的时间,终于散场。

餐厅就在酒店二楼,等电梯上楼时凌灼的眼皮子都快支不起来,电梯门在他们面前缓缓打开,身后杨明惊呼出声,凌灼似无所觉,迷瞪着眼睛游魂一般走进电梯,直直撞到某人身上。

他这才一个激灵惊醒过来，一抬眼，对上面前陆迟歇的笑眼。

凌灼："陆哥……"

陆迟歇："走路都在睡觉？有这么困？"

凌灼终于醒了神："你怎么来了？"

陆迟歇："闲得无聊，来度假。"

电梯一打开，张静和杨明就看到了陆迟歇，他一个人，拖着个行李箱，杨明才会下意识叫出来，再被陆迟歇一个眼神示意闭了嘴，张静倒是没说什么。

凌灼这小子，也不知道该说运气太好还是太差，碰上陆迟歇这么个人。

凌灼："你怎么这么闲？不用工作吗？你怎么一直不进新剧组？"

陆迟歇："过完春节要拍部电影，你烦了？"

凌灼："烦了你能离我远点吗？"

陆迟歇："不能。"

第二天早上七点，凌灼睁开眼，时差还没完全倒过来，精神已经比昨天好了不少。

窗外照进来的阳光让靠坐在床头的凌灼有瞬间恍惚，他抬手挡了一下，起身出门后在门口遇到了正喝咖啡的陆迟歇："你怎么起得比我还早？"

陆迟歇："凌老师人气真高，来了国外也有粉丝跟来。"

凌灼郁闷地说："我也不想。"

陆迟歇："我们换个地方住。"

十分钟后，凌灼一边洗漱一边给张静发消息，把陆迟歇的决定告诉了她。

张静的电话很快打进来，凌灼把陆迟歇的话重复了一遍："他说一会儿会有车来接，我们坐他安排的车离开，让你跟品牌方那边说一声。"

张静也觉得可以，毕竟陆迟歇突然来到这儿，还是别让人知道的好。

七点半，他们在停车场上车，顺利离开，换去了城市另一个区的酒店。

这里条件比品牌方安排的住处还要好些，张静表示十分满意。大家都放松下来，一起先去了酒店的自助餐厅吃早餐。

陆迟歇拿了烤好的面包片，和火腿、鸡蛋、蔬菜一起，再调了酱做了个三明治，递给凌灼。

凌灼："不是有现成的吗，你干吗费劲自己做？"

陆迟歇："吃这个。"

凌灼："哦。"

陆迟歇做了他就吃呗，尝了一口发现味道确实不错，比现成的好吃，大概陆迟歇调的酱味道比较好，于是切了一半递还给陆迟歇，让他也吃。

张静问陆迟歇："陆老师真是来度假的？"

陆迟歇："嗯，等凌灼拍完广告，打算带他在这边玩几天，静姐不会反对吧？"

陆迟歇这句"静姐"叫得十分自然，让张静想反对都不好意思，她问凌灼："你自己怎么说？"

凌灼点点头："可以吧。"

张静想了想，懒得说了，凌灼自己乐意就成。

吃到一半，陆迟歇示意凌灼："你去帮我拿份烤饼来。"

凌灼搁下刀叉，嘴里抱怨了句"你自己不会去啊"，起身离开。被陆迟歇眼风一扫，杨明说着"我也再去拿些吃的"，赶紧也跟着走了。

张静正低头喝汤，陆迟歇慢条斯理地切着盘中的三明治，像是随口问她："静姐有跳槽的意愿吗？"

张静拿着汤匙的手微微一顿，抬起眼，陆迟歇神色淡定地看着她："海天能给你的回报毕竟有限，想过跳槽吗？"

张静拿起纸巾擦了擦嘴："陆老师有话直说吧。"

陆迟歇："等凌灼跟海天的合约到期，我会支持他开独立工作室，不再挂靠任何公司，团队的资源我可以跟他共享，其实让我自己的经纪人带他也可以，不过他跟你合作好几年，对你很信任，你的能力也确实不错，所以我想帮他把你挖过来，待遇方面一切都好说。"

张静扬了扬眉，心念一转，问他："之前我帮凌灼谈的 LP 香水原本已经差不多定下了，突然被他的队友截和成团体代言，一开始我确实以为是刘涛干的，后来咽不下这口气，找当时一直跟我对接的他们的一个代表质问这事，被我问急了他才吞吞吐吐说是上面的意思。我就觉着奇怪，如果只是想低价换人直说就是了，何必故意给我演场戏，直到前几天凌灼跟我说 T&G 的这个代言，其实是陆老师拜托你母亲帮他牵的线，而当时 T&G 方面联系我，恰是在我知道 LP 那边黄了之后，是不是有点儿太巧了？"

陆迟歇没接腔，既没承认，也没否认。

LP 这个牌子各分区域的负责人就能直接定下代言人，可操作性很强，尚讯跟 LP 中国区域本身就有深度合作关系，他想从中做点什么并不是难事，只需跟人打个招呼，自然会有人卖他面子。

张静了然："所以陆老师，你是想挑拨凌灼和他队友的关系？"

陆迟歇："他和他队友关系如何，静姐应该比我清楚，能挑拨成功的迟早也会散了，你觉得呢？"

张静："张寻跳槽星耀，邓岚洛和仲一然拿到和演唱会档期重合的个人资源，现在想想背后都是尚讯，也是陆老师做的？"

陆迟歇："凌灼的队友都有光辉前程，他会高兴的。"

张静深吸一口气，皱眉说："我不反对凌灼和他那个团划清界限，甚至巴不得他赶紧单飞，也多次劝说他，但是陆老师，你不觉得你做得太过了吗？凌灼不会高兴你这样瞒着他，一手安排他和他周围人，这种全方位被人掌控的感觉，我想没有人会觉得好受，换了谁都不会高兴。

"也包括他合约到期开独立工作室这事，你跟他商量过吗？"

陆迟歇沉眸思索片刻，回答她："凌灼不需要再留在海天。"

张静："这就是你的答案？"

陆迟歇神情坦然。

张静摇了摇头:"事已至此,之前的事我不会去跟凌灼嚼舌根,说了也没什么意义,但关于他的以后,我劝你还是把决定权交给他自己。"

凌灼已经拿了烤饼回来,他等了半天才第一个拿到新出炉的烤饼,还帮陆迟歇要了他喜欢的蓝莓酱,往陆迟歇面前一搁。

[Part 13]

模 特

　　下午，拍摄TV广告宣传片。

　　这则广告仍以凌灼目前主推的香氛系列为宣传切入点，执镜的是T&G花大价钱请来的时尚圈知名摄影师。除了凌灼，片中和他搭戏的还有一位T&G的御用男模。

　　拍摄地点在这座城市某条不甚繁华的小街上，凌灼先前在酒店就已经做好造型，这会儿正在车里补妆。

　　陆迟歇嚼着口香糖，双手枕在脑后，靠进座椅里漫不经心地看他，凌灼抬眼对上他的视线："你看什么？"

　　陆迟歇："广告片里还有别人？"

　　凌灼："嗯。"

　　他也是早上才拿到广告片脚本，看过后心里大概有了数，但陆迟歇没问，他也没拿给陆迟歇看。

　　陆迟歇："拍什么内容？"

　　凌灼："一会儿你不就知道了？"

　　张静带着杨明下车去跟工作人员那边沟通事情，十几分钟后回来，张静像有些不高兴，凌灼问她："静姐怎么了？"

　　张静："他们安排的片中模特临时有事来不了了，说要改明天，他们把我们当什么，谁的时间不是时间。"

　　凌灼："那你怎么说？"

　　张静没好气道："就算要改明天，也得叫他们给点补偿。"

陆迟歇转眼朝车外看去，不仅是张静，执镜的摄影师似也很生气，正大声用他们的语言跟人说着什么，激烈表达着不满情绪。

张静交代了凌灼几句，转身再次过去跟人沟通，陆迟歇长腿迈下车，凌灼喊他："你去哪儿？"

陆迟歇："去看看。"

其实就是因为模特临时放鸽子改时间，张静这边不满，摄影师也不满，尤其是那位满脸胡子、看着挺不羁的摄影师，大声说话像是在骂人，张静有点儿遗憾对方的语言自己听不懂，以至于完全插不上嘴。

陆迟歇走过来，上前跟那些人说了几句，用的也是他们的语言，而且十分流利，摄影师的目光落到他身上，忽地一顿，眼睛瞬间亮了，指着陆迟歇更加激动地跟其他人说起话，品牌方的工作人员似乎在犹豫，像是拿不定主意。

过了片刻，昨晚跟张静他们吃饭的品牌方代表匆匆而来，张静松了口气，上去用英语跟对方交流，对方先是道歉，那位摄影师也挤上来，重复自己的提议，代表打量着面前的陆迟歇，问了他几句，陆迟歇点头，然后对方就去打电话了。

张静问陆迟歇："他们刚说了什么？"

陆迟歇笑笑："这位摄影师大哥说我的形象挺适合广告片中需要的角色，提议让我来做这个模特，品牌方说他们要请示上头才能决定。"

张静略惊讶，张了张嘴，又不知道该说什么。

她早上也看了广告的脚本，这个广告怎么说呢，是以凌灼的视角看另一个人，真要让陆迟歇来演，等到时候广告片一出，可想而知国内网络上会是个什么样的情景。

但在模特选择上，他们这边是没有发言权的，要是品牌方同意，她也只能硬着头皮让凌灼上。

打电话的人足足跟电话那边的上级请示了十几分钟，其间还把手机递给了那位摄影师，摄影师十分激动，不停地说着什么，不时将满是赞赏的目光落向陆迟歇。

半小时后，正式开拍，演员是凌灼和陆迟歇。

凌灼还是蒙的，完全不知道怎么就这一会儿工夫，跟他演对手戏的模特就变成了陆迟歇。

陆迟歇提醒他："演好你自己的就行，别想太多。"

凌灼定定地看了他片刻，心情平静下来，转身走向自己的位置。

因为演对手戏的模特是陆迟歇，凌灼不自觉地有点儿不好意思。摄影师挑剔，要求高，一再地抓他的微表情，重拍了好几次才过，到后面摄影师用口音浓重的英语喊着"perfect（完美）"，比先前还要兴奋激动。

凌灼回车上换了一套衣服，这一条广告片只拍了三分之一，之后都是他的独角戏。

二十分钟后，继续拍摄第二部分。

陆迟歇站在镜头外看他，凌灼的表演其实挺有灵气的，多一分显得病态，少一分又味道不够，这个角色他把握得刚刚好。

从摄影师的表情中也看得出，他对凌灼很满意。

如果说一开始是陆迟歇的长相、气质和身材给了这位摄影师惊艳感，那么凌灼这样骨相皮相都接近完美的典型东方男子，则另有一番气质和韵味，他的表现更是超出了众人预期。

最后一部分，在棚内拍摄。

凌灼裹着一件纯白的丝绸浴袍，躺在黑天鹅绒的床单上，一条腿平放，一条腿屈起，姿势随性慵懒。他将香水喷在自己手腕上，举到鼻尖前深嗅，轻眯起的黑瞳里尽是痴迷和沉醉，再轻轻吻上手腕的位置，带着某种不可言说的潮涌和热望，如同顶礼膜拜一般的虔诚，仿佛动情亲吻最痴慕的人。

摄影师从不同的角度捕捉他的神态，兴奋得眼睛都充了血。

陆迟歇冷眼看着，神色略沉。

好不容易熬到摄影师说"OK"，凌灼其实已浑身大汗，终于彻底松了口气。

今天的拍摄异常顺利，原本至少要拍两天的广告片因为凌灼的配合，加上摄影师的激动情绪，竟然一个下午就拍完了，品牌方跟场的人员也很满意。

凌灼去休息室休息，陆迟歇跟了过去。

凌灼伸手推了他一下："你让开点，不知道跟进来做什么。"

"灼哥？你好了吗？还要多久？"外面杨明小心翼翼地问。

"马上，"凌灼开口，发现自己嗓子有点儿哑，咳了一声，又说，"你先出去吧，跟静姐说我换了衣服马上过去。"

杨明："那你快点。"

他们出去时张静还在跟品牌方的人说话，对方说如果明天还有镜头要补拍的话需要他们再过来，这个倒是没什么问题，本来定好的拍摄时间就是两天，张静满口答应下来。

凌灼走上前，对方也跟他和陆迟歇说了感谢，很客气地将他们送上车。

之后的行程比较轻松，第二天凌灼又补拍了几个广告镜头，接着拍宣传照，再被邀请去T&G总部参观了一圈，工作就差不多结束了。

也是在去总部参观时，接待他们的品牌方代表才知道陆迟歇也是位知名演员，结果被他们随手拉来做了免费的广告模特。当然也不能说完全免费，拍摄结束时他们给了一千欧元的报酬，虽说十分廉价，陆迟歇自己倒是无所谓，反正他身上的竞品代言已经到期，帮忙做一次广告模特也影响不了什么。

两天后，张静和杨明回国，凌灼跟着陆迟歇飞去这个国家的另一座城市。

走之前张静三令五申，提醒凌灼还有工作，最多只能玩三天，三天后必须回去，凌灼举手保证："我知道，真的知道。"

张静："你的保证没用。"

陆迟歇笑笑说："静姐放心吧，三天后我们肯定回去。"

张静这才勉强满意,放过了他们。

陆迟歇带凌灼去的,是他从前在这边念书待过的地方。

是座靠海的山城,并非喧嚣大都会,但风景很好。他们先飞到邻近的大城市,再开车过来。

站在陆迟歇曾经住过三年的家中,凌灼推开窗,嗅着空气里隐约的海水咸腥味,朝外看去。陆迟歇的这栋小别墅在山上,沿着层层叠叠的山道一路往下,到处是花团锦簇的房子,仿若艺术品,一直延伸至海边,再远一点的地方还能看到码头,码头附近是这个城市的中心区域,但不见高楼,所有建筑都还保留着二十世纪的风格。

安静看了片刻,他转头问身后正喝啤酒的陆迟歇:"你怎么会想到来这种地方念书?"

陆迟歇:"这里有个马术协会,挺有名的。"

凌灼:"那你现在带我来这里……?"

陆迟歇看他一眼,说:"让你看看我在国外是怎么生活的,走吧,来了别一直在家里待着,去外头走走。"

陆迟歇话说完随手扔了喝空的啤酒罐,转身先走,凌灼跟上去,出门时忽然想起来,陆迟歇这么做,难道是因为之前徐遇森诋毁他在国外挥金如土、醉生梦死,所以才决定带自己来亲眼看看?

陆迟歇停住脚步,转头看去,凌灼冲他点了一下头,笑了笑:"走啊。"

两人往山下走。

山路两侧大多是木屋,走近了看才更觉每一处都各具特色,连鲜花的装点都彰显着主人家的不同性格。这里的人生活节奏缓慢,早上十点多,路边的咖啡屋里还坐满了喝咖啡晒太阳、消磨时间的客人,仿佛就这样在这里坐上一整天。

连趴在屋檐下的狗也是懒洋洋的,凌灼他们经过时,哈巴狗慢吞吞地看他们一眼,换了个姿势,叫也懒得叫。它身边是弹着吉他自娱自乐的胡子大叔,无论有没有观众,他都能高兴地弹唱下去。

一路走下来,有不少卖手工艺品的小店,除此之外,这里几乎看不到大品牌商品，来来往往的行人大多衣着打扮随意，从他们身上几乎看不出什么物欲。凌灼觉得稀奇，陆迟歇这样的人，竟然在这种地方生活了三年。

这里的冬天似乎也不太冷，凌灼拿出手机看一眼实时天气预报，果然气温有十几摄氏度。

陆迟歇说："这里一年四季温差都不大，也不怎么下雨，气候很好，挺宜居的。"

凌灼点点头，难怪这里的人过得这么悠闲。

他们走了将近半个小时，才到达码头边的闹市区，这边人更多一些，有各种各样的市场，而且因为临近圣诞节，市场上都很热闹。另外还有教堂、艺术馆、商店、酒吧，杂乱地分布其中。

陆迟歇高中念书的学校也在这块，门很小，经过时要不是陆迟歇说，凌灼都没发现，他抬眼看去，学校里只有两栋旧楼，想来学生也不会有多少，在这种地方念书，能学到多少东西还真不好说。

难怪他妈妈说他叛逆，十几岁就敢一个人瞒着全家跑来这里，凌灼想，可若是换作自己，其实也会向往陆迟歇这样随心所欲的个性。

"这里的酒吧最晚开到晚上十一点就关门了。"陆迟歇忽然说。

凌灼："是吗？"

陆迟歇随口说下去："上酒吧小酌一杯，是在这座城市生活的人唯一能过的夜生活。"

凌灼听明白了，陆迟歇是在告诉自己，这种地方，也没机会给他醉生梦死。

陆迟歇再伸手一指，让凌灼看向码头对面另一座山上："马术协会就在那上面，我以前念书时只要有空闲时间都会去那边。"

凌灼心念微动，提议道："我们去看看。"

"下午再去，"陆迟歇说，"快中午了，先吃个饭。"

随便找了家市场里的小餐厅，陆迟歇领着凌灼熟门熟路地进去，还和餐厅老板打了招呼，对方见到他先是意外，随即热情万分地上来和他拥抱。

坐下后凌灼小声问:"你认识餐厅老板啊?"

陆迟歇浏览着菜单:"嗯,以前常来这家,认识,啧,这里的菜单都多少年了,也没怎么变动过。"

他问凌灼:"你要吃什么?"

凌灼:"你推荐吧。"

陆迟歇先点了两份海鲜烩饭,又点了好几样菜,都是当地的特色,最后又点了这家餐厅最出名的自己调制的一种酒。

点完餐,酒还未上,他先给凌灼倒了杯柠檬水。

凌灼好奇地问道:"你真的在这个地方生活了三年?放假会去别的地方玩吗?"

陆迟歇:"偶尔去,有时候跟着协会去参加比赛。"

凌灼哑然,他以为陆迟歇在国外即便不像徐遇森说的那样夸张,那也应该是出门乘直升机,住豪华别墅、高级酒店,休假的时候各地飞,过着最奢侈享受的生活,但现在亲眼所见的这些,却大大出乎他的意料。

陆迟歇抬眼:"你一直盯着我做什么?"

凌灼:"你真是陆老师啊?"

陆迟歇似笑非笑:"你觉得呢?"

凌灼:"搞不懂你。"

陆迟歇点的菜很快被陆续送上,果然他以前常来这家餐厅不是没道理的,这些食物一看就叫人食欲大增,凌灼这才觉得饿了,拿起刀叉刚要开动,陆迟歇提醒他:"先喝口这个酒,开胃的,你试试。"

凌灼看一眼杯子里冰绿色的酒水,端起尝了口,这个味道并不陌生:"你之前给我调的,也是这个酒吗?"

陆迟歇:"嗯,跟老板学的,不过应该没他调的味道好。"

凌灼又抿了口酒到嘴里,回味了一下,说:"你调的更好喝。"

陆迟歇嘴角噙上笑:"真的?"

凌灼:"真的,我就觉得你调的更好喝。"

他说完大约有点儿不好意思，垂了眼继续喝酒，再放下杯子，重新拿起刀叉："吃东西了。"

陆迟歇始终看着他笑："嗯。"

吃饱喝足，他们晒着冬日午后温暖的阳光，去往另座山头的马场。

这座城市不大，但马术协会颇有名气，几乎占了半座山，训练场地规划得十分整齐专业。这里的马比陆迟歇自己马场里的只多不少，矫健身姿奔行在山道上，叫凌灼大开眼界。

看了许久，凌灼眯着眼，脑子里似乎浮现起一幅画面，十七八岁的陆迟歇驰骋在这里的蓝天白云下，脚下是起伏的山丘，身后是一望无际的碧蓝的海，如此恣意潇洒。

难怪他会喜欢这里。

"既然喜欢玩这个，怎么不做专业选手？"凌灼问。

陆迟歇："兴趣是兴趣，变成职业就没意思了。"

凌灼："原来你对演戏其实没兴趣啊？"

陆迟歇好笑说："也还行吧，也挺有意思，不过说不定哪天做烦了就转行了。"

凌灼："转行做什么？"

陆迟歇："给你做助理要不要？"

凌灼一愣，然后反应过来自己又被他逗了："你真无聊，干吗想着抢小杨的饭碗。"

陆迟歇笑笑不再说，继续往山上走。

凌灼又问他："不进去跟其他人打招呼吗？你应该认识这里不少人吧？"

陆迟歇："不去了，去了他们又要劝我去参加职业比赛了。"

走到山顶，离开马场范围，是一座公园。

今天天气好，公园里散步游玩的人还不少，凌灼兴致勃勃地四处看，陆迟歇忽然问他："凌灼，想不想玩点极限运动？"

凌灼："什么？"

陆迟歇："蹦极。"

- 231 -

凌灼确实没玩过这个，他没有恐高的毛病，但真正站到蹦极台上时，还是会腿软。

"一定要玩这个吗？"凌灼犹豫着想打退堂鼓。

陆迟歇看着他："害怕？"

他诚实地点头。

陆迟歇："不用怕，我带着你一起。"

他们选择了双人项目，跳下去前陆迟歇提醒凌灼："怕就抓住我。"

凌灼听话地抓紧了他。

后面的过程他事后几乎就想不起来了，大概是脑子有些缺氧，心口也有些疼，但抓着他的人让他足够安心，所以并无恐惧。

唯有耳边呼啸的风，提醒他刚才或许有一秒无限接近过死亡。

我可以相信他。

脑子里不期然地蹦出这六个字，然后便像扎了根，再挥之不去。

陆迟歇慢一步下来，见凌灼站在路边发呆，伸手碰了一下他："在想什么？"

凌灼陡然回神，看向面前人。

对上他的眼神，陆迟歇扬了扬眉，像是察觉出凌灼的不对劲。

凌灼上前一步，他的动作过大，陆迟歇被撞得后退一步，略微意外，然后又笑了："是不是想重新认识我了？"

同样的调侃他之前说过很多次，但是这回凌灼没有立刻反驳，轻"嗯"了一声。

陆迟歇沉下声音："真的？"

凌灼："嗯。"

下山的时候凌灼大约还有些不好意思，没再理陆迟歇。陆迟歇忍着笑，看他走累了，叫了车直接回去。

夜幕降临，他们在家中的小阳台上吃晚餐，看山下的夜景。

家家户户都亮了灯，灯火延伸至海边，再连成一片，与天幕下闪耀的繁星交相辉映。

盘子里的食物早已吃完，酒却还有不少，凌灼端起酒杯抿了口，再次肯定地说："果然是你调的更好喝。"

陆迟歇修长的手指在酒杯上轻叩了叩，笑着说："是吗？"

凌灼喝了一小半，搁了杯子，靠向他身边，举起手机，和他拍了一张自拍合照。

陆迟歇："不怕被人看到？"

凌灼不甚在意："看到就看到吧，看到了再说。"

果然是喝醉了。

圣诞节前一天，凌灼去了一趟公司附近的舞蹈工作室，参加演唱会的排练。

因为张寻退团，他们之前的舞蹈全部要重排，本身就费时间，拖到这个时候才开始其实已经迟了，但没有办法，邓岚洛进了剧组，凌灼和仲一然都有个人工作，大家的时间总是凑不齐。

且新换的经纪人手下还带了别人，对他们这个团并不十分上心，就没怎么管过演唱会的事，所有的事情都是仲一然这个队长在联系。

他们四个也有一段时间没见，月初所有人都从集体宿舍搬了出来，邓岚洛进剧组，仲一然另外租了房子，齐良栋干脆搬回了学校宿舍去，安心上课准备期末考试。

今天乍一见面，凌灼第一感觉是大家变化都挺大的，不是外表上的，而是那种不用明说的隔阂，其实谁都心知肚明。

陆迟歇是陪凌灼一起来的，凌灼练舞，他就在一旁坐着看，其他人只能当他不存在。

练了一个多小时，暂停休息十分钟。

凌灼走回陆迟歇身边，这人懒洋洋地倚墙坐在地上，戴着耳机在玩手机，看到凌灼过来才扯下一边耳机，扔了瓶矿泉水给他。凌灼拧开喝了一半，在他身边坐下："你要是无聊，先回去好了。"

陆迟歇："等你一起。"

他这么说就是怎么都不会先走了,凌灼劝不动也不再浪费功夫,继续喝水。

"你业务能力比其他几个好很多。"陆迟歇评价道。

凌灼笑了:"陆老师不用这样特地夸我。"

陆迟歇:"实话。"

仲一然和齐良栎是舞蹈担当,尤其仲一然是专业学这个的,要论水平确实比凌灼高,但陆迟歇就是觉得凌灼跳得更好看,他站在纯观众的角度,凌灼的动作更有魅力得多,也难怪他是他们团最红的。

陆迟歇一点头,再次肯定:"真的。"

凌灼笑容灿烂,小声说:"我知道。"

之后齐良栎过来,像有话和凌灼说,蹲下沉默一阵儿,犹豫地问他:"灼哥,你也会退团吗?"

凌灼没有立刻回答,他没想到齐良栎会突然问这个。

齐良栎低了头,郁闷道:"现在刘哥都不带我们了,演唱会还能不能如期办公司那边也没个明确说法,等明年你和我的团约差不多同时到期,你是肯定不会再续签了吧?"

凌灼反问他:"你呢?你自己什么想法?"

齐良栎不知道该怎么说,他以前想都没想过,仅仅三年,他们团就走到了要解散这一步,可到了今天,他也不得不面对这个现实。

齐良栎:"我爸妈说让我好好念书,以后别干这个了。"

齐良栎家里的情况凌灼是知道的,这小子的父母一直不赞成他混这行,他家里条件不错,而且他本身学习成绩可以,考的学校也挺好,学的还是跟这行八竿子打不着的专业,真要是不干了对他并不算件坏事。

凌灼:"你自己的想法比较重要,别以后后悔。"

齐良栎:"我也不知道,我对演戏没兴趣,要是团解散了一个人唱唱跳跳好像也没什么意思,灼哥你呢?真的已经决定退团了吗?"

旁边被无视了的陆迟歇随口插了句:"你怎么不去跟你那位队长说这种话?"

- 234 -

齐良栎没理他,也没好意思再和凌灼说。

他确实有想要凌灼留下来的念头,总觉得只要凌灼不走,仲一然和邓岚洛也不会走,他们这个团或许还能以四人形式继续下去,但齐良栎自己也知道,一直以来都是他们在拖凌灼后腿,所以到嘴边的话怎么都说不出口。

齐良栎嘟嘟哝哝地走了,凌灼无奈地掐了一下陆迟歇的胳膊:"你不说话憋得难受吗?"

陆迟歇:"下次再有人问,你就直接说是,你要退团,听到没有?"

凌灼站起身,踢了他一脚,继续排练去了。

中午就在工作室这里吃的外卖,伴舞都是这个舞蹈工作室的人,各自找了地方吃饭休息,剩下他们四个外加一个陆迟歇还留在练舞室里,很是尴尬。

尴尬的根源自然是陆迟歇这个存在感极强的人,不过他丝毫不觉得自己不该出现在这里,其他人也不好说什么。

吃东西时,邓岚洛问仲一然还要排练几次,仲一然问他演唱会开始前能不能每周至少抽两天的时间过来,邓岚洛为难道:"我尽量,但不能保证。"

仲一然再问其他两个,齐良栎得跟学校请假,凌灼反而是时间最多的那个,除了《请来我家吧》那个综艺还有几期要录制,剩下的都是些零散行程,并不会耽误时间。

邓岚洛又问仲一然:"现在演唱会的安排都是你在跟进吗?你确定演唱会能如期举办?"

仲一然坦然说:"不确定,只能尽量争取。"

"不确定能不能开,还把所有人都叫来排练,累死累活的,最后要是开不成了不是白费功夫?"陆迟歇出声,漫不经心的一句话,却道出了众人的心声。

仲一然看他一眼,说:"公司没有明确说取消,我就会尽力推进,一直等着什么都不做,这个巡回演唱会才一点开的希望都没有。"

陆迟歇动动嘴角,没再接腔,夹了一筷子菜扔凌灼碗里:"吃东西,你还要跳一个下午,别想着吃两口就放下碗。"

邓岚洛问起凌灼:"你跟团的合约到期后,是不是不打算再续了?"

他问了和先前齐良栎问的一样的问题,仲一然皱眉,齐良栎眼巴巴地看着,也还是想听凌灼的答案。

不等凌灼说,邓岚洛接着道:"我问你这个,是因为坦白说现在外头人都在说我们会解散,大家合约也马上到期了,不如干脆都交个底,也好之后大家做其他决定时少些顾虑。"

凌灼:"我不打算再续签了。"

他话说完,齐良栎眼里流露出失望,仲一然没吭声。

凌灼却松了口气,他这几年自认没有对不起其他人,也没有对不起自己当初的梦想,只是走到今天,再勉强下去也没什么意思,他自己难受,他身边人难受,他的粉丝也难受,所以他只能做这样的选择。

邓岚洛点头:"好,这样我们也明白了。"

陆迟歇:"明白什么?交底为什么是凌灼先说?你们觉得,听到他的回答之后你们就可以心安理得地做同样的事,还不用有心理负担是吗?是不是之后被人问起来,还要说一句是凌灼要退团,你们才不得不解散的?"

被陆迟歇不客气地一番奚落,邓岚洛略微难堪,跟凌灼道歉:"抱歉,我不是这个意思,因为你确实是我们团里被人关注最多的那个,所以才想先问你。"

凌灼点头:"我知道,算了。"

邓岚洛:"我也不打算续约了,也可能会去别的公司,正在接触,还没确定。"

齐良栎讪然道:"你们都不续约了,我的决定好像也不重要了,总不能我跟然哥两个人还留下来吧。"

仲一然最终没说什么。

晚上七点,排练结束,凌灼和其他人招呼一声,跟陆迟歇先走。

陆迟歇今天陪他在舞蹈室里待了一整天,他其实挺不好意思,虽然

- 236 -

是陆迟歇自己乐意的。

车驶上夜幕落下后的繁华城市街道，今天是平安夜，街上车流如织，堵车也堵得厉害。

陆迟歇问凌灼想吃什么，凌灼想了想，回答他："累了，回家去吃吧，吃火锅。"

陆迟歇："我叫人去提前准备好。"

他随手发了条消息，凌灼靠进座椅里安静地看窗外夜景，陆迟歇问道："在想什么？"

凌灼转回头："陆哥，平安夜快乐。"

陆迟歇笑了笑。

他们的车子还在排长队等待红绿灯，凌灼的目光又落回窗外，看到街边的花店，心念一动，和陆迟歇说："我下去买点东西。"

陆迟歇："买什么？"

凌灼没回答，拉起羽绒服帽子裹紧，再戴上口罩，下了车。

凌灼难得一次没心疼钱，买了一个贵重的礼物，高兴地捧回来，重新上车，递给陆迟歇："送你。"

陆迟歇扬眉："你送我？"

凌灼："嗯，送你。"

陆迟歇伸手接过去："为什么送我礼物？"

凌灼："哪有那么多为什么，想送就送呗。"

他确实没有想太多，或许是为了感谢这段日子陆迟歇对自己的照顾，就想买一份礼物送给他而已。

陆迟歇弯起唇角，转身将礼物搁去车后座，重新发动车子。

一路堵车，回到家已经过了八点半，吃东西时凌灼顺手开了餐厅里的投屏，今晚会播出来《请来我家吧》第六期。

刚播到他们一行人去马场玩的片段，节目组的镜头很会抓观众喜欢看的点，今晚这期的网络热度又创了新高，全是慕名来围观明星生活的"吃瓜"群众。

凌灼看着有点儿想笑："陆老师这下更出名了。"

陆迟歇："赶紧吃东西，别一直玩手机。"

退出微博之前最后刷新了一次首页，陆迟歇拍了他送的礼物，配字："平安夜快乐。"

凌灼："……"

"你发这个做什么？"

这种照片一发，粉丝们估计又开始狂欢了，陆迟歇："不能发？"

倒也不是不可以，凌灼甚至想点赞，犹豫再三还是忍住了，张静这两天休假，就不要连累她加班了。

他也拍了张自拍发上微博，同样和粉丝说了平安夜快乐。

照片里拍到一半的桌子，评论里有粉丝问他是不是在家吃火锅，凌灼难得好心情地回复："和朋友一起。"

"今天这么高兴？"陆迟歇问。

凌灼搁下手机，随口说："是还挺高兴的，好像什么烦恼都没了。"

在把退团的决定说出口以后，他确实轻松了很多，要是没有陆迟歇帮他做决定，他或许还要犹豫纠结很久。

"陆迟歇、陆哥、陆老师……"凌灼叫着面前人的名字，也不是要说什么，就是想喊他。

陆迟歇笑道："你还真跟网上说的一样。"

凌灼："什么？"

陆迟歇："撒娇怪。"

凌灼摇头："我跟别人不这样。"

陆迟歇："真不这样？"

凌灼："不这样。"

他没有说谎，他在镜头前对着粉丝都很少这样。

之前少有这样放松跟别人相处的时候，唯有在陆迟歇面前，他不用掩饰什么，因为陆迟歇总能一眼看穿他，并且愿意把他当朋友。

被陆迟歇盯着，凌灼拎起啤酒罐，笑着和他轻轻一碰："喝酒啊。"

之后一周，凌灼只有几个零散的行程，到了三十一号那天，又要进行第二次的演唱会排练。

陆迟歇当司机把凌灼送到地方，这次他没跟进去，路上接到他哥的电话，让他回爸妈家一趟。

"我晚点来接你。"停车后陆迟歇说。

凌灼点头，下车后一抬眼就看到不远处同样刚从车上下来的仲一然，对方也正看向他。

凌灼略微尴尬，不知道仲一然会怎么想，多少都有点儿不自在。

"凌灼。"陆迟歇放下车窗喊他。

凌灼回头，陆迟歇推开车门下来，绕过车头走到他身边，把他落车上的围巾递给他。

陆迟歇不放心："我不在你自觉点。"

凌灼："我什么时候不自觉了？"

陆迟歇："你自己清楚我的意思。"

凌灼笑了声，转身进去。

仲一然已经先进了电梯，摁着开门键一直在等他，凌灼进去跟对方说了声"谢谢"。

电梯上升，仲一然有些欲言又止，但见凌灼一直低头盯着手机看，还像在笑，到嘴边的话到底没说出口。

陆迟歇发来微信，再次提醒凌灼今天老实点。

凌灼回复："你又不能盯着我，我做什么你也不知道啊，你专心开车吧。"

上午八点半，人员到齐。

没了陆迟歇在场紧迫盯人，所有人都松了口气。

之后的排练一直很顺利，到了中午照旧几个人一起点外卖。

吃东西时凌灼顺手对着自己点的菜拍了张照片，发给陆迟歇，那边很快回复过来："多吃点，下午别饿着肚子跳舞，我大概五点半去接你。"

凌灼："好。"

齐良栎瞥见他微信对话框上"陆迟歇"三个字，没忍住跟他抱怨："大魔王今天可总算没来了，他是不用工作的吗？怎么总是跟着你啊？"

凌灼："他就是无聊，跟着我来打发时间，也没做别的，不会打扰你们吧？"

齐良栎很想吐槽，哼哼唧唧了几句还是算了。

仲一然默不作声地低头吃东西，邓岚洛看他一眼，问凌灼："我其实也有点儿好奇，他不会另有目的吧？他真的把你当朋友吗？"

凌灼点了点头，没否认。

齐良栎瞪圆眼睛："真的啊？不过灼哥你还是得提防着点他，我还以为你被他绑架了。"

凌灼没忍住笑："什么叫被他绑架了？"

齐良栎："就是被他那张嘴骗了。"

他倒不会怀疑凌灼是因为陆迟歇的背景才跟对方关系变好的，在齐良栎眼里凌灼就不是那种人。

凌灼："他挺好的啊，是你对他有偏见吧。"

齐良栎受不了地摸了摸自己胳膊上起的鸡皮疙瘩："就他还挺好啊？"

邓岚洛也笑了声："我也有点儿没想到，你这种性格，竟然会跟大魔王关系变得这么好，我记得以前我们都还不认识他时，不是还讨论过他吗？当时你怎么说的来着，说他这样的人你见了得绕着走。"

凌灼不太好意思地解释："那也是偏见吧，那时候我确实不认识他。"

齐良栎："灼哥，你就跟他一起拍了部戏，也就几个月吧？"

凌灼："就……缘分吧。"

他自己也没想到，短短几个月，自己能完全把另一人当作朋友。陆迟歇从前说的"心甘情愿"，自己当时不屑一顾，现在才真正相信，陆迟歇确实是有这个自信的，他也确实做到了。

"吃饭吧，别一直说这些有的没的了。"仲一然出声打断他们。

凌灼安静地低了头吃东西，齐良栎和邓岚洛也都闭了嘴。

吃完饭休息了一个小时，再继续排练，一直到傍晚。

休息时间，凌灼去外头走廊接了个电话，陆迟歇打来问他还要多久，说二十分钟后过来接他。凌灼看了眼手表，回答："快了，应该再过半个小时就差不多了，你到了在楼下等我一会儿吧。"

挂断之后他去了趟洗手间，回来在走廊上听到邓岚洛和仲一然的说话声，下意识收住脚步。

邓岚洛问仲一然："刘哥是不是跟你说了，他想带你？"

仲一然："嗯，他说要是我们团真解散了，他想单独带我，让我考虑一下。"

邓岚洛："那也挺好的，刘哥能力还是挺强的，你应该没想离开公司吧？"

仲一然："没有，不想折腾。"

"其实有件事，我想了想还是应该跟你说一声，"邓岚洛的语气犹豫，顿了一下，接着说，"之前LP香水那个代言，我们去拍广告片的那天，我听到品牌商的人偷偷议论，说那个代言是故意给我们团的，言语间还提到尚讯，当时我不太明白他们是什么意思，也没仔细想，直到前几天张寻突然跟我说，他本来以为星耀看上他才挖他走，结果被他无意中知道是尚讯那边跟星耀打招呼，点名要的他。

"张寻高兴得很，还觉得是尚讯那边看上了他，可你不觉得奇怪吗？你的综艺、我的剧都是尚讯投资的，公司里还一直有传言新股东背后也有尚讯撑腰，刘哥也是在新股东来了后仓促间决定不带我们团了，这一件件事情好像都跟尚讯有关。

"仔细想一想，应该是和陆迟歇有关吧？虽然我觉得他这么大手笔，又是注资公司又是给我们塞资源，就为了让我们团分崩离析，还挺夸张的。"

说到最后邓岚洛都似无奈了："他是算准了我们的心思吧，这样的人想想还挺可怕的。队长，你会后悔吗？当时刘哥跟你说新股东对凌灼不满，有意放弃他，你才不敢去见凌灼，如果这些都是那位安排的，你真的不会后悔吗？

"其实我原本没打算跟你说这些，但不说心里总觉得过不去，尤其今天中午凌灼说到他和陆迟歇的事情，我看你挺难受的，才想着还是告诉你一声，至于凌灼那里，要不要跟他说，你自己决定吧。"

仲一然沉默了很久，最后只说了句："先进去吧。"

邓岚洛叹了口气："好吧。"

他们转过身，却看到凌灼就站在走廊拐角后。

凌灼似乎有些怔神，邓岚洛大概没想到会被凌灼听到，神情有些尴尬，仲一然皱了下眉，不等他们开口，凌灼又像是骤然回过神，说："排练要开始了，别磨蹭了，赶紧进去吧。"

他先转身，仲一然下意识喊了他一句："凌灼。"

凌灼脚步没停，快步进了练舞室里。

之后的排练，他一直心不在焉，显而易见地不在状态。

二十分钟后，仲一然提前说了结束，凌灼去拿自己的东西，陆迟歇打来电话，说他已经到了，就在楼下停车场，让凌灼结束了就下去。

凌灼一句话没说，挂断电话。

"我先走了。"

凌灼穿上外套，拎起背包，冲其他人点了点头，先推门离开。

齐良栎不明所以："灼哥怎么了？怎么怪怪的？"

看仲一然绷着脸，邓岚洛摇了摇头，提议道："没怎么，今晚跨年，要不我们一起去吃个饭吧，叫上张寻。"

齐良栎撇嘴："那怎么不叫灼哥？"

邓岚洛笑了笑："也可以啊，要不你给他打电话吧，看他肯不肯去。"

陆迟歇的车停在楼下停车场，他看着显示通话结束的手机屏幕，轻睐起眼。

五分钟后，副驾驶座的门猛地被人拉开，凌灼坐进来，用力带上车门。

"不高兴？"陆迟歇侧头，目光落在他脸上。

凌灼神情冷淡，问他："LP香水从我的个人代言变成团体代言，是你做的？"

- 242 -

陆迟歇先是意外，随即了然，脸上倒不见慌乱，熄了火："你知道了？"

凌灼："张寻去星耀，仲一然和邓岚洛拿到的个人资源刚好和演唱会档期重合，也是你做的？"

陆迟歇漫不经心地应答："嗯。"

凌灼："你还让人收购了海天股份，在这个节骨眼不让刘哥再带我们，就为了让我们开不成这个演唱会？"

陆迟歇："你都知道了，何必再问。"

凌灼："你——"

他的声音拔高，像是生气又极力忍耐着："你还做过什么？之前在微博热搜上曝光这些事，也是你做的？"

陆迟歇坦然承认："是。"

他承认得这么干脆，凌灼更觉一口气提着上不去又下不来："你有意思吗？你现在这是什么态度？你还觉得你做得很对？"

陆迟歇："我做得不对？我不做这些，你什么时候才能知道这个团不适合你？而且我早跟你交过底，我个性就这样，让你做好心理准备，我不会改。"

凌灼："你一句不会改，就可以为所欲为？"

陆迟歇："我为所欲为又怎么样？我做的这些，对你那几个队友没有造成过实质性伤害吧？他们不都捞到了好处？"

凌灼："你根本就是强词夺理！你凭什么掌控一切，随意插手我的事情、安排我周围的人？你把我当什么了？"

陆迟歇沉了声音："你很生气？"

凌灼："我不该生气吗？你根本一点不尊重我！从头到尾只想着达到目的不择手段，要不是我今天知道了这些，你是不是打算一直瞒着我？"

"你生气是因为这个？"陆迟歇嗤笑道，"你其实是因为仲一然吧？"

凌灼一愣。

他用力一握拳："你的目的就是这个？"

陆迟歇："是啊，我看他不顺眼，只能把他从你身边踢开，我现在倒还没把他怎样,他要是还不识趣,我会让他彻底不好过。"

"你少拿他来威胁我,"凌灼气极,"你有毛病,你脑子病得不轻,我眼瞎了才会答应你!"

陆迟歇猛地攥住了他的手腕,沉下脸:"你到现在还执迷不悟?"

凌灼:"关你什么事?"

其实不是,要不是陆迟歇提醒,他到这会儿才反应过来,之前邓岚洛还说了仲一然其实不想脱团……原来是这样,竟然是这样。

陆迟歇死死盯着他,慢慢加重了手上的力气,凌灼被攥得手腕生疼,僵持间,手机铃声突兀响起。

他低头看一眼屏幕,是齐良栎打来的,按下接听键,电话那边齐良栎犹豫地问:"灼哥,我们晚上聚餐,张寻也会来,你来吗?"

凌灼:"好,我还没走,你们在哪儿,我过去找你们。"

看他挂断电话,陆迟歇冷声问:"你要去哪儿?"

凌灼:"我跟队友去吃饭,难道也要跟你报备吗?"

陆迟歇攥得他更紧:"不许去。"

凌灼立刻将人推开,拉开车门下了车。

陆迟歇开车上前,绕到了他面前挡住他,凌灼也不避开,站定在车头前,隔着车玻璃和车内的人沉默对视。

电话打过来,他按下接听键,车内陆迟歇举着手机就这么看着他:"你一定要去?"

凌灼:"一定要去。"

无声对峙片刻,陆迟歇低了声音:"什么时候回来?"

凌灼怔了怔,他甚至已经做好跟陆迟歇打一架的准备,陆迟歇竟然退让了?

凌灼:"吃完饭再说。"

明天是陆迟歇生日,他不会忘了。

又是沉默,片刻后陆迟歇挂断手机,车往后退了一段,重新开上前,绕过凌灼,开向了停车场出口。

凌灼回头，陆迟歇的车已经驶出了地下停车场。

十分钟后，凌灼和齐良栎他们在停车场另一区域会合，三人都在仲一然车上等他。

凌灼拉开车门坐进后座，副驾驶座上的齐良栎回头跟他说话："我还以为你会带陆迟歇来。"

凌灼："带他来干吗，让你们都不自在啊？"

齐良栎笑道："也是。"

仲一然发动车子，车开出地下停车场，往闹市区驶去。

凌灼跟齐良栎说了几句有的没的，靠进座椅里，看着窗外街景发呆，身旁邓岚洛问他："凌灼，你刚没事吧？"

凌灼转回头："什么？"

邓岚洛有点儿不知道怎么说，半天憋出一句："抱歉。"

凌灼摇了摇头，没说什么。

驾驶座上的仲一然自后视镜里看了他一眼，凌灼的目光又转向车外，心情并不好。

他们去的地方，是齐良栎表叔开的一家高档火锅店，齐良栎已经先打电话来订了位子，单独的包间，不会有外人打扰。

坐下先点了菜，等到锅底和菜上齐，张寻也到了，他看到凌灼有点儿不自在，打过招呼后被邓岚洛拉着坐下。

齐良栎点了两箱啤酒，给每人倒上一杯："大家都喝，然哥也喝，晚点让我表叔开车送我们回去。"

说完齐良栎先端起酒杯，一口干了，再一掀杯子道："难得今天我们五个还能聚在一起吃火锅喝酒，我虽然是最小的，但今天各位哥哥都卖我个面子，有什么话就在饭桌上说吧，有不高兴、不痛快的也都摊开来说，都别再憋着了。"

邓岚洛先接腔："好，有什么话都直说，挺好的，免得大家互相猜疑，被外人挑拨。"

他也把酒干了,先和凌灼道:"凌灼,我承认我忌妒过你,甚至无数次想过当初要是我去参加那个选秀,今天会不会不一样,但我也清楚我应该是不可能像你一样的,我的实力不如你,运气可能也差一点,现在这样应该就是最好的结果,其实我一直都觉得我们团里五个人,齐良栎最傻,但你是最心软的那个。"

齐良栎争辩:"我哪里傻了。"

邓岚洛没理他,接着说:"我要是你,一个人带大家在团里还不受重视,我可能会气死,绝对做不到像你这么大度,这一点我远不如你。"

话说完邓岚洛站起来,给凌灼敬了杯酒:"无论如何,之前这三年,确实是你带飞了我们,我得跟你说声谢谢,但以后我还是想跟你比一比,我们年纪都不大,路还长,没准儿哪天我也能弯道超车呢!"

凌灼笑了,接了他这杯酒:"好,那我等着那一天。"

之后邓岚洛又挨个去和其他人说话再敬酒,有了他开这个头,桌上原本有些尴尬的气氛顿时好了不少。

接着是齐良栎说话,这小子挨个夸了一顿,即便对着张寻也夸了他不少好话,张寻笑笑说:"我还以为你这辈子都不打算给我好脸色了。"

齐良栎:"唉,人各有志,我是一时想不开,也不是真的不懂这个道理,我也二十岁了不是小孩子好吧。"

他俩一起把酒喝了,张寻接棒,也挨个说话敬酒,轮到凌灼时,他先道了歉:"之前的事情,我确实有点儿冲动,我的脾气就那样你也知道的,其实是我自己心虚,被人戳穿了才会气得跳脚,把事情怪到你头上,后来冷静下来想想,岚哥说得其实没错,你这种性格软得跟面团一样的人,哪里会做这种事,我确实得跟你说声对不起。"

凌灼也站起来,举起酒杯:"现在轮到我说吧,张寻,我也得跟你说声对不起,不单是你,还有你们所有人,通过舆论针对你们的确不是我做的,但事情也确实跟我有关系,我不想说那个人的不是,所以这声'对不起'由我来说,事情过去了,喝了这杯酒旧事我们以后就再不提了,这样可以吗?"

他先把酒喝了，张寻说了声"好"，也把酒干了，其他人跟上。

凌灼会心一笑，再去跟其他人说话，先是齐良栎，之后是邓岚洛，最后轮到仲一然。

面向仲一然时，他神色稍顿了顿，轻呼一口气，说："队长，这七年，谢谢你，祝你以后越来越好。"

沉默片刻，仲一然起身，接了他这杯酒。

最后一个说话的是仲一然，他先敬了另外三人，再轮到凌灼，沉眼看了对方许久，最终也只说了句："凌灼，也祝你以后越来越好。"

凌灼点点头："谢谢。"

齐良栎和张寻有点儿不明所以，大概也察觉出他俩之间氛围略微怪异，齐良栎开口想问，邓岚洛轻咳一声，转移了话题，笑着和张寻说："张寻你之前不是说后悔退群了吗，今天既然大家都在这里，你想再加进来跟大家表个态啊，大家都同意了就再放你进来。"

张寻一脸讪然，又站起身给其他四个人倒酒："之前是我一时冲动，嘴臭说话不好听，做的事情也幼稚，各位大人不计小人过，原谅我这次，放我回去吧。"

齐良栎轻哼："投票再说。"

所有人都笑了，投票自然是全体通过，当场又把他拉回了小群里。

这一轮轮的酒喝下来，大家都放开了，要翻旧账就一起翻，干脆把过去所有芝麻绿豆大点的事情都翻出来，挑明了说，让其他人来评理，理亏的那个再自罚三杯。

两箱酒喝完又叫了两箱，凌灼酒量不太行，其实已经有些醉了，他起身去了趟洗手间，冷水浇上脸，冰凉的刺痛感让他一个激灵，终于清醒了一些。

看一眼手表，已经九点多了。

陆迟歇几分钟前发来消息，问他什么时候回去。

凌灼瞥了一眼，不想回他，摁黑了手机屏幕。

他在洗手间里呆站了许久，外头有人来敲门，凌灼回神，拉开门出

- 247 -

去,是仲一然。

"我看你在里头半天没出来,担心你身体不舒服,"仲一然说,"你刚喝太多酒了,你酒量不行,别再喝了。"

凌灼看了眼桌上还在边吃东西边喝酒的三人,那架势看着像还能再干几箱酒下肚,他确实不太想喝了,没再去掺和,推开旁边另一扇门,去了外面阳台上。

站在阳台上,冷风一吹,醉酒后的难受劲更消散了不少。

这家餐厅地理位置不错,从这个包间的阳台看出去,外头的城市夜景还挺好看的。

跨年夜,到处是璀璨灯火。

仲一然跟出来,问他:"凌灼,一会儿他们还打算去KTV一起跨年,你去吗?"

凌灼好笑说:"去KTV?台上没唱够啊?"

仲一然:"你去吗?"

凌灼:"我不去了吧,我有约了。"

身边人沉默下来。

凌灼没再说,又安静地看了片刻夜景,想想自己刚光喝酒了东西没吃几口,打算再去填下肚子,转身准备进去,仲一然伸出手拦住了他。

"凌灼……"仲一然喊他的名字,声音发颤。

凌灼抽回手:"队长,你别这样了。"

仲一然:"抱歉,我有些喝醉了。"

凌灼点了一下头,想了想还是决定把话说清楚:"岚洛下午说的话,我确实都听到了,陆迟歇是有做得不对的地方,但他也确实没给过你们实质伤害,张寻去了理想的公司,你和岚洛拿到的个人资源也很难得,就连刘哥都升了职,他做得最不好的,就是舆论针对你们那事,我刚已经替他跟你们道过歉了。"

仲一然黯然道:"我知道,他给了我们机会,但选择是我们自己做的,怨不得别人,我也没那么有骨气现在说不要了。"

凌灼："没必要不要，大家都是成年人了，没必要这样，队长，我是真心希望你、你们，都能越来越好。"

他接着说："至于别的……那晚我在北山公园后面的观景台上等了你很久，后来你没来，陆迟歇来了，无论是什么原因，没来就是没来，我的心情也不可能再回到当时那一刻了。"

仲一然的喉咙动了动，哑声问："真的没可能了吗？"

凌灼："过去了就是过去了。"

仲一然苦笑："之前陆迟歇警告我离你远点，说我跟你才不是一类人，我本来不信，现在倒是信了，你比我坚定得多。"

凌灼："也许吧。"

仲一然："他值得吗？"

凌灼笑了，点点头："嗯，值得。"

听到凌灼这么自然地说出这三个字，仲一然心头微酸，随即又仿佛释然一般："他看起来挺不好相处的，你也别太迁就他了，凌灼，以后对自己好点。"

凌灼："谢谢，我知道。"

说了几句话，他回去桌上继续吃东西。

刚吃了几口，陆迟歇的微信语音打进来，凌灼没接，他心里还有气，陆迟歇这个臭脾气，他必须治一治。

涮火锅的菜又上了一轮，凌灼埋头苦吃，终于填饱了肚子。

陆迟歇的电话再次打过来，这次是视频通话。

凌灼拿湿纸巾擦了嘴，这才起身又去了阳台外，按下接听键。

陆迟歇冷着的脸出现在镜头里，问他："为什么不回消息也不接电话？"

凌灼看他身后一片漆黑，不知道他在哪里，觉得有点儿奇怪，皱眉说："我说了跟队友吃饭，吃完总会回去的，你不停发消息打电话到底要干吗？"

陆迟歇："凌灼，现在回来。"

凌灼："我还没吃好。"

陆迟歇："回来。"

凌灼刚要再说"不"，倏然一惊，视频里陆迟歇往后退了一步，他终于隐约看清楚了，这人竟然站在悬崖边上。凌灼呼吸一紧，语速不自觉地加快："喂，你到底在做什么？你去度假村了？"

陆迟歇的声音仍是冷的："凌灼，你肯不肯回来？"

凌灼又气又急："你在做什么？！你别又发神经！"

陆迟歇："凌灼，我要你现在、立刻回来。"

他的身体慢慢往后倒去，凌灼一瞬间心跳到了嗓子眼："喂！"

视频已经挂断，凌灼顿时心急如焚，回拨过去，那边没有人接。他立刻转身跑回包间里，拎起自己的外套和背包就要走，其他人惊讶地看着他，凌灼只丢下句"家里有急事"，没多解释，匆匆而去。

口罩都是一边往外跑一边急急忙忙挂到脸上的，出了门他随手招了辆出租车，今天是跨年夜车挺难打的，还好他运气不错正巧有车送客到餐厅门口。

上车后凌灼快速报了度假村的地址，司机略微为难，有点儿不想去，凌灼说的地方偏僻又远，回程估计得空载，今晚客流量高峰，跑市区还能多赚点钱。

凌灼急道："师傅你赶紧开车吧，我给你三倍打表价格。"

司机这才兴高采烈地提醒他系好安全带，踩下油门。

凌灼急得不停地回拨陆迟歇的电话，但打不通，片刻后他忽然将手机用力砸进座椅里，弯下腰，捂住了自己跳得过快以致有些疼的心口。

他想起来了，陆迟歇家的度假村山上也有蹦极设备，这人刚才明明是站在蹦极台上。

抬手一抹脸，才发现自己眼泪都掉了出来，更气得难受。

前座的司机师傅几次从后视镜里看他，欲言又止。

凌灼闭了眼，埋头在双膝间，半响没动。

[Part 14]

威 胁

夜里十一点二十分,车停在度假村外,陆迟歇已经安排好人在这里等着。

"他人在哪儿?"上车后凌灼问。

得到回答就在他自己住处,凌灼绷着脸,没再说话。

十五分钟后,凌灼走上小别墅二楼,陆迟歇倚在房间外的露台围栏上,正一边抽烟一边看手机。

看到这人全须全尾地站在这里,凌灼先是松了口气,随即心头怒火又起,忍耐着问他:"大半夜的你到底发什么疯?"

陆迟歇抬眼朝他看过来,眼中情绪晦暗,指间夹着香烟叼在嘴边。

这人已经有很久没抽烟了,自从上次他说了要戒,就再没抽过,今天还是头一次破戒。凌灼拧眉:"你这又是在做什么?发神经好玩吗?"

"凌灼,"陆迟歇叫他的名字,"你过来。"

僵持片刻,凌灼走上前。

走近了又停住脚步,凌灼紧皱着的眉头没有松开:"你为了让我回来,大半夜跑去蹦极台上故意吓我,你觉得这样有意思?"

陆迟歇语气莫名:"跟队友一起吃饭很开心?"

凌灼激动起来:"我不必事事都跟你报告吧?我在外人面前百般维护你,从不说你一句不是,别人说你不好我也帮你找借口,可你是怎么对我的,你就只会凶我、逼我、吓唬我,你的坏脾气一上来就只顾着自己痛快,从来不考虑我痛不痛快,你瞒着我做了那些事,我连生气都不行吗？

"你不道歉就算了，你还反过来跟我生气、发脾气，你有什么资格生气、乱发脾气啊？"

说到后面凌灼哭得几乎上气不接下气，可能上一次被仲一然放鸽子，他都没有这么伤心狼狈过。

"别哭了，"陆迟歇粗声粗气地呵斥他，"丢不丢人？"

凌灼哽咽道："你都不觉得丢人，我有什么好丢人的？是你逼我的，我打不过你，连哭都不行吗？你非要这样，不如我也去跳悬崖算了，让你也尝尝被人吓唬的滋味好不好受。"

陆迟歇抽了几张纸巾，在他脸上胡乱擦了两把，把他的眼泪擦掉，这次稍缓了声音："别哭了。"

凌灼别开脸，吸了一下鼻子，闷声道："我讨厌你这种蛮不讲理的行事作风，你要是永远都这样，我……"

"你怎么？"陆迟歇沉下声音。

凌灼说不出来，他怎么样？跟陆迟歇断交吗？他舍不得。

闭了闭眼，又仿佛泄气了一般："今天晚上我们是五个人聚餐，但是我已经决定退团就不会回头的，你要是不肯信我，我也无话可说。

"我本来打算吃完饭就回来，我记得明天是你的生日，他们说要去KTV跨年，我也没答应，可你故意吓唬我，我真的以为你从悬崖上跳下去了，急得快疯了，回来路上才反应过来你是在玩蹦极，用这种方式吓我很好玩吗？是不是看我为你吓哭了特别有成就感？"

"真的吓哭了？"陆迟歇似乎有些惊讶，盯着他泛红的双眼。

凌灼："你会在乎吗？反正你只图自己高兴就行了，我是生气还是难受，你什么时候真正在乎过？"

凌灼似乎也累了，说完这些后眼睛耷拉下去，没了再说下去的欲望。

陆迟歇沉默，像在思考什么。

掉在床边地板上的手机铃声突兀响起，陆迟歇瞥了眼，是凌灼的手机，张静打来的，不用接也知道为的什么。

- 252 -

陆迟歇弯腰过去，伸手把他的手机够过来，当着凌灼的面关了机，连带着自己的也一起关了机。

凌灼全无反应，陆迟歇道："凌灼，十二点了。"

凌灼的眼睫终于又颤了颤，陆迟歇说："对不起，以后不会了。"

凌灼恍惚地看着他，陆迟歇以为他没听清楚，重复了一次："对不起，以后不会了。"

凌灼："你肯改吗？"

陆迟歇："我会收敛，听你的话。"

凌灼："嗯。"

"好。"陆迟歇又笑了，"凌灼，你怎么这么容易哄？"

他确实欺负人欺负过头了，结果一句"对不起"，就让凌灼瞬间软了态度。刚哭了太久，凌灼眼睛红，鼻尖也红。

凌灼："你是在哄我？"

陆迟歇："不是，'对不起'这句是认真的。"

"你要是一定要我改，我勉为其难试试吧。"陆迟歇说。

凌灼："不用全部改，收敛一些就行，但不能再吓我。"

陆迟歇笑道："好。"

第二天清晨，他们一起下楼，陆迟歇做简单的西式早餐，凌灼趴在料理台边看着。

吃东西时凌灼接到张静打来的电话，张静倒没说什么太严厉的话，似乎犹豫了一下，又改了口："算了，你应该很快也知道了，我懒得说了，这两天元旦，你也行行好让我清净休息几天吧。"

凌灼有点儿莫名其妙，不过张静既然这么说，他也没追问，又保证了一番，挂断电话。

"不知道静姐想说什么。"凌灼嘟哝了一句。

陆迟歇淡定吃东西，似乎并不意外。

吃完早餐，他们又一起去马场里玩了一上午，临近中午时，陆迟歇提醒凌灼回去换身衣服，跟他去见家人。

凌灼问："你妈妈来了吗？"

陆迟歇："不只我妈妈，还有我爸和哥哥姐姐。"

陆家人是特地来给他过生日的，昨天他们特地把陆迟歇叫回家，为的就是这个，本来要留他在家里过完这个生日，陆迟歇没肯，最后一家人才决定一起来度假村。

凌灼："……"

他现在找借口说有事要走还来得及吗？

"你怎么不提前跟我说一声。"凌灼一边嘴上抱怨，一边在衣柜里翻衣服，他之前和陆迟歇来这边度假村，也留了几套换洗衣服在这里。

陆迟歇随手帮他拿了件深蓝色羽绒服，往他身上一比画："就穿这个吧。"

凌灼接过衣服，但没理他。

还是上次去过的那栋山腰上的大别墅，去之前凌灼特地问了陆迟歇："这次到底要见几个人？"

陆迟歇："就我爸妈、哥姐，没有外人。"

凌灼有点儿好奇："你哥哥姐姐都没结婚啊？"

陆迟歇："我姐有男朋友，我哥那种冰冷无趣的工作狂能有人要才奇怪。"

凌灼："……"

陆家的人都在山上别墅里等，来开门的是陆迟歇的姐姐，凌灼跟着陆迟歇喊人，姐姐温和笑着点头："进来吧。"

安昕刚从厨房切了水果来，热情地招待他坐，凌灼跟她问好，和陆迟歇并肩坐下。对面沙发上陆迟歇的父兄眼带打量的意味看向他，凌灼坦然回视，主动跟他们打招呼。

安昕坐下推了推陆父的胳膊："别吓着孩子了，人家跟你问好呢。"

陆父神色平和地点了点头，和凌灼说："你好。"

在他们打量自己时，凌灼其实也在打量他们，陆父看起来挺儒雅的，倒不像个商人，和安昕看着很般配，陆迟歇的哥哥陆璟深和姐姐陆璟清是龙凤胎，都长得像爹，不如陆迟歇和安昕容貌张扬艳丽，但也很出众。

陆迟歇随心所欲，安昕和陆璟清温和大方，陆父和陆璟深则看着有些严肃，这一家人性格各不相同，关系却很融洽，并没有豪门故事里的那些钩心斗角。

陆父问了几句凌灼家里的情况，凌灼一一答了，听到说他爸妈都是大学教授，他妈妈还曾经是陆迟歇外公的学生，陆父看着像是比较满意，语气也亲切了不少。

陆迟歇插话："爸，差不多得了吧，查户口啊？凌灼的情况该说的我不都跟你们说了，干吗还要再问一遍。"

陆父略无奈，陆璟深冷声提醒他："问清楚一点有什么问题？下次你去了别人家，他爸妈问起你的情况，你是不是也打算这么说？"

凌灼赶紧打圆场，冲陆迟歇说："没关系的，我就和叔叔阿姨、哥哥姐姐聊聊天，你别这么多事了。"

除去这一小段插曲，之后的气氛尚算不错，安昕和陆璟清都是话多的，一直在跟凌灼说笑，陆父很少发言，但态度温和，陆璟深看着是最严肃冷淡的一个，基本没说过话，倒也没给凌灼难堪。

吃完饭，安昕送了凌灼一套上次答应的、她签了名的电影碟片合集。

凌灼满心欢喜地收下，跟安昕道谢。

一家人又坐在一起喝茶闲聊了一会儿，陆迟歇被他爸叫去单独说话，安昕和陆璟清去了外头花园里摘花，客厅里只剩下凌灼和哥哥陆璟深。

凌灼有点儿不自在，想着要不干脆自己也去外头花园算了，原本在看书的陆璟深忽然开了口，不咸不淡地问他："你打算跟迟歇绑定发展？"

凌灼一愣，回答："我们没有想着组团，只是考虑可以一起多接些项目。"

陆璟深："干你们这一行的工作变数大、诱惑也多，你觉得能走多远？"

凌灼镇定道："能走多远在于个人，我对自己和陆迟歇都挺有信心的。"

陆璟深:"迟歇脾气不好,他任性惯了,甚至不在意家里人对他的看法,但为了不让你为难,这次竟然低了头,甚至连爸提出让他收心,回来公司帮忙,他也没有拒绝,这应该是他最不想做的事情。"

陆迟歇从楼上下来,喊了他一句:"凌灼,走了,回去了。"

凌灼站起身,看一眼还在淡定看书的陆璟深,想了想去外头跟安昕她们说了声再见,这才跟着陆迟歇离开。

走出别墅,他问起陆迟歇在楼上跟他爸说了什么。

陆迟歇随口说:"没什么,我爸给我生日红包和奖励。"

[Part 15]

教堂

下午三点,陆迟歇还有一个网络直播。

是他经纪人要求的,说他偶尔也要跟粉丝互动一下,好歹是过生日。

陆迟歇自己倒无所谓,连造型都懒得弄,拿定型水随便抓了下头发,裹着羽绒服就上了。

笔记本电脑摆在露台外的桌子上,他有一搭没一搭地跟粉丝说话,随口提了几句之后的工作计划,对不想回答的问题就直接无视。

有眼尖的粉丝注意到他身后的背景,问他是不是在度假村,陆迟歇随意"嗯"了声,转着镜头给大家看了看对面的山水。

陆迟歇:"休假,在这儿玩几天。"

凌灼在摄像头范围外的地方吃点心,也戴着耳机在看直播。

陆迟歇挑着粉丝的留言互动,把那些乱喊"老公、宝宝"的全部略过,凌灼忍着笑注册了一个小号,也发了一条上去。

"有收到满意的生日礼物吗?"

陆迟歇目光在屏幕上一顿,把这句挑出来,念了一遍,意味不明地笑了声:"嗯,今年生日收到了最满意的礼物,至于是什么,你们就别问了。"

后面有人问他昨晚跟谁一起聚会、好不好玩,陆迟歇选出这条,念完问:"你们想知道?"

屏幕上是清一色的"想"。

陆迟歇仿佛故意吊人胃口:"你们不如直说,想看我和谁一起聚会好了。"

喜欢他的粉丝其实也不少，但在他本人面前向来不敢随便说，怕惹恼他，所以弹幕完全被"吃瓜"群众占了，一瞬间全是凌灼的名字。

陆迟歇："对，就是他，还有谁？还有你们不认识的，不说也罢。"

被点名的凌灼很无语，瞪了过去，陆迟歇看了他一眼，轻弯唇角。

弹幕里立刻又有人问他在跟谁笑，身边是不是还有别人，陆迟歇："是有别人，就是不知道他愿不愿意出来跟大家说两句。"

话都说到这个份儿上了，凌灼也不再扭捏，大方挪过身去，出现在镜头前，笑着和大家打招呼。

屏幕里刷他名字的人更多了，直播在线人数又猛增了一拨。

凌灼说了几句话又退开了，把镜头让回给陆迟歇。

陆迟歇继续直播，被问到生日愿望，他说："没想好。"

中午就只和家里人吃了顿饭，他们家的人过生日一般不搞生日蛋糕许愿这一套，吃饭给红包最实际。凌灼昨晚倒是送了生日礼物，但在那之前他们还吵了一架，也没正儿八经过生日。

陆迟歇又说："之前我朋友过生日，说不知道许什么愿望好，于是我帮他许了一个，如果他的愿望能实现，我的愿望应该也能实现，具体就不说了。"

直播结束，凌灼还坐在一旁叼着吸管喝果汁，在陆迟歇目光移过来时眨了眨眼，放下杯子，看一眼手表，已经三点半了，转移话题和陆迟歇提议："我们去外头玩吧？"

陆迟歇："外头？哪儿外头？"

凌灼："北山公园，这几天都通宵开放，冬天人应该不是特别多，我们去看看吧。"

陆迟歇提醒他："很远。"

"开车就是了，现在还早，去吧去吧。"凌灼坚持。

他突然心血来潮想去北山公园，陆迟歇觉得奇怪，不过凌灼说去就去吧，于是起身收拾了东西，进去房间里换衣服。

坐上车时凌灼给杨明发了条微信，他昨天帮陆迟歇订了个蛋糕，让杨明去帮忙拿下。

发完看到队友群里有好几条新消息提醒,顺手点进去看了眼,是仲一然在群里通知大家,刚接到公司那边的消息,他们已经定下的几场演唱会因为政策变动要重新报批,原定的时间肯定来不及了,公司意思是延后,但具体延后到什么时候未定。

群里大家都很茫然,讨论了半天仍是一切待定,到后面所有人都沉默了,虽然早就做好这事会黄的心理准备,但真正到了这一天谁心里都不好过。

凌灼先是意外,随即想到张静早上想告诉他的,大概就是这件事,她那边消息灵通应该早就收到了风声。

见凌灼盯着手机怔神,陆迟歇看他一眼,问:"怎么?"

凌灼把事情说了一遍,陆迟歇一扬眉:"黄了?"

凌灼:"是啊,黄了。"

陆迟歇不以为意:"黄了就黄了吧,到最后不是我从中作梗,是谁都没想到的政策原因黄了,说明这个演唱会注定办不成,是天意。"

凌灼:"你是不是特开心?"

虽然公司只说延期,但马上他们的合约就要陆续到期,后续还有很多变故,这个演唱会基本办不成了。

陆迟歇没打算安慰他:"是啊,特开心,我本来就不想你跟你那些队友一起开演唱会。"

凌灼:"你怎么还在计较这些啊?"

陆迟歇:"凌灼,第一场演唱会意义是不是很特殊?"

凌灼一愣,点了点头。

陆迟歇:"既然这样,我就更计较了,懂吗?"

凌灼瞬间哑然。

"算了,"凌灼无奈地说,"我就是有点儿遗憾演唱会办不成了,跟别的人无关。"

陆迟歇:"不用遗憾,等你合约到期,自己出来单干,想办演唱会随时可以办,想不想开独立工作室?"

凌灼："独立工作室？"

陆迟歇平稳开着车，慢慢说："之前我跟你经纪人提过一次，想帮你把她从海天挖出来，包括你现在团队里用得顺手的人都行，等你跟海天合约到期后就出来开独立工作室，我可以和你资源共享，但你经纪人非说要你自己来做决定，我现在跟你说了，你自己选择吧？"

凌灼："你都已经决定了，就是通知我一声吧？"

陆迟歇："你要想拒绝也可以拒绝。"

凌灼："不拒绝，就这样吧。"

陆迟歇说的这些确实有些出乎他的意料，但也不是坏事，他没有拒绝的理由。

陆迟歇回头看他，凌灼笑了笑："我不介意你帮我安排事情，但你得像这样告诉我一声。"

陆迟歇收回视线，继续开车："嗯。"

进城后先去和杨明约定的地方拿了蛋糕，再继续往城北开。

凌灼看看时间，快五点了，陆迟歇问他要不要找个地方先吃晚饭再去，凌灼："去北山公园附近吃吧，那边也有餐厅，我订了位子。"

陆迟歇："你早就准备好去那里？"

凌灼点了一下头："你去了就知道了。"

北山公园旁有几家大的度假酒店，凌灼订了其中一家酒店顶楼的旋转餐厅包间，他们到时已将近六点。

从包间的落地窗朝外看去，也能看到整座北山公园的全景和另一面远处的城市灯火，视野相当不错。

坐下后凌灼将菜单递给陆迟歇："我没你那么财大气粗包场，只能坐包间里了，你别嫌弃。"

陆迟歇随手翻着菜单："你这是给我制造惊喜？"

凌灼："学你的啊，还不止这个。"

陆迟歇："还有？"

凌灼看一眼手表，六点整了。

整座公园内外四面八方在同一时间有烟火冲天而起，绚烂礼花炸开在已经四合的夜幕下，绵绵不断。

凌灼目不转睛地盯着窗外看了片刻，和陆迟歇说："这烟花还挺漂亮的。"

陆迟歇看看他，又看看窗外的盛景："是还不错。"

火光映在凌灼的黑眸里，他笑意弥漫："那你多看看。"

"凌灼。"陆迟歇叫他的名字。

凌灼笑着转回头，陆迟歇看着他，到嘴边的话忍了忍："先吃东西。"

窗外烟火盛会一直未停。

七点多他们晚餐吃完，夜空仍不停有烟火绽放开。

凌灼提议去后山观景台看，那边视野更开阔一些。结账后得到餐厅送的一朵花，他顺手把花茎折了一半，插进陆迟歇羽绒服内的衬衣口袋里。

走时听到几个服务生议论，说之前没听说今晚会放烟花，而且都持续一个多小时了，看着完全没有停的架势，有点儿出人意料。

"搞这种活动怎么不提前通知？本来今晚客流量还能更好点吧。"

"谁知道呢。"

二十分钟后他们到达观景台，天气太冷这里果然没人，陆迟歇熄火停车，和凌灼一起坐上汽车前方的引擎盖，拆开了蛋糕盒。

他问凌灼要不要吃蛋糕，凌灼一摇头："先等下。"

烟花盛典仍在继续，凌灼看一眼时间，七点四十分，马上就是陆迟歇的确切出生时间了，他在心里倒计时。

十、九、八……

三、二、一。

又一声烟花炸响，天际散开巨大的银色星火雨，拼凑出"生日快乐"四个字，骤然映亮整片夜空，经久不散，也映亮了凌灼含笑的双眼。

凌灼转头小声说了句"生日快乐"。

陆迟歇看向他："这是你安排的？还要放多久？"

凌灼："到十二点。"

陆迟歇"啧"了声:"你提前多久开始准备的,这得烧不少钱吧,现在不心疼钱了?"

"半个月前,"凌灼边笑边说,"是挺贵的,就这一次啊,明年没有了,回头我让杨明把视频和照片发给小钱,让他发社交平台吧。"

陆迟歇:"就为了这个?"

凌灼:"也不是,免得你说我不用心,我真的花心思准备了,还花了很多钱。"

陆迟歇:"特地选的这里?"

凌灼:"嗯,特地选的。"

上一次他们一起在这里看烟花,虽然并非本意,现在想来也是个不错的回忆。

"嗯,"陆迟歇低声应道,"让你破费了啊。"

凌灼:"你要是不喜欢就直说……"

陆迟歇:"谁说我不喜欢?"

情人节当天,T&G 全新香氛 TV 广告上线,同时"官宣"凌灼升级为品牌代言人。

"官宣"微博一出,短短两三分钟转发量过万。

七分多钟的加长版广告片,播放点击量一路上升,"凌灼 荷尔蒙爆棚"的词条以锐不可当之势,冲到热搜第一,紧随其后的是"凌灼 T&G 品牌代言人""陆迟歇 凌灼广告片模特""凌灼陆迟歇搭档感"。

各大娱乐八卦论坛,围绕相关话题的帖子开了一个又一个,粉丝忙着宣传,也有一些网友花样找角度挑事情,唯恐天下不乱。

无论怎样,这次的热度算是赚足了。

凌灼第一时间点开广告视频,从头到尾仔细看了一遍。

他没想到自己在片中是这样的,眼神里有一种热切的渴求、近似痴态的迷恋,甚至颇有些神经质的意味。摄影师很会抓镜头,他的眼神、他某些自己都没有留意的细节动作,被一一放大,蠢动的荷尔蒙气息几乎要溢出屏幕。

视频已经播放到最后一秒,凌灼脸颊发烫,怔怔无言,陆迟歇走过来,伸手在他面前打了个响指。

"发什么呆?"

凌灼回神,无奈说了句:"这个广告片,把我拍得跟个痴汉一样。"

陆迟歇轻声笑,将进度条拖回开头,也从头看了一遍,最后评价:"拍得挺好的,这个广告片听说会全世界投放。"

凌灼:"嗯。"

陆迟歇满意地说:"挺好。"

当天晚上,凌灼受邀参加T&G在本市的新旗舰店开张剪彩仪式。

记者群访时,被问起陆迟歇为什么会成为他广告片中的模特,凌灼大方回答:"原定的模特临时有事,他是被摄影师看中,拉来救场的,也多亏了他,要不这个广告片拍出来的效果未必会有现在这么好。"

被问到他介不介意被陆迟歇抢了风头,凌灼笑着反问对方:"有吗?"

确实没有,广告片中陆迟歇虽然很出彩,但毕竟只有一分多钟的镜头,后半段凌灼一个人的独角戏更吸引人眼球,热搜第一充分说明凌灼在广告片中的表现力超出了预期。

他说:"我和陆老师是好朋友,他做我的广告模特是顺便帮我的忙,就算真的被他抢了风头也没什么好介意的,不过我觉得应该是没有的,陆老师自己也这么说。"

镜头前的凌灼笑容灿烂、眼神明亮,将在场众多记者逗笑。

这个广告片的热度不断发酵,很快带来新的连锁效应,W腕表在考察了大半年之后,正式向凌灼发出合作邀请,但提出希望他能和陆迟歇以双人名义接下代言,会给他们最大版面。

陆迟歇那边同样收到了邀约,并且一口答应下来,张静原本还在犹豫,最后被凌灼几句话说动。

"他们看中我和陆迟歇,一是我俩之前合体宣传的热度已经炒了起来;二是T&G那个广告带来的效应,他们应该就没考虑过给单人代言吧。"

"而且，静姐你知道，我不介意跟陆迟歇捆绑，慢慢让粉丝适应也好。"

于是事情就这么定下了。

签下合同一周后，他们再一起飞去国外，拍摄广告宣传片。

陆迟歇已经进了剧组拍摄新电影，凌灼也接了部新片在为进组做准备，还要抽空筹备自己的个人专辑，抽出几天时间飞国外拍广告实属不易。

这次的广告拍摄却很顺利，他俩一共要拍四部片子，在每部片子里扮演不同的角色上演对手戏，有亲人、有密友……

预留的广告拍摄时间是三天，两天就已全部拍摄完毕，第三天陆迟歇开车带着凌灼，去了这个城市郊区的一处酒庄。

酒庄是他哥在这边投资的，远离城市喧嚣，环境很好，四周被花田包围，空气中的花香酒香浓郁，颇像一处世外桃源。

陆迟歇也是第一次过来，带凌灼一起来品酒。

凌灼不胜酒力，才粗略尝试了几种酒就已有了醉意，被陆迟歇拉着去外头花田里散步。

大片的向日葵花田一望无际，正值花期，开得绚烂，凌灼看着稀奇，问陆迟歇："为什么种这么多向日葵，这个也酿不了酒啊？"

陆迟歇随口说："我不知道，也许我哥喜欢吧，他每年度假都一个人来这里。"

凌灼迷迷糊糊"哦"了声，被陆迟歇带着往前走。

又忽然停了脚步，凌灼推了陆迟歇一下，说："你给我拍张照片。"

陆迟歇："拍照？"

凌灼点头："这里这么漂亮，不拍张照留念可惜了，正好给我粉丝发个福利。"

陆迟歇举着手机随手给他拍了，凌灼接回去看了看，拍得还不错，他挺满意的，连图都不用修，直接发上了微博。

两人走出花田往山上去，山顶有一座教堂，规模很小，看着也有些年头了。

他们进去转了一圈，里头没看到人，角落里立着一架黑色的钢琴，很旧,但擦拭得很干净。

凌灼走过去,随手按了几个键,音都是准的。

他坐下来,抬头笑看向陆迟歇:"我给你弹一首吧,你想听什么?"

陆迟歇倚在钢琴边:"随你。"

凌灼想了想,双手搭上琴键。

琴声温柔缠绵,凌灼嘴上跟着轻声哼唱。陆迟歇安静地听,他已经听出来了,这是当年他第一次在酒吧里听凌灼唱歌,凌灼边弹边唱的那一首。

一曲终了,凌灼再次抬眼,笑问他:"好听吗?"

陆迟歇:"你记得?"

凌灼:"你之前说了,我后头仔细想想就记起来了,我没弹错吧?"

"嗯。"陆迟歇笑了一下,"走吧,去后头看看。"

从教堂后门出去,是一片宽阔的草坪,这里人却不少,有牧师在主持一场婚礼。

新娘新郎正宣誓并交换戒指,凌灼盯着看了片刻,转头和陆迟歇说:"我们运气挺好的,赶上这种喜事。"

之后是庆祝派对,新人热情地邀请他们一起参加。

草坪上摆着白色三角钢琴,比教堂里的那架好不少,凌灼坐上去,为新人弹奏了一首婚礼祝福曲。

甜蜜轻快的钢琴曲自他指尖下流淌而出,凌灼的神情格外专注享受,落日余光洒在凌灼脸侧,染上细碎发尾,仿若温柔的爱抚。

凌灼今天很高兴。

后面他们又喝了酒,酒是从山下的酒庄里买的,凌灼抿了一口,和陆迟歇说:"比你给我调的好喝啊,你是不是私藏了?"

陆迟歇:"是你现在心情好。"

凌灼点点头,可能吧,他确实被这里的欢乐气氛感染了,心情飞扬。

天际的夕阳余晖还剩最后一缕,四周亮起了星星点点的灯火。

他们沿着另一边的山间小径下山,草坪上的音乐声逐渐远去,喧嚣渐散。

[番外一]

初 见

陆迟歇进酒吧时,正好晚上九点。

约他的几个朋友早就到了,正在边玩骰子边喝酒。

"你怎么来得这么晚?这才几点就不愿出门?来来来先喝两杯再说。"

酒吧里闹哄哄的,烟酒味呛人,音乐声更是震耳欲聋。陆迟歇坐下,有些心不在焉,接过朋友递来的酒慢悠悠抿了一口。

金黄色的液体倒进嘴里,再顺着喉咙慢慢滑下,陆迟歇拎着杯子神色冷淡,看着对什么都兴致缺缺,也没有参与朋友的玩乐。

"心情不好?"身边坐的人凑过来,又递了杯酒给他,"要玩两把吗?"

陆迟歇没什么兴趣:"你们玩吧。"

他确实心情不大好,下午回家父兄又提起要他回公司,最后不欢而散。

他自己选的路其实也没太大意思,剧拍了几部,投资方就是自己家的公司,要什么资源都是他一句话的事情,自由确实自由,可他也未必就真的喜欢。

就好像,什么都可有可无。

耐心告罄之前,震天响的音乐声终于停下,前方台上打下一束聚光灯,陆迟歇漫不经心地抬眼,站在台上的不再是酒吧 DJ,换了个目测不到二十岁的男生,简单的 T 恤搭配牛仔裤,黑色短发利落,眉清目秀。

男生双手搭在电子琴上,开嗓清唱了一句,四周浑浊沉闷的空气一滞,清亮嗓音穿透混沌,如清风徐来,场中醉生梦死的听客们停下躁动,渐安静下来。

男生边弹边唱,神色沉静,仿佛与这里的污糟喧闹格格不入,却又奇异地吸引了所有人的目光。

陆迟歇也在看台上人,男生的歌声似远似近,逐渐安抚了他烦闷不堪的心绪。

酒水慢慢滑下喉咙,他始终盯着那一个人,周遭的一切都被摒除在外,在那一个微妙的瞬间他被震撼了。

一首歌结束,男生抬头,眼神明亮,在聚光灯下微微一笑,转身下台。

魔法时间终了,沉寂不过片刻的酒吧重归喧闹,音乐声更响。

还有人在议论刚才的男生,陆迟歇喝下杯中最后一口酒,搁下酒杯,拎起自己的外套起身,身边朋友诧异问他:"你就要走?这才几点,你才来了几分钟啊?"

"走了。"

陆迟歇一挥手,晃了出去。

在酒吧门口,又看到了之前唱歌的男生,他被两个女生拦下搭讪,想要联系方式。男生态度温和,但没给,拒绝之后一个人走了。

陆迟歇站在路边点了根烟,看着男生背着包的背影走远,他眼睛里火光明灭,半晌没动。

再来这个酒吧,是一周以后。

吃完晚饭一个人无聊开车在大街上漫无目的地闲逛,经过酒吧门口时陆迟歇停了车,下车独自走进去。

酒吧里照旧喧嚣嘈杂,他去吧台边坐下,点了杯饮料,随意朝台上瞟了眼。

半个小时后,有人上去唱歌,很普通的一个男生,唱着没什么营养的口水歌,不是上次见过的那个。

陆迟歇听了一句便没了耐性,问调酒师:"上次你们这儿唱歌的那男生呢?"

调酒师:"就台上这个啊,他是这附近音乐学院的学生,在我们这儿驻场,每周来三个晚上。"

陆迟歇:"不是他,另外一个。"

调酒师:"没有吧,就他啊。"

调酒师说了两句,去忙着招呼别的客人了。等了半个小时,始终没再见到人,陆迟歇没了兴致,搁下杯子,转身离开。

出门又在街上逛了两圈,没什么意思,打算回去时接到他姐的电话,陆璟清晚上在附近酒店应酬,司机有事请了假,所以她让陆迟歇去接她。

二十分钟后陆迟歇把车开到他姐说的酒店门口,陆璟清让助理安排其他员工打车回去,自己上了陆迟歇的车。

陆迟歇问她:"喝多了?"

陆璟清脱去高跟鞋,解放自己的双脚,抬手揉了一下肩膀:"还好,有点儿累而已。"

陆迟歇发动车子:"你不是交了男朋友,怎么不让男朋友来接?"

陆璟清不以为然:"男朋友这种东西就是生活调剂品,我哪次见他不是光鲜靓丽地去,这么狼狈的样子干吗给他看。"

陆迟歇:"这样谈恋爱有意思?"

陆璟清笑了一下:"你不懂,除非你想跟那个人彻底定下来,否则不必急着把真面目展示给对方看。"

陆迟歇也笑了笑,不知是赞同还是不赞同。

陆迟歇又随口问了一句:"你怎么认识他的?"

陆璟清:"一场酒会上认识的,算一见钟情。"

陆迟歇:"一见钟情?"

陆璟清:"是啊。"

陆迟歇:"一见钟情是什么感觉?"

陆璟清认真想了想,回答他:"看到他的一瞬间心跳加速,不过当

- 268 -

时人太多了，没问他要联系方式，以为错过了，后来才又在一次朋友聚会的时候再碰到。"

陆迟歇："以为错过了的时候没找他吗？"

陆璟清："有什么好找的，缘分这种东西要真的有，肯定还会再来，当时也只是有点儿感觉而已，谁知道是不是可有可无的，第二次再见到人，感觉依旧在，才确定了关系。"

陆璟清话说完，转头笑看向自己弟弟："怎么突然对这个好奇了？有喜欢的人了？"

陆迟歇平静开着车，目视前方沉默片刻，说："不算，只是欣赏一个人的歌声。"

原本还想找人的心思，在这一刻忽然就淡了。

以后再说吧。

"有没有过特别难忘的时刻？"

某次接受杂志专访，被问到这个问题，陆迟歇到嘴边的"没有"转了个圈，忽然想起几年前的那家酒吧、那个男生，改了口："有。"

再被问到更细致的对象、地点和时间，他又恢复了那副散漫模样，弯起唇角："无可奉告。"

还是有点儿遗憾的，以为能再碰到，结果没有。可惜过了这么几年，再去找似乎也没了必要。

杂志刊发那天，经纪人拿了几个剧本来让他挑。

正玩飞镖的陆迟歇不怎么上心，随手撕下剧本封面，钉在墙上，手里捏着飞镖，退到十米开外的地方，背过身。

经纪人对他的不正经早习以为常，翻着杂志问他："你这段访谈被贴到网上了，你的粉丝都在猜你最难忘的时刻发生了什么事，遇到了什么人，怎么突然想到说这个？"

陆迟歇："实话实说。"

经纪人："真有啊？"

陆迟歇："有。"

飞镖在空中划出一道弧线，倏地钉在其中一张封面纸上。

经纪人过去看了眼："'大女主'玄幻剧，班底还不错，不过你不需要给别人抬轿，这个剧本我拿来凑数的，要不算了吧，再挑一个。"

陆迟歇："就这个吧，懒得再挑了。"

经纪人："不再考虑考虑？"

陆迟歇："没必要。"

经纪人："行吧，你自己乐意就行。"

离开之前，经纪人顺嘴多问了他一句："我其实也很好奇，究竟什么人能让你念念不忘？"

陆迟歇："忘了。"

经纪人："忘了？"

陆迟歇："也许下次再见到能想起来。"

经纪人怀疑地看着他："你其实是随口胡诌的吧？"

陆迟歇："真不是，要真能再见到他，我再回答你这个问题。"

经纪人还是觉得他在开玩笑，嘴上顺着他说："那行吧，祝你好运。"

陆迟歇笑了笑："但愿。"

这个话题陆迟歇经纪人没有当真当回事，直到两个月后，陆迟歇进组翌日请假去外地拍广告，他陪同一起，飞机上陆迟歇翻着手机，忽然笑了一声，告诉他："他很有趣。"

经纪人："谁？"

陆迟歇的手机屏幕上是同组男二号——那个偶像的舞台照，经纪人看着他微眯起眼，像在回味什么极有趣的事情。

经纪人："凌灼？"

陆迟歇："嗯，他叫凌灼。"

当时的感觉还在，比当年更强烈。

这次不会再留遗憾。

[番外二]

解 约

年中时,凌灼与海天和平解约,提前了半年的时间。

海天现在最大的股东背后是尚讯,有陆迟歇开口,这事没遇到什么阻碍,凌灼很快恢复了自由身,带走了以张静为首的团队数人,组建起自己的独立工作室。

事情告一段落后,凌灼发了一条长微博,感谢了前东家和曾经的队友,并且展望以后。

早在年初张寻脱团跳槽时,Sparkle Bomb组合就已名存实亡,随着之后邓岚洛、凌灼相继离开,到了今天官方微博终于不得不正式宣布解散。欢天喜地的人很多,埋怨遗憾的也有,但无论怎样的声音凌灼都已无意多看,心头大石终于彻底落地。

他这段时间很忙,第一季度张静又给他接了部新剧,才刚杀青;《焚情》会在暑期档上线,需要配合宣传;下半年则要专注做音乐,筹备个人专辑和演唱会。

《焚情》是凌灼的第一部剧,又是和陆迟歇一起拍的,虽然只是男二号,他自己却很看重,到了上线当天转发完宣传微博,甚至紧张得一遍一遍刷新预告视频,盯着观众的留言和弹幕。

"别看了。"

陆迟歇提醒他:"晚上才正式上线,你现在刷这个有什么用?"

凌灼神色讪然,也有点儿不好意思:"我担心演得不好。"

陆迟歇:"你想太多了。"

剧是"扑"是"爆",其实看前三天的热度走势就能看出个大概。

这部剧宣传费用高,营销得猛,总体反馈也算是在预期之内,正面评价如剧情、"服化道"、特效水准都颇高,男女主角演技均有一定水准,情侣感也有,几个主要配角包括第一次演戏的凌灼演技都不拖后腿,他的颜值更是加分项。当然也有不好的声音,挑剔配角加戏的,嫌弃改编过多丢弃了原著精髓的,总归是不能让所有人都满意。

无论怎样,随着剧集播出,热度总体呈现上升趋势,势头算得上一片大好。

剧开播一周后,是全体主创人员第一次参加的媒体和粉丝见面会。

在这之前凌灼已单独做过几次宣传访谈,但这部剧的宣传重心还是在喻菲和陆迟歇身上,他俩光双人采访就有好几次,片方努力推男女主角,至于效果,见仁见智。

戏外,片方和喻菲也想多跟陆迟歇绑定宣传,但陆迟歇不配合,便弄得有些不冷不热。

挑选去见面会的衣服时,凌灼想起这件事情,顺嘴和陆迟歇提了:"毕竟是剧宣传期间,你好歹给别人点面子吧,不要做得太过了。"

陆迟歇看着他,语气别有深意:"你想我跟别人炒作?"

凌灼:"不是那个意思,就这段时间宣传而已,你就算不配合他们,也别故意唱反调,安分一点。"

陆迟歇不以为然:"到时候再说。"

凌灼略无奈:"其实要不是我,这部剧真能大爆的吧。"

"想太多了,你以为有几个人每天上网盯着男女主角私下互动看,大众市场根本不在意这个,能不能'爆'单看剧的质量,别平白给自己找一口大锅。"

陆迟歇话说完,扳着凌灼肩膀让他转回身,面朝身后柜门上的镜子,随手从一旁的饰品架上挑了根项链,在他脖子上比画一下:"戴这个不错。"

凌灼看了看,没什么所谓:"眼挑花了,还是让造型师来吧。"

陆迟歇垂眸低声笑。

见面会当天，凌灼特地戴上了陆迟歇选的项链，其实没什么特别的，但造型师给他挑搭衣服的首饰时，他顺手就拿了这个。

整个见面会同步进行网上直播，主创人员各自发表感言，然后表演节目、玩几个小游戏，再和观众互动，最后还有媒体群访，一整场下来也得两个多小时。

在粉丝提问环节，被问到当初为什么会选择这个角色，陆迟歇语气一顿，没有立刻回答，吊起了所有场内和线上直播里观众的胃口。

最早官方宣布陆迟歇接下这个角色时，就有各种传言，其中流传最广的一条，说陆迟歇是为了女主角喻菲才接的这部剧，不管这个传言是哪方放出来的吧，一开始确实有不少人相信；另一种说法跟着传开，说陆迟歇进这个组其实为的是凌灼，虽然凌灼不是很明白陆迟歇这人到底是怎么让媒体产生这种误解的。

陆迟歇终于开了口，反问众人："你们觉得我为什么选这个角色？"

台下尖叫声一片，直播弹幕里也在疯狂刷屏，有凌灼的名字，有喻菲的名字，还有剧中其他演员的，哪家粉丝都不甘示弱。

陆迟歇收敛笑意："别开玩笑了，工作是工作，私人感情是私人感情，我分得很清，不会混为一谈。"

凌灼听懂了，他其实是在澄清剧中情侣搭档是假的，只是工作而已，但没有说得太直白，好歹给人留了面子。

陆迟歇也不管其他人听没听懂，接着道："至于为什么选这个角色，之前也有人问过我，我给他的答案是扔飞镖选出来的，就是这样。"

主持人笑得夸张："真是扔飞镖选出来的啊？"

陆迟歇："经纪人先给把了关，我自己无所谓演什么，不过我也有通过试镜，不是你们以为的想演什么就演什么。"

主持人继续笑问他："那么你现在觉得演这部剧收获大吗？有没有后悔当初的选择？"

陆迟歇："挺好。"

至于好在哪里，他显然不会再说下去。

凌灼松了口气，陆迟歇确实听进了他的话。

这次见面会上陆迟歇难得表现得颇为绅士，虽然挑明了自己把私人感情和工作分开，但与女主角进行双人演出和游戏时都很配合礼让，没给人挑刺的机会。

喻菲团队那边也挺满意，他们倒也不一定说要绑定，唯一希望的是宣传重点能在女主角身上，不至于被抢了风头，喻菲也投桃报李，之后几次在镜头前提起凌灼，以前辈口吻夸赞他努力、勤奋、有天赋。

凌灼对此略心虚，事后问陆迟歇为什么喻菲示好的方式是夸他，陆迟歇笑笑反问他："你是真不知道还是装不知道，你真以为剧组里其他人不知道咱俩关系好吗？"

凌灼无言以对。

剧播了两个多月，热度一路走高，播放量也创了新高，"先网后台"的模式，上星收视率也非常不错。一众主演和主要配角均从中收益不少，于陆迟歇和喻菲而言，这部剧只能算锦上添花，但对第一次出演电视剧的凌灼来说，确实收获很大，不但演技得到了大部分观众的认可，他还有了影视方面的成绩。

片邀一时间纷至沓来，张静几乎挑花了眼。

原本凌灼就不愁资源，但张静也不希望他和陆迟歇彻底捆绑，独立才能有更长远的发展。

不过凌灼自己还是更想做音乐，下半年本已计划好将所有精力都放在音乐上，张静有意劝他至少再接一部剧，还想让陆迟歇去做说客，陆迟歇听完却说："算了吧，他喜欢就好，他自己更喜欢音乐，何必勉强他。"

张静略感意外，陆迟歇竟是这个态度，陆迟歇说得理所当然："静姐你提醒我的，让凌灼自己做决定，凌灼才二十三岁，急什么，让他多做些尝试没什么不好。"

张静被说服了，这是第一次她真正觉得和陆迟歇做朋友似乎还不错。

这段对话后来凌灼是从张静那里听说的,当时张静顺嘴感叹了一句:"陆迟歇这小子对你还挺真诚的,值得交。"

凌灼听罢,笑意沉进眼底:"我知道。"

[番外三]

演唱会

十一月中，凌灼首张个人数字专辑上线，销量一路高歌猛进，短时间内连破数个纪录。

他的首次个人演唱会的时间地点也正式"官宣"，十二月底至一月初连续三场，在三座不同的一线城市。最后一场举办时间恰是元旦，也是陆迟歇二十六岁生日当天。

这两个月凌灼每天除了泡录音棚就是舞蹈室，所有时间和精力都用在筹备这次的个人演唱会上，可谓废寝忘食。

晚上陆迟歇来舞蹈工作室接他时已经过了九点，凌灼仍在练舞室里挥汗如雨。

陆迟歇进门，倚墙边看了片刻，没有出声打扰，在凌灼说还要再来一遍时，他才抬手敲了敲墙壁。听到声音凌灼转头看过来，见到他略微意外，停下走向他。

"你怎么来了？"

陆迟歇："你就算自己不想休息，别人也要休息，都几点了，今天到此为止吧。"

凌灼看一眼时间，竟然已经快九点半了。

离演唱会还有最后三天，这一周他几乎都住在了这间舞蹈工作室里，明天就要去第一场举办地的城市先进行彩排，心情有些紧张，才会想一遍一遍重复练习。

被陆迟歇这么一提醒，凌灼有些不好意思了，赶紧和已经累得够呛的一众伴舞道歉，原地解散。

跟着陆迟歇走出门，才觉外头又降了温，凌灼裹紧身上的羽绒服，问身边人："你今天怎么有空来？"

陆迟歇十月初进了新的剧组，这部戏要拍到明年春节前，片场虽然也在本地，但他是男主角，戏份重，他俩这两个月最多也就每周见一面，这次更是隔了近十天没见面。

"你明天不是要飞？来陪你一晚。"坐进车中，陆迟歇发动车子，开了暖空调，车内温度逐渐上升。

凌灼目不转睛地看着陆迟歇硬朗的侧脸轮廓，说："对了，你收到我给你的邀请函了吗？"

他的演唱会邀请函，发了十几份出去，有前队友、业内好友，也有陆迟歇。邀请函的卡片和内容都是他自己精心设计、亲手写下的，给陆迟歇的那份更特殊一些，今早他特地让杨明跑了一趟郊区片场，帮他送过去。

陆迟歇笑了笑："嗯，在扶手箱里。"

凌灼从扶手箱里翻出那张天蓝色的邀请函，卡片背面是他洋洋洒洒的钢笔字，邀请陆迟歇来观看他元旦那天晚上在这座城市的演唱会收官场，落款是他的签名。

凌灼问他："那你来吗？"

陆迟歇："有空会去，不一定有时间。"

凌灼："尽量来吧。"

陆迟歇转头看他，凌灼轻咳一声："我的首次个人演唱会，你都不来捧个场啊？"

陆迟歇："逗你的，我肯定会去，你就算不给我发邀请函我也会去。"

凌灼放下心来："那你记得准时来啊。"

陆迟歇扬了扬眉。

他没有多问，顺手按开车内音响，播放的正是凌灼新专辑里的歌。

这张专辑几乎由凌灼一手操刀制作，他花了很多心思和精力，尝试了多种不同的风格，每一首歌都是他自己写的，有几首甚至几年前就写好了，一直没机会展示，重新润色完善后全部放进了这张专辑里。

不少资深音乐人都对他这张专辑评价颇高，其中还有一两首歌爆火，专辑销量一直在稳步上升，努力有了回报，心血总算没有白费。

"你车里一直放这个啊？"凌灼问他。

陆迟歇："在片场休息时也会听。"

凌灼："不至于吧。"

陆迟歇："你歌好听，有什么不至于的。对了，我听杨明说你还在录制新歌，专辑不是刚发的？"

凌灼支吾地应了一声："明年春天打算发张单曲，特地没放进专辑里的。"

他没有细说，陆迟歇虽然觉得有些奇怪，也懒得多问："想吃消夜吗？"

凌灼："不了，回家吧，我明天一大早的飞机，今晚想早点睡。"

隔天清早他们一个飞外地、一个回片场，送凌灼出家门前陆迟歇叫住他："半个月后见。"

凌灼再次提醒："你记得要来看演唱会，别迟到。"

陆迟歇："一定。"

之后两周多的时间，凌灼辗转两个城市。

两场演唱会办得十分成功，满场火焰红都只为他而来。最初那个懵懵懂懂的梦想终于实现，他站在了最华丽的舞台上、最明亮的聚光灯下，有无数人为他欢呼喝彩，即使孤身一人，也并不孤单，因为他有那么多真心喜爱他的粉丝，他还有陆迟歇这个朋友。

元旦前两天，凌灼带着演唱会团队回到自己的城市。

最后的收官场即将到来，这一场规模最大，八万人次的场子门票全部卖空，现场安排了众多媒体位置，会大肆宣传，他的朋友都会在这一场前来观看。

稳如张静也难得有些紧张，一再提醒凌灼上了台别出岔子，这一场一定要发挥好，凌灼自己反而比较淡定，笑着安慰她："没事的静姐，你看着就是了。"

张静："这场你多加了一首歌？这是新歌？"

凌灼："嗯，打算等下次作为特别单曲发行的新歌，今天是首唱。"

前边场馆内，嘉宾席上已陆续坐满人，陆迟歇下午才请假从剧组出来，到了之后没去打扰凌灼，直接来嘉宾席坐下，等待开场。

和其他认识的嘉宾打过招呼，转头就看到仲一然他们几个过来。凌灼这几个前队友约着一起来的，他们的位子就在陆迟歇附近，坐下后齐良栎先叫了他一句："大魔王，你也来了啊？"

陆迟歇随意道："你们不也来了？"

邓岚洛小声说了句："今天似乎是他的生日。"

齐良栎："谁？"

邓岚洛冲陆迟歇的方向努了努嘴："那位啊。"

齐良栎"啊"了一声，张寻摸了摸鼻子："难怪凌灼特地选这大冷天的开演唱会……"

只有仲一然一直没吭声，平静地打量着前方舞台，最后提醒了他们一句："开始了，别说话了。"

场馆内灯光骤暗，激烈鼓声从四面八方传来，然后是炸开的礼花配合着音乐声响，前方舞台上的五彩射灯快速交替变幻，光影层叠，立于舞台中央的身影逐渐显现出来，先以一句嘹亮清透的高音开嗓，紧接着是一段荷尔蒙全开的舞蹈秀，瞬间"燃爆"全场。

满场尖叫，排山倒海、震耳欲聋。

嘉宾席上，众人跟着粉丝一起欢呼鼓掌。

陆迟歇手里握着刚进来时顺手拿的红色荧光棒，为舞台上的那个人举手欢呼。

整整两个小时，凌灼全情投入，唱到热汗交织、汗如雨下，以近乎完美的表现，为收官之场画上了一个完满的句号。

舞台灯光暗下后，满场粉丝犹未尽兴，大声喊着"安可"，一遍又一遍。

凌灼返场唱了两首歌，结束之时，他转着圈向坐于场中每一个角落的粉丝鞠躬，无数人泪流满面，一声一声喊着他的名字。

第二次的"安可"，仍有人不死心，想要凌灼回到舞台上。

五分钟后，全黑的舞台中央忽然打下一束聚光，缓缓升起的升降台上，凌灼换了一身简单的纯白色高领毛衣、牛仔裤，坐在三角钢琴前。

尖叫声再起，大屏幕上的凌灼眼神温柔、笑容明亮，待到尖叫声稍微平静，他才慢慢开口，语中带笑："很久以前我就梦想着能开自己的演唱会，为今天也准备了很久，中间有过很多波折，好在一直有你们的支持和陪伴，这三场演唱会才能顺利开完。"

"不知道我的表现你们还满意吗？"听着台下大声喊"满意"的回答，凌灼又笑了声，"满意就好，我今天很开心，也希望大家都能开心。

"最后这首歌，送给我的朋友。"

他没有多说，手指搭上琴键，温柔钢琴声自他指尖下流淌而出。

满场听众都在这一刻下意识地屏住了呼吸，凌灼边弹边唱，钢琴声衬着歌声，缱绻缠绵，所有不能宣之于口的情感都藏在其中。

嘉宾席上，陆迟歇和周围无数人一起安静聆听，无声弯起唇角。

他其实早有预感，这是凌灼精心为他准备的、只送给他的独一无二的生日礼物。

凌灼用这样的方式，给了他这一场最盛大的生日会。

[番外四]

梦 想

晚上六点，陆迟歇走进录音棚，凌灼已经趴在桌上睡着了，手边是填了一半的歌词本。

他睡得很沉，过长的额发遮了半边脸，发丝随着他平稳的呼吸轻轻颤动。

陆迟歇伸手帮他拨开，看到了他眼下的一圈青色，不禁皱眉。

整整三天，凌灼一直窝在这里工作，为自己的首张个人专辑做准备。

他今天要是不来，这小子怕是打算继续在这里常驻下去。

陆迟歇没有吵醒他，在一旁的沙发上坐下了。

半个小时后，凌灼在睡梦中察觉到双腿酸痛难忍，终于悠悠转醒。揉着小腿肚慢慢睁开眼，恍惚中他看到靠在沙发上玩手机的陆迟歇，愣了愣。

陆迟歇收起手机，倾身过来，手指在他额头上弹了一下："还没睡醒啊？"

凌灼终于回神，捂着自己的额头看向他："你怎么回来了？不是在拍戏吗？"

陆迟歇道："不回来还不知道你把这里当成了家，在这里窝几天了？需要这么拼命吗？"

凌灼有一点被抓现行的心虚："我就是想做好……"

"我知道，首张个人专辑，很重要，"陆迟歇点头，"但是凌老师，身体才是最重要的吧？"

凌灼无话可说，看了眼时间，顺手收拾了一下桌上的东西。

陆迟歇随口问他："我看你这首歌只写了一半，没灵感？"

"嗯，"凌灼轻吐一口气，"改了很多次，还是感觉不对。"

"感觉不对就先放一放，走吧，去吃饭。"陆迟歇提醒他。

凌灼没有异议，陆迟歇都回来了，就算他还想留下来工作，这位大少爷性格的人也肯定会把他强行拉走。

车开出去，陆迟歇问身边人想吃什么，凌灼疲惫地靠进座椅里："随便吧，你决定。"

"现在觉得累了？"陆迟歇数落他，"要不是我去找你，我看你晚上这顿饭也打算省了吧？"

凌灼轻咳一声，岔开话题："你怎么提前回来了？不是还有两天才杀青？"

陆迟歇笑了笑："凌老师，你真的一点儿都不关心我的消息啊。我这部戏提前杀青了，今天微博上铺天盖地的相关新闻，还上了热搜，你不知道？"

凌灼掏出关了一整天的手机，尴尬地解释："没开机。"

陆迟歇知道他这毛病，只要一写歌就喜欢把自己与世隔绝，要不是问他助理，陆迟歇也找不到他。

"下次别这样，手机可以调静音，但是别关机，我给你打了好几个电话，还以为你出了什么事。"

陆迟歇的语气难得并不霸道，只有关心，凌灼看着弹出来的他下午发的十几条消息，有些不是滋味："抱歉。"

陆迟歇道："算了，下次改正就行。"

凌灼认真点头："好。"

之后他们找了家餐厅吃饭，单独的小包间，吃饱的凌灼终于来了精神，兴致勃勃地和陆迟歇说起自己新专辑的创作理念。

说到一半见陆迟歇一直在笑，但不接话，凌灼的声音顿了顿，问："你是不是对这个不感兴趣啊？"

陆迟歇坦然说:"不是不感兴趣,是不太懂,我要是随便插嘴,说错了不是贻笑大方?"

"平常也没见你脸皮这么薄,"凌灼嘟哝,"而且这里又没有别人,你有什么想法可以随便说啊。"

"凌灼,"陆迟歇问他,"我对做音乐一窍不通,跟你没有共同话题,比不得别人,你会失望吗?"

凌灼没想到陆迟歇会突然说这种话,顿时又笑了:"陆老师,原来你也有这么不自信的时候啊?"

"你觉得我会?"陆迟歇不以为然,"大不了我去钻研钻研就是。"

他的回答完全不出凌灼意料,陆迟歇就是这种人,有着绝对的自信张扬,不懂的东西他可以学,而且肯定能学得不错,所以他是不可能自卑的。

凌灼笑道:"倒也不用特地去钻研,门外汉有门外汉的角度和标准,不一定非得是专业人士才能提意见,我没觉得跟你没有共同话题。"

"那就让凌老师见笑了。"

既然凌灼不介意,陆迟歇便随意地说了起来,他站在一个普通听众的角度,给凌灼提出建议,虽然确实没什么专业度可言,细听下来也不是完全没有收获。

陆迟歇天马行空的跳跃思维是凌灼所没有的,他提出的一些细节方面新颖独特的设计概念,给凌灼的启发性还不小。

吃着东西闲聊,一顿饭吃完已经是八点多了。

陆迟歇去前台买单,凌灼戴着口罩和鸭舌帽在餐厅外面等,低着头玩手机时,有人过来跟他搭讪:"请问……"

凌灼抬眼,面前是四五个年轻女生,与她们目光相接的瞬间,有人脱口而出:"你是凌灼吧!"

纸和笔很快送到了他面前,女生们兴奋地说是他的粉丝,希望他能给签个名。

凌灼一贯不会拒绝人,尤其面对自己的粉丝时,已经被认出来了,他也不好否认,但没有接对方的纸,从自己包里翻出了几张之前塞进去的签名照,送给她们:"不好意思啊,名字我不能随便签,这个送给你们吧。"

女生们愈加激动,拿了签名照也不肯走,围着他你一句我一句地说话。

这边的动静很快吸引了其他路人,这家餐厅是网红店,这个点儿排队的人依然很多,又是在闹市街头,等到凌灼回过神,他已经被人里三圈外三圈地围了起来。

正尴尬不知所措时,他的手腕忽然被人扣住,立刻便想挣脱,余光却扫到陆迟歇的脸,陆迟歇仗着身高优势硬是挤进了人群里,伸手将他拉到自己身边。

也有人认出了陆迟歇,周围的喧嚣声更响,不断有快门按下,陆迟歇冷着脸示意挡路的人让开,护着凌灼快速地挤了出去。

还有人想跟上,他们互相对视一眼,默契地同时撒腿朝前跑去。

和陆迟歇一起在夜色璀璨的城市街头狂奔,凌灼感觉到拂面而过的冷风,心跳得很快。

终于停下来时,他们不知不觉间已经跑到了从前凌灼常去的那片湖边,陆迟歇的家就在湖对岸。

两人都弯下腰撑着膝盖喘气,四目相对,同时笑了起来。

凌灼无奈地说:"为什么要跑啊?你车子还在餐厅那边呢。"

"随便吧,"陆迟歇站起身,一脸无所谓,"明天叫人去开就是。"

至于为什么要跑,陆迟歇自己也不知道,反正已经这样了。

"凌老师,这不该问你自己吗?有你这样的偶像吗?别人说是你的粉丝你就痛快地给签名照,你也太好哄了吧?"

被陆迟歇一顿揶揄,凌灼脸上有些挂不住:"我当时一下蒙了……"

注意到他们到了什么地方,凌灼试图转移话题:"竟然跑这里来了,这片我以前常来,以前的公司就在这附近,宿舍也在这附近,出道前我们晚上时常来这边散步游湖。"

陆迟歇神色一顿:"我们?"

- 284 -

凌灼："嗯,我是说我的前队友他们。"

他的语气有一点儿不自在,毕竟陆迟歇一直觉得他和那几个人关系不好,不希望他跟他们还有过多牵扯。

陆迟歇四处看了看,这地方连路灯都寥寥,看不出有什么好逛的。

"确实没什么好逛的,但是一起吹吹牛、做做梦,也是可以的吧?"凌灼解释。

虽然年少时他们一起做过的梦,最后都被现实摧折得七零八落,但当年那些年少轻狂、意气风发的心境也不是假的,他并不想全盘否认。

"原来在这个地方还能做梦?"陆迟歇意味不明地弯了弯唇角,手插着兜慢悠悠地往前走去。

凌灼赶紧跟上:"陆老师,你这是什么态度?你在嘲笑我吗?"

"没有,"陆迟歇手伸过来轻拍了一下他的背,让他别多想,"你现在也可以做梦,说给我听也一样。"

凌灼:"嗯?"

"嗯什么?"陆迟歇好笑地说,"跟我在一起时,不能谈梦想?"

那倒也不是,凌灼想着,他就是觉得陆迟歇这种天生自信的人,或许对梦想这东西根本不屑一顾。

陆迟歇示意他:"说说吧。"

他们沿着湖堤并肩朝前走,周遭的声音逐渐远去,城市的灯火也像隔着一层什么,模糊于这一方僻静天地之外。

凌灼放松呼吸,随口说道:"我当初是懵懵懂懂进的这行,一开始也没太大想法,就是想实现自己的音乐梦,站到舞台上被别人看到,后来公司安排我们几个一起练习,我又觉得有同伴互相支持、共同进退,似乎也不错,再后来参加那个比赛,意料之外红了,团队也出道了,我确实站到舞台上了,被无数人看到、喜爱,很多事情又开始慢慢变质,那个时候我才真正意识到,梦想这种东西太虚无缥缈了,在现实面前,不堪一击。

"十几岁时心思单纯,向着唯一的目标去冲,反而更容易得到快乐,现在嘛,做什么事都会有各种各样的顾虑,很多我不愿做的事情,别人会逼着我做,我想做的事情,却没法做,认识我的人越多,越不自由,这么说好像挺矫情的,但有的时候,确实会觉得累。"

陆迟歇停下脚步,转身面对他:"我让你觉得不自由了吗?"

凌灼摇头:"没有,陆哥,其实多亏了有你,要不我一个人面对那些乱七八糟的事情,还挺无助的,有你在我才能安下心,认真做自己想做的事情。"

"凌灼,"陆迟歇提醒他,"你不用委屈自己,顾虑那些没必要的东西,想做什么直接做就是了。"

"我知道。"凌灼慢慢笑开,盯着陆迟歇看向自己的那双眼睛,忽然道,"要不我们现在回录音棚吧,我好像突然有灵感了。"

陆迟歇挑眉:"我是你的灵感来源?"

凌灼笑道:"陆老师是我的缪斯。"

陆迟歇却不吃他这一套:"拍我马屁也没用,这都几点了,别想着又回去工作,灵感来了又不会跑,明天再写也来得及。"

凌灼:"刚那句是真的。"

陆迟歇骄矜地点头,眼神里有藏不住的得意:"我也知道。"

凌灼高兴道:"所以我现在的梦想就是,永远保持乐观、积极的生活态度,向陆老师学习。"

陆迟歇被他逗乐:"我谢谢你啊,你是第一个这么夸我的人。"

凌灼竖起大拇指:"真的。"

两人再一次同时笑起来,凌灼指着湖对岸说:"要不我们比一比吧,看谁先跑回去,就当是锻炼身体了。"

陆迟歇痛快地应战:"我让你三分钟,你先跑。"

凌灼不服,双手推他的背:"不用你让,你跟我一起。"

推推搡搡间,他们笑成一团。

凌灼彻底放松了身心,和先前一样,跟随着陆迟歇,一起在夜色中奔跑。

图书在版编目（CIP）数据

暗火 / 白芥子著. —广州：广东旅游出版社，2023.3
ISBN 978-7-5570-2896-1

Ⅰ.①暗… Ⅱ.①白… Ⅲ.①长篇小说—中国—当代 Ⅳ.①I227

中国版本图书馆 CIP 数据核字 (2022) 第 199727 号

暗火
AN HUO

出 版 人：刘志松
责任编辑：陈　吉
责任技编：冼志良
责任校对：李瑞苑

广东旅游出版社出版发行
地址：广州市荔湾区沙面北街 71 号首、二层
邮编：510130
电话：020-87347732（总编室）　020-87348887（销售热线）
投稿邮箱：2026542779@qq.com
印刷：北京世纪恒宇印刷有限公司
（地址：北京市大兴区亦庄镇亦庄东工业区经海三路 15 号）
开本：880 毫米 ×1230 毫米　1/32
字数：257 千字
印张：9.25
版次：2023 年 3 月第 1 版
印次：2023 年 3 月第 1 次印刷
定价：49.80 元

【版权所有 侵权必究】

如发现图书质量问题，可联系调换。质量投诉电话：010-82069336